L'AMOUR DU HIGHLANDER

L'APPEL DU HIGHLANDER
TOME IV

MARIAH STONE

Traduction par
GAËLLE DARDE

Stone Publishing

Traduction française 2022 : Gaëlle Darde

Couverture : Qamber Designs and Media

DU MÊME AUTEUR

L'APPEL DU HIGHLANDER

Sìneag

(GRATUIT sur https://mariahstone.com/sineagfrancais/**)**

La Prisonnière du highlander

Le Secret de la highlander

Le Cœur du highlander

L'Amour du highlander

Un miracle de Noël pour un highlander

Le Desir du highlander

Le Vœu de la highlander

La Promesse du highlander

Le Protecteur de la highlander

La Revendication du highlander

La Destinée du highlander

« Mais la voir, c'était l'aimer ;
N'aimer qu'elle, et l'aimer à jamais. »
— Robert BURNS

PROLOGUE

TERRES PRÈS DU LOCH AWE, 1295

Un cri de femme fendit l'air.

— Oh ! s'exclama Owen Cambel en tirant sur les rênes de son cheval.

Il arriverait bientôt au château d'Innis Chonnel, le bastion de son clan. Il savait qu'il ne devrait pas s'arrêter, étant donné ce qu'il transportait, mais il ne pouvait ignorer ce cri sur les terres de son clan.

Des oiseaux chantaient dans les bois autour de lui, les feuilles bruissaient dans le vent, un pivert tapait contre un tronc. Les odeurs des pins, des fleurs sauvages, de la terre humide et de la mousse régnaient. Rien n'indiquait la présence d'un danger.

— Aaah ! Au secours !

Encore un cri. Une femme avait besoin d'aide.

Où était-elle ? Une brise soufflait dans les branches des grands arbres. Des papillons voletaient près des marguerites. Il posa une main sur sa claymore et claqua de la langue pour que son cheval avance lentement sur le sentier.

— Lâchez-moi ! hurla la femme quelque part devant lui.

Les paroles de son père résonnèrent dans sa tête. « Vous ne savez que trouver des distractions dans les jupons des femmes. Pourquoi ne prenez-vous point vos responsabilités ? Pourquoi ne pouvez-vous diriger comme vos frères ? »

Mais cette femme était manifestement en danger. Owen ne pourrait jamais se le pardonner s'il n'aidait pas quelqu'un dans le besoin. Son cœur battait la chamade tandis qu'il talonnait son cheval et accélérait. Tenant les rênes à une main, il agrippait la poignée de son épée de l'autre. Entre les arbres à sa gauche, un mouvement attira son attention. Un homme plaquait une jeune femme contre un arbre et la touchait partout. Elle essayait en vain de le repousser et de se débattre pour se libérer.

Owen arrêta son cheval.

— Lâchez-la !

L'homme se retourna. Il s'approcha d'Owen et brandit une dague, les muscles de ses bras se bandant sous ses manches, son torse aussi large qu'un tonneau. Comment Owen pourrait-il vaincre un tel homme seul ? Il n'était pas petit à seize ans, mais cet homme était visiblement plus imposant et plus fort. Le sang lui battant les oreilles, il sauta de sa monture et dégaina sa claymore.

— Vous allez vous battre avec une dague ? demanda-t-il.

— Tais-toi, petiot.

L'homme se précipita vers lui, sa dague brandie, mais Owen ne s'entraînait pas à l'épée depuis ses huit ans pour rien. Il esquiva et dévia la lame. Elle tomba dans l'herbe, laissant l'homme les mains vides.

Le visage de son adversaire devint rouge, et au lieu de chercher son arme, il chargea Owen comme un taureau furieux. Owen s'écarta, ne voulant pas blesser un homme désarmé, et son assaillant tomba dans l'herbe. Il plaqua son épée contre sa gorge et s'immobilisa, haletant.

— Je ne désire point vous tuer, déclara Owen. Qui est cet homme, jeune femme ?

— Je ne le connais pas. Il a pris mon argent et voulait... plus.

— Rendez-lui son argent.

— Je ne donnerai rien, grogna l'homme entre ses dents.

Owen pressa le bord de sa claymore contre la gorge de l'homme.

— Vous lui rendrez son argent, ou vous périrez.

L'homme fouilla dans la bourse à sa ceinture. Il en sortit une poche en cuir et la jeta par terre.

— Bien, dit Owen. Partez à présent.

L'homme lança un regard mauvais à Owen, pivota et partit dans les bois sans se retourner. Une fois qu'il eut disparu, Owen remit sa claymore dans son fourreau. La jeune femme était assise près de l'arbre, tremblante. Il ramassa sa poche et la dague de l'homme, et les lui apporta.

— Prenez votre argent, et ceci, pour vous défendre.

Owen bomba le torse. Non seulement il transportait un présent très important pour le roi Jean Balliol de la part des MacDougall, mais il avait aussi rencontré et sauvé une belle jeune femme. Les mains tremblantes, elle prit la poche et la dague. Ses cheveux blonds étaient en désordre, ses joues rouges, et ses yeux étaient écarquillés et humides. Elle n'avait pas l'air plus âgée que lui et était si jolie, si vulnérable, sans défense.

— Merci.

Il s'accroupit devant elle.

— Comment vous appelez-vous ?

— Aileene.

Sa robe déchirée et sa chemise révélaient sa poitrine, plus qu'une femme modeste n'oserait montrer.

— Vivez-vous près d'ici ?

— Le village est assez loin à pied.

— Quelqu'un vous attend-il ? Un époux peut-être ? Je peux vous ramener chez vous.

Il devait se montrer prudent en chevauchant seul avec assez d'or pour acheter un domaine, mais qui se douterait qu'un jeune homme comme lui transportait un sac d'or ? Et cette femme avait visiblement besoin d'aide...

— Je ne suis pas encore mariée, répondit-elle avant de frotter sa cheville sous sa robe. Je ne pense point être capable de bouger pour le moment.

— *Aye*. Je vais faire un feu pour vous réchauffer, et vous pourrez prendre mon pain et mon fromage pour la route.

Mais et l'or ? Ne devrait-il pas d'abord l'emporter à Innis Chonnel ? Un joli sourire se dessina sur les lèvres de la jeune femme.

Non, le meilleur moyen de dissimuler quelque chose, c'était de ne pas avoir l'air de vouloir le cacher, n'est-ce pas ? Et il avait l'impression que l'on avait besoin de lui, qu'on l'appréciait, qu'il était important.

— Lorsque vous vous sentirez mieux, je vous emmènerai où vous voulez.

— Vous avez un cœur en or, mon seigneur.

Elle l'avait appelé « mon seigneur »... De la chaleur se répandit dans la poitrine d'Owen. À son âge, il n'avait encore rien fait pour mériter ce titre. *Aye*[1], son grand-père était chef de clan et un allié proche du roi Jean Balliol, et son père était un grand guerrier, ses frères aussi. Les membres du clan Cambel étaient de fiers descendants de Diarmid le Sanglier, un grand héros légendaire. Pourtant, c'était la première fois qu'Owen se sentait important.

Entendrait-il le même respect dans la voix de son père quand il aurait livré l'or ?

Owen fit un feu et guetta au cas où l'assaillant d'Aileene reviendrait. L'homme pourrait trouver une autre arme ou des amis. Mais Owen en doutait. L'homme se dirait probablement qu'Owen avait repris sa route, et Aileene aussi. Owen avait eu pas mal d'aventures avec des servantes et des filles de fermiers, mais cette jeune femme... Personne ne l'avait jamais regardé avec autant d'admiration et de gratitude.

Il était le plaisantin de la famille, irresponsable et livré à lui-même. Il avait été surpris que les MacDougall lui donnent le sac d'or à présent caché parmi d'autres poches sur son cheval. Mais il en était honoré. Il avait enfin l'occasion de prouver sa valeur à son clan.

Le roi Jean Balliol avait été invité à Innis Chonnel, le bastion du clan Cambel. Owen avait hâte de voir le visage stupéfait de son père, ainsi que celui de ses frères. Craig et Domhnall seraient sûrement surpris. Peut-être sa vie avait-elle changé. Peut-être son père accepterait-il enfin de l'emmener se battre.

Aileene était assise près du feu et se massait la cheville. Owen lui donna un morceau de pain et du fromage.

— Merci, dit-elle en les prenant.

Leurs mains se touchèrent, et les yeux de la jeune femme s'attardèrent sur lui. Son regard descendit le long de sa tunique jusqu'à l'avant de ses chausses. Suggérait-elle réellement quelque chose ? Elle venait de se faire attaquer. Était-elle réellement prête ?

Aileene détourna les yeux et mordit dans le pain et le fromage.

— Je veux vous remercier, dit-elle. J'ai besoin de cet argent pour acheter une potion pour mon père, qui est souffrant. Vous lui avez peut-être sauvé la vie, à lui aussi.

Owen haussa les épaules.

— Vous n'avez point besoin de me remercier.

Elle sortit une bouteille de son panier.

— Je fais un délicieux vin de baies, et je suis en route pour en vendre au village voisin. J'aimerais vous en donner une bouteille. Voudriez-vous en avoir ?

— *Aye*, répondit Owen en souriant. Je ne refuse jamais du bon vin.

Elle lui rendit son sourire, des fossettes se formant sur ses joues. Elle ouvrit la bouteille et la lui tendit.

— *Sláinte*[2], dit-il avant de boire une gorgée.

Le vin était sucré et pas très fort, et Owen en but encore plus, ayant soudain soif. Ils partagèrent la bouteille, la nourriture et discutèrent. Aileene était une jolie femme, et Owen sentait qu'elle appréciait sa compagnie. Elle ne cessait de lui lancer de longues œillades, et il savait ce qu'elles signifiaient. Il était partant, mais il ne voulait pas profiter d'elle.

La tête lui tournait agréablement à cause du vin et de sa compagnie. Elle continuait de frotter sa cheville, grimaçant de temps en temps.

— Avez-vous des connaissances en matière de guérison ? Ma cheville me fait souffrir.

Owen s'humecta les lèvres, la bouche sèche.

— Je peux l'examiner si vous le souhaitez ?

— Vous feriez cela ?

— *Aye*, mais êtes-vous certaine de le vouloir ? Ce n'est guère convenable… Et cet homme…

— J'ai confiance en vous.

Elle se pencha en arrière et tendit la jambe vers lui. Il se rapprocha, son entrejambe se réchauffant déjà alors qu'il imaginait sa peau douce sous ses doigts. Il souleva son pied et releva le bas de sa jupe, révélant une cheville blanche et délicate. Il vit une petite égratignure et posa sa main dessus. Il lui massa délicatement le pied. Sa peau douce sous ses paumes rêches mit le feu à son sang.

Il déglutit et regarda son visage. Ses lèvres étaient entrouvertes, et sous ses cils, le désir assombrissait ses yeux.

— Il n'y a rien que vous puissiez faire contre mon gré, je consentirais à n'importe quoi.

Owen jura entre ses dents. Même si une armée d'hommes imposants en colère arrivait, il ne pourrait pas s'arrêter.

Il reposa sa jambe et avança vers elle à quatre pattes. Il l'embrassa, et elle lui rendit son baiser. Pardieu, il la désirait ! Il n'avait jamais autant désiré une femme de sa vie. Un brouillard qui sentait le vin de baies, la douce peau de la femme, et l'herbe envahit son esprit.

Il se réveilla en sursaut et s'assit. Les bois étaient sombres autour de lui, son feu déjà éteint. Sa tête le faisait souffrir ; chaque battement de son cœur lui faisait mal aux tempes. Il parcourut les alentours du regard. Où était partie Aileene ? Ses chausses étaient toujours baissées, et sa verge était encore en érection. N'avait-il pas terminé ?

— Aileene ? appela-t-il en se frottant le visage.

Peut-être était-elle partie se soulager.

Owen ferma ses chausses sur sa pénible érection et se leva. Tout trembla et chancela autour de lui.

— Aileene ?

Son panier avait disparu. Devrait-il se sentir blessé qu'elle soit partie sans dire au revoir ? Comment avait-il pu s'endormir ainsi ? Comment se pouvait-il qu'il fasse déjà si sombre ?

Il regarda son cheval, et son sang se glaça.

La bourse avec l'or avait disparu.

Son esprit somnolent mit un moment à faire le lien. Elle devait l'avoir pris. Et elle était partie. Comment la trouverait-il dans cette pénombre, avec sa tête qui le faisait tant souffrir ?

Ce n'était pas bon. C'était pire que tout ce qu'il avait jamais fait. Pire que voler les vêtements de ses frères pendant qu'ils prenaient leur bain. Pire que boire un demi fût d'*uisge*[3] et abattre accidentellement le meilleur bélier du domaine en tirant des flèches dans le noir. Pire que prendre la virginité de la fille des Mackintosh. Il devrait peut-être l'épouser si la vérité éclatait au grand jour.

Quel idiot il était ! Quel idiot ! Et pourquoi diable sa verge était-elle encore dressée ? Cela ne lui était jamais arrivé avant. Il ne se sentait pas excité du tout.

Il ne devrait jamais se faire confiance. Il aurait dû savoir qu'elle le volerait. L'attaque de l'homme avait peut-être fait partie d'un stratagème.

Il ne la trouverait jamais dans l'obscurité.

Il ferait mieux de rentrer et d'accepter la honte qui l'attendait... et attendait aussi sa famille.

1. Terme archaïque et régional utilisé pour acquiescer.
2. Mot utilisé pour trinquer.
3. Mot de gaélique écossais signifiant « eau » à l'origine du nom « whisky ». La locution « uisge beatha » signifie littéralement « eau de vie ».

CHAPITRE 1

FERME MALLYNE, près du village d'Inverlochy, 2020

Amber entendit le bruit de pas de l'autre côté de la porte d'entrée et leva la tête.

— Arrête de t'inquiéter, Amber Ryan, dit sa tante en secouant la tête avant de boire une gorgée de café. Ce n'est que Rob. Il est allé nourrir les vaches.

Amber soupira et tapota son porridge avec sa cuillère. Elle était ici depuis une semaine. Elle aurait dû s'habituer au fait que Rob, le fils de tante Christel, nourrisse les vaches et les moutons au réveil. Et elle devrait commencer à aimer le porridge. Où étaient les sandwichs au beurre de cacahuète et à la confiture quand elle en avait besoin ?

Au moins, sa tante avait du bon café. Un arôme réconfortant s'élevait de sa tasse sur la nappe à carreaux. La lumière du soleil baignait la cuisine rustique, mais il faisait encore frais, même en été. Les vieilles maisons de campagne écossaises ne se réchauffaient probablement jamais.

Ou peut-être qu'Amber était simplement trop habituée à la chaleur estivale de l'Afghanistan. Cette pensée lui donna des frissons, et elle jeta un coup d'œil vers la porte. Elle était en sécurité pour le moment. Personne ne viendrait la chercher.

Pour le moment.

— Je devrais partir bientôt. Je ne dois pas rester au même endroit. Tôt ou tard, la police, ou quelqu'un d'autre, viendra ici pour poser des questions.

— *Aye*. Eh bien, dit tante Christel en secouant ses cheveux bouclés roux, tu sais que ni Rob ni moi ne dirons quoi que ce soit.

Amber serra sa main.

— Merci, ça compte tellement à mes yeux que vous me croyiez.

Tante Christel serra également sa main.

— J'ai connu ton père, ma grande. C'était mon cousin, et j'ai passé chaque été avec lui pendant dix-huit ans. Et je sais qu'il n'a pas élevé une meurtrière. Les gens se servent facilement d'une personne gentille comme toi. *Aye*, je crois donc qu'on a monté un coup contre toi.

Amber poussa un soupir tremblant. C'était agréable de savoir que même si le gouvernement pensait qu'elle était une meurtrière, elle avait des gens de son côté dans sa vie. Malheureusement, cela ne lui permettrait pas d'éviter la peine de mort ou la prison à perpétuité.

Tante Christel but une autre gorgée de café et étudia Amber avec ses doux yeux marron.

— Mais ma chérie, qu'est-ce que tu veux faire à l'avenir ? Tu ne peux pas te cacher indéfiniment. Tu es innocente. Pourquoi est-ce que tu ne te défends pas et n'essayes pas de le prouver ?

Un frisson descendit le long de l'échine d'Amber.

— Je ne pense pas que ça servirait à quelque chose, tata. Les hommes puissants peuvent écraser les gens normaux comme moi. En particulier quand il y a de l'argent et de la drogue en jeu. Et un meurtre.

— *Aye*, ma chérie, mais tu vas devoir réclamer justice un jour. Tu n'es pas une lâche. Comment tu peux passer ta vie en cavale ?

À quoi ça servirait ? Tu ne peux pas avoir d'amis. Pas te marier. Pas avoir d'enfants. Tu devras toujours surveiller tes arrières, tu verras des ombres partout.

Amber toucha du doigt une fleur en porcelaine blanche sur le bas de l'anse de sa tasse. Elle savait que sa tante avait raison. Amber avait rejoint l'armée parce qu'elle voulait voir le monde, se battre pour son pays, et protéger les innocents des terroristes.

Alors pourquoi se comportait-elle comme une lâche à présent ? Elle n'était pas du genre à fuir le combat. Enfant, elle n'avait pas eu peur de porter le chapeau pour les petites bêtises de ses trois frères aînés, comme des vases cassés ou des éraflures sur la voiture. C'était sa façon de les protéger. Mais au lieu d'apprécier son sacrifice, ils l'avaient traitée comme une carpette.

— Je sais, tante Christel, tu as raison. Ma mère m'a appris à être une bonne fille. À aller à l'église. À vivre une vie honnête. Papa se retourne probablement dans sa tombe en me voyant me cacher comme ça et ne pas réclamer justice. Tout en moi me hurle de résister, de me battre et de prouver que je n'ai pas commis ce meurtre.

— *Aye*. Alors, pourquoi est-ce que tu ne le fais pas ?

Amber leva sa tasse à sa bouche d'une main tremblante, le café menaçant de se renverser sur la nappe. Elle en but une gorgée ; sa boisson favorite lui parut fade.

— Je serais une gamine naïve si je faisais confiance au système. Le major Jackson se sert de moi comme bouc émissaire. Il arrive à faire passer de la drogue de l'Afghanistan aux États-Unis depuis des années. Imagine le nombre de militaires qu'il doit avoir dans sa poche. Et maintenant qu'il a assassiné un officier américain, il sera encore plus impitoyable, expliqua Amber, avant de secouer la tête. Non. Je ne peux pas l'affronter seule.

— Peut-être pas. Mais pourquoi tu ne demandes pas à tes frères de t'aider ? Jonathan était militaire, lui aussi. Il connaît des gens, non ?

— C'est ça, répondit Amber avec un rire nasal. Jonathan ne

veut rien avoir à faire avec moi. Il a vendu notre maison après la mort de papa, et chacun vit sa propre vie.

Amber était encore adolescente quand leur mère était décédée, et la famille avait commencé à se désagréger. Après la mort de leur père, deux ans plus tôt, ils avaient arrêté de se voir pour Thanksgiving et pour Noël. Kyle était un super avocat à New York. La dernière fois qu'Amber avait entendu parler de Daniel, il était à San Francisco et essayait toujours de vendre ses sculptures.

— Mais quand même, si tu demandes de l'aide... La famille, c'est la famille.

— C'est peut-être comme ça en Écosse. Et je ne peux pas vous remercier assez de m'avoir aidée. Mais si je demande de l'aide à Jonathan, il sera le premier à me dénoncer aux autorités.

Tante Christel posa sa main sur celle d'Amber, et cette dernière la serra ; sa peau caramel paraissait encore plus foncée, comparée au teint pâle de sa tante.

— Il ne ferait pas une telle chose, ma chérie, si ?

Amber soupira.

— Il ne se mettrait pas en danger pour moi. Je suis certaine qu'il a de bons contacts dans l'armée, mais il a aussi deux enfants, une épouse et une belle maison.

— Mais...

— Police ! Police ! cria Rob.

Tout bougea au ralenti. Le crissement lointain de pneus se fit entendre. La porte d'entrée s'ouvrit à la volée, et Rob se teint sur le seuil, sa silhouette obscurcie par le soleil derrière lui.

— Police ! répéta-t-il.

Amber sauta sur ses pieds et heurta la table, ce qui envoya voler les tasses de café et le bol de porridge.

— La porte de derrière ! cria tante Christel.

Amber courut, les pieds lourds comme si elle traversait un marais. C'était comme si elle était prise au piège dans l'un de ces cauchemars où elle n'arrivait pas à échapper à un tueur.

Le couloir défila à toute vitesse, et elle atteignit la vieille porte. Heureusement, elle était déverrouillée ! Elle dépassa la grange au pas de course et se précipita dans un champ d'avoine. Sa respiration pantelante noyait tous les autres bruits autour d'elle. Où fuyait-elle ? Où devrait-elle aller ?

Ailleurs. Elle se cacherait et attendrait un moment non loin de là, puis elle retournerait chez tante Christel pour aller chercher ses affaires. Ensuite, elle partirait. Dans les bois. Quelque part. N'importe où.

Elle ne serait pas punie pour quelque chose qu'elle n'avait pas fait.

Derrière elle, des moteurs de voitures vrombissaient. Elle lança un regard par-dessus son épaule. La police la suivait dans le champ. Amber laissa échapper un petit cri, prise d'une poussée d'adrénaline.

Il y avait un bosquet devant elle. Ils ne pourraient pas le traverser avec leurs véhicules. Elle accéléra le rythme. Heureusement qu'elle courait tous les jours et s'était entraînée au combat. Elle ne pourrait tout de même pas aller plus vite que des voitures.

Elle se rua dans le bosquet. Ses yeux mirent un moment à s'habituer à l'ombre après avoir été dans le champ ensoleillé. Elle courut entre les arbres avant de devoir s'arrêter pour reprendre son souffle, ses poumons cherchant désespérément à aspirer plus d'air. Elle regarda autour d'elle. Environ dix mètres devant elle, une route en bitume allait de la gauche à la droite, et de l'autre côté, plus loin, une sorte de château se dressait entre les arbres. Le château en ruines dont sa tante lui avait parlé. Derrière, il y avait la rivière Lochy.

Les voitures derrière elle tournèrent. Elles devaient faire un sacré détour pour atteindre cette route.

Elle se remit à courir et traversa la route déserte, puis le fossé de l'autre côté, manquant de se tordre la cheville.

Elle passa entre les arbres et les buissons, et atteignit le mur presque détruit du château, qui était flanqué par deux tours rondes. Il y avait une porte en forme d'arche au milieu, et une autre petite porte de l'autre côté de la cour. Si elle entrait, peut-être qu'elle pourrait se cacher dans les buissons. La rivière était derrière la deuxième porte. Bien qu'elle soit très large, elle pourrait peut-être la traverser à la nage. Elle était bonne nageuse...

Elle pénétra dans la cour carrée en courant. Il y avait une tour ronde dans chaque coin. Une femme rousse se tenait au milieu, et une odeur de lavande et d'herbe fraîchement coupée frappa Amber. L'inconnue portait une longue cape verte, et une robe vert foncé à l'allure médiévale.

— Par ici, jeune femme, dit-elle en désignant l'entrée sombre de l'une des tours. Ils auront bien du mal à vous trouver là-dedans.

Amber s'arrêta et se pencha en avant. Elle posa ses mains sur ses genoux en haletant. Ses poumons lui faisaient mal et la brûlaient, et une vive douleur transperçait son flanc.

— Qui êtes-vous ?

— Je m'appelle Sìneag. Je sais que vous avez des ennuis. Faites-moi confiance. Vous n'avez que peu de temps. Ils arrivent.

Des pneus crissèrent sur le bitume. Puis Amber entendit des voix.

— Aaah ! cria-t-elle, au désespoir.

Son cœur tambourinait dans sa poitrine. Elle devait être folle pour faire confiance à une parfaite inconnue, mais il lui était impossible d'atteindre la rivière à temps. Ils pourraient facilement la rattraper de l'autre côté de toute façon.

— Allez ! Montrez-moi.

Sìneag hocha la tête et partit en courant. Elles passèrent une porte et pénétrèrent dans l'obscurité de la tour, qui lui rappelait celle d'une tombe. Sìneag descendit rapidement l'escalier effondré qui menait à un noir d'encre. Ne voyant presque rien, Amber s'accrocha au mur. Des pierres roulèrent sous ses pieds. Ses chaussures dérapèrent, et elle faillit tomber. Enfin, elle s'arrêta dans une glissade lorsqu'elle atteignit le sol inégal en bas de l'escalier. Une fois que ses yeux se furent habitués à l'obscurité, elle vit la silhouette de Sìneag, qui l'attendait.

— Venez, jeune femme, un peu plus loin.

Le ventre d'Amber se noua. Elle avait l'impression d'être le Petit Chaperon rouge que le loup appelait dans les bois. Elle leva les yeux. Quelque part, là-haut, des gens la cherchaient, des gens qui voulaient la punir pour un crime qu'elle n'avait pas commis. Elle se dit que s'enfoncer plus loin sous un château en ruines pour se sauver n'était pas si terrible, comparé au fait de se faire attraper.

Plus elle avançait, plus il faisait sombre. L'odeur de pierres humides, de terre et de moisissure se fit plus forte. De l'eau s'écoulait quelque part.

Sìneag prit Amber par la main. La paume de la femme était fraîche et douce.

— Venez. Je connais cet endroit. Nous nous assiérons ici et attendrons. Tôt ou tard, ils partiront. Alors, vous pourrez sortir. *Aye* ?

Elle tira Amber vers la gauche, puis s'assit. Amber tendit la main et trouva un mur en pierre froid et rugueux. Elle laissa glisser sa main dessus tandis qu'elle s'asseyait par terre. Pantelante, elle s'efforça de reprendre son souffle.

— Comment est-ce que vous connaissez cet endroit ? murmura Amber.

— Ah, je le connais bien. Je suis venue maintes fois. Il y a un rocher qui m'intéresse.

Amber faillit poser une question sur le rocher, mais l'adrénaline coulait toujours dans ses veines. À tout instant, ils pourraient la trouver. Elle tendit l'oreille pour voir si elle entendait des voix ou des pas, mais jusqu'à présent, tout était calme.

— Pourquoi est-ce que vous m'avez aidée ? demanda-t-elle doucement. Comment vous savez que je ne me suis pas échappée de prison, ou que je n'ai pas volé quelque chose ? Vous ne vous demandez pas pourquoi la police est après moi ? Vous avez vu dans mes yeux que j'ai un cœur en or, ou quelque chose comme ça ?

Un petit rire échappa à Sìneag.

— *Aye*. Quelque chose comme ça. Je suppose que vous ne pouvez me dire pourquoi vous fuyez ?

Amber soupira.

— Il vaut mieux que vous ne le sachiez pas. Vous pourriez être considérée comme une complice en aidant une criminelle à se cacher.

— Oh, *aye* ?

Sìneag avait l'air étrangement enthousiaste.

— Je ne suis pas une criminelle. Mais le gouvernement et l'armée pensent que si.

— Ma pauvre fille ! J'ai peut-être un endroit où vous pourriez vous enfuir, un endroit où votre gouvernement ne vous trouvera jamais.

Amber grimaça et fut contente que Sìneag ne puisse pas le voir. C'était bizarre. Qui était cette femme, et pourquoi essayait-elle de sauver une parfaite inconnue de la police ?

— Je suis désolée, Sìneag, je vous suis reconnaissante pour votre aide, mais ne vous inquiétez pas pour moi. Je trouverai une solution.

Sìneag resta silencieuse un moment.

— Oui.

Amber ne répondit pas. Le bruit de l'eau qui coulait résonnait sur les murs en pierre, perturbant le silence total du souterrain. Était-ce ainsi dans les tombes ?

La bonne nouvelle, c'était qu'elle n'entendait pas la police. Ils ne la cherchaient pas dans les ruines. Pas encore.

— Est-ce que vous voulez entendre une histoire pendant que l'on attend ? demanda Sìneag.

Une histoire ? C'était étrange de faire cela en attendant d'être capturée par la police, mais peut-être que cela empêcherait Sìneag de lui poser des questions personnelles. Et cela aiderait peut-être Amber à se distraire.

— Oui, s'il vous plaît.

— Eh bien, vous ne pouvez le voir, mais nous sommes assises à côté du rocher ancien dont j'ai parlé.

Au moment où elle prononça ces mots, quelque chose se mit à briller à la gauche d'Amber, et elle s'écarta vivement.

Sìneag éclata de rire.

— *Aye*, c'est cela. Voyez-vous la gravure qui brille ?

N'en croyant pas ses yeux, Amber regarda la lueur devenir plus vive. On aurait dit un dessin fait par un enfant : un cercle formé par trois vagues et traversé par une ligne épaisse. Une empreinte de main était gravée dans la roche à côté des lignes.

— Qu'est-ce que c'est que ça, bon sang ?

— Vous ne me croirez point. Vous ne me croyez jamais au début, vous les mortels. Mais c'est de la magie picte ancienne. Elle ouvre un passage à travers le temps.

Amber ignorait si elle devait éclater de rire ou s'enfuir.

— Un quoi ?

— Un passage à travers le temps. Ceux qui traversent le passage rencontrent la personne qui leur est destinée.

Quoi ?

— Et il y a quelqu'un pour vous aussi, Amber.

Celle-ci fronça les sourcils.

— Comment est-ce que vous connaissez mon nom ?

— Si je vous disais que je suis une fée des Highlands qui aime jouer les entremetteuses, même avec des gens séparés par le temps, est-ce que vous me croiriez ?

Cela devenait de plus en plus ridicule.

— Non.

Sìneag rit.

— C'est ce que je pensais. Mais il y a un homme avec qui vous êtes destinée à être heureuse, et il vit plus de sept cents ans dans le passé.

Des pas martelèrent le sol dehors et se rapprochèrent de l'entrée. Un frisson descendit le long de l'échine d'Amber.

Sìneag se tourna vers elle et lui prit les mains. À la lueur du rocher, Amber parvint à discerner son visage. Sìneag écarquillait les yeux d'inquiétude.

— N'oubliez pas, vous devez chercher Owen Cambel.

Quelqu'un descendait l'escalier. Un homme jura, puis quelque chose de lourd tomba et d'autres jurons se firent entendre.

— Traversez le passage, Amber, insista Sìneag. C'est soit cela, soit la prison.

Traverser un passage qui m'emmènera sept cents ans dans le passé ?

La lumière d'une lampe torche éclaira le mur.

— Pas un geste ! lança un homme. Police !

Le cœur d'Amber battait la chamade.

— Posez votre main sur l'empreinte, et pensez à Owen, dit Sìneag.

Un pistolet émit un bruit sec.

— Je suis armé. Ne faites pas un geste.

Je dois être folle.

Mais c'était le moment de vérité. Soit elle se faisait emmener maintenant, soit elle faisait cette dernière tentative. C'était complètement fou, mais quel mal cela ferait-il ? Peut-être que cela ouvrirait une porte qui menait à une pièce secrète.

Elle se tourna et posa sa paume sur l'empreinte de main.

Owen, pensa-t-elle, se sentant bête. *Owen.*

Une vibration la traversa, semblable à celle d'une tondeuse. Sa main tomba dans le rocher comme s'il n'y avait que du vide. Son corps suivit. Elle tomba la tête la première, puis son corps tournoya. Son estomac se noua, de la bile lui monta dans la gorge. Elle agita les bras, essayant d'attraper quelque chose.

Elle cria en tombant dans les ténèbres.

Puis elles l'engloutirent.

CHAPITRE 2

Château d'Inverlochy, août 1308

Le bruit de bois se brisant fendit l'air, et Owen s'arrêta net. Tout le monde dans la cour se figea. Les archers sur les remparts arrêtèrent de tirer. Les guerriers devant la porte se tendirent et plièrent les genoux, adoptant une position défensive.

L'extrémité en fer d'un bélier avait traversé la porte, telle la tête d'un monstre curieux. Des échardes et éclats de bois décoraient le trou qu'elle avait formé. Des acclamations et des cris de victoire se faisaient entendre de l'autre côté de la porte.

Owen échangea un regard avec Kenneth Mackenzie, le connétable du château nommé par Robert Bruce. Kenneth fronçait les sourcils, et sa bouche était pincée sous sa barbe.

— Protégez la porte ! cria-t-il. Sortez vos claymores ! Que tous les hommes protègent la porte !

Owen et Kenneth se frayèrent un chemin à travers les guerriers et regardèrent fixement le bélier. Il fut retiré du trou. Des hommes poussèrent la porte à coups d'épaules. D'autres guerriers descendirent des tours, remplissant la cour. Il y avait au moins sept cents Anglais devant l'enceinte du château, et à l'intérieur, à peine une centaine d'Écossais.

— Pour le roi d'Écosse ! s'écria Kenneth. Pour la liberté ! Pour vos femmes et vos enfants ! Tenez bon ! Ne laissez pas passer ne serait-ce qu'un de ces *sassenachs*[1] !

Les highlanders répondirent par un grand rugissement.

— *Cruachan* !

Owen était le seul à pousser le cri de guerre du clan Cambel, bien que de nombreux hommes lui répondent avec le cri de leur propre clan.

Si Owen avait eu Craig, Ian et Domhnall à ses côtés, ainsi que son père et son oncle, les choses auraient été différentes. Son cœur ne battait pas d'impatience pour la victoire, il ne bondissait pas d'enthousiasme à l'idée de se battre.

Non. Cette fois, un sombre pressentiment lui serrait le ventre. Il y avait trop de *sassenachs*. Ils avaient un bélier et leur siège avait été bien trop stratégique. L'homme qui les dirigeait savait ce qu'il faisait.

Pendant que Robert Bruce s'occupait des Comyn et du comte de Badenoch à l'est, les Anglais avaient décidé de reprendre les endroits qu'ils avaient perdus. Ils avaient raison ; c'était le bon moment pour attaquer. Les défenses du château étaient affaiblies par l'absence de Robert Bruce et de tant d'hommes.

Le deuxième coup de bélier brisa un autre morceau de la porte. Les highlanders reculèrent instinctivement.

— Préparez-vous ! cria Kenneth. À vos boucliers ! Tenez bon !

Quelques instants plus tard, le bélier frappa à nouveau, et la porte s'ouvrit brutalement.

L'essaim d'Anglais se déversa dans l'enceinte avec un rugissement victorieux. Ils heurtèrent la première ligne d'Écossais dans un impact fracassant. Des épées se glissèrent au-dessus et entre les boucliers. Les Anglais poussèrent, et les lignes des highlanders reculèrent.

Les premières victimes écossaises tombèrent lorsque les

lames tranchantes atteignirent leur cible.

— Tenez bon ! hurla Kenneth avant de prononcer le cri de guerre de son clan. *Tulach Ard* !

— *Tulach Ard* ! répétèrent ses guerriers.

Mais ils ne pouvaient pas maintenir leur position. La pression était trop grande. En quelques instants, les lignes écossaises furent dispersées, et une vague d'Anglais bien armés les traversa.

Amber revint lentement à elle. Son corps lui donnait l'impression de flotter et elle avait mal partout, comme si elle avait la grippe. Elle était allongée sur une surface froide, et l'air sentait le bois, le fer et la pierre humide. C'était calme, mais pas aussi calme que sous les ruines. Elle n'entendait plus l'eau s'écouler.

Des voix résonnaient-elles quelque part dehors ?

Amber ouvrit les yeux. Une torche sur le mur en face d'elle éclairait l'endroit. C'était une vraie flamme, pas de l'électricité.

Hmm.

Elle poussa contre le sol et s'assit. Sìneag n'était nulle part.

« C'est de la magie picte ancienne. Elle ouvre un passage à travers le temps. »

Ouais, c'est ça. De la magie picte, mon cul. Cependant, elle avait eu l'incroyablement étrange impression de tomber dans la pierre. Mais cela aurait pu être n'importe quoi. Peut-être que Sìneag l'avait hypnotisée ou quelque chose du genre.

La bonne nouvelle, c'était que la police n'était pas là.

Amber regarda autour d'elle, et son sang se glaça. Grâce à la lumière, elle voyait qu'elle était dans un grand espace qui ressemblait à une grotte. Il y avait des murs en pierre brute et le plafond formait une voûte. Des planches en bois, des caisses, des tonneaux et des sacs étaient alignés le long des murs. Le sol était un mélange de roche et de terre. Était-ce sur ce sol qu'elles s'étaient assises dans l'obscurité, Sìneag et elle ?

La pierre prétendument magique était à côté d'elle. Elle ne brillait plus. Devrait-elle essayer de la toucher à nouveau ? Non. La sensation déroutante de tomber dans la pierre lui serrait toujours le ventre.

Elle se leva et parcourut les alentours du regard. La torche illuminait une énorme porte qui ressemblait plus à un portail avec sa poignée et ses gonds en fer lourd. *Eh bah, comme c'est bizarre !* Elle était certaine qu'il n'y avait pas eu de porte sous les ruines.

C'était bizarre, mais aussi intéressant. Amber avait toujours aimé les romans et les histoires d'aventure, et elle avait l'impression d'être au cœur de l'un d'entre eux — un roman terrifiant — en cet instant. Elle savait que ce serait peut-être dangereux de sortir, mais elle ne pouvait pas rester cachée ici toute sa vie. Depuis combien de temps était-elle ici ?

Elle serait prudente, bien sûr, et guetterait la police, mais jusqu'à présent, il n'y avait aucune trace des agents. Elle s'approcha lentement de la porte, ses chaussures frappant doucement contre le sol. La porte sentait un peu le goudron et le fer. Elle tendit l'oreille, mais aucun son ne lui parvint. Elle saisit la lourde poignée ronde aussi grosse qu'une soucoupe ; elle était si froide qu'elle lui brûla la peau. Elle la tira, et la lourde porte bougea.

Elle jeta un coup d'œil par la fente entre la porte et le chambranle. Il y avait une autre réserve, qui contenait aussi des fûts, des tonneaux, des caisses et des sacs, tous éclairés par plusieurs torches. Un escalier menait à l'étage supérieur. La pièce était ronde, et ses murs en pierre et en mortier étaient massifs.

L'escalier était en ruine avant, mais il était presque comme neuf à présent.

Qu'est-ce qui se passe, bon sang ? Ce que lui avait raconté Sìneag était-il vrai ? Amber était-elle tombée à travers le temps jusqu'à l'époque où le château était encore entier... *sept cents ans plus tôt ?*

Non, c'était fou.

Elle devait partir d'ici avant de commencer à croire aux fées et aux champignons magiques. Montant les marches, elle remarqua à quel point les pierres lisses étaient solides sous ses pieds.

Elle ouvrit une autre porte et se figea, stupéfaite.

Il n'y avait plus de ruines, de rochers qui s'effritaient ni d'obscurité. Comme celle en dessous, cette pièce était ronde et illuminée par cinq torches. Un autre escalier circulaire menait plus haut. Il y avait des épées, des boucliers, des arcs et des flèches ainsi que des armures en cuir et des cottes de mailles le long des murs. Cette pièce avait une odeur âcre, comme de la graisse animale et du fer et... du sang ? Les ombres projetées par les torches dansaient comme les dents d'un dragon géant. Les poils sur la nuque d'Amber se dressèrent.

Comme si elle était hypnotisée, elle se dirigea vers la lourde porte, puis elle entendit des voix, des grognements et des bruits de métal de l'autre côté.

Elle posa la main sur l'énorme poignée.

Ne fais pas ça ! lui cria son côté logique et prudent.

Mais elle avait déjà tiré sur la poignée, et la porte bougea. Elle recula pour la laisser s'ouvrir et sortit. De l'air frais effleura ses joues chaudes. Une odeur de sang et de tripes la frappa.

Dans quoi je me suis fourrée cette fois ?

Le château n'était plus en ruine. Il était entier. Des tours se dressaient vers le ciel là où s'étaient trouvées des bases effondrées. La cour était un champ de bataille. Des hommes en armure se battaient à l'épée, coupant de la chair, perçant des os. Certains tombèrent, blessés ou morts. Le sol était imbibé de sang. La porte était grande ouverte.

COURS !!!

Un homme en armure la fixait, les traits tordus dans une grimace de surprise et de rage guerrière. Il leva son épée et fonça droit sur elle.

---

1. Terme péjoratif utilisé pour désigner les Anglais.

CHAPITRE 3

OWEN TAILLADA le cou d'un guerrier, se tourna et entailla le flanc d'un autre homme. Une rage guerrière le submergeait ; il tournoyait, tranchait et attaquait.

Cependant, peu importe combien de guerriers il tuait, d'autres arrivaient. C'était sans fin. Les cris, les gémissements et les tintements du métal emplissaient ses oreilles. Pantelant, les muscles tendus par l'effort, il mit des coups de pied, se battit, et trempa le sol du sang de l'ennemi.

Puis, il s'arrêta net. Près de la tour est, quelqu'un combattait sans arme contre un guerrier anglais.

Une femme ?

Owen s'approcha en courant, essuyant la sueur de ses yeux pour s'assurer qu'il voyait bien. Elle avait fait tomber l'épée de l'homme d'un coup de pied, et se servait de ses membres d'une façon élégante et gracieuse qu'il n'avait encore jamais vue. Elle tournoya et mit un coup de pied botté dans le visage de l'Anglais, ce qui le fit tomber à la renverse. Il se redressa sur un coude et tendit la main vers son épée, mais elle lui marcha sur le bras. Elle se pencha en avant et lui mit un coup de poing digne d'un guerrier chevronné. Son adversaire retomba en arrière, immobile.

Lorsqu'elle se redressa et regarda autour d'elle, les poumons d'Owen se vidèrent de leur air. On aurait dit qu'elle venait d'un autre monde. Elle était élancée et gracieuse comme un prédateur, mais ses grands yeux étaient écarquillés. Ses cheveux volumineux retombaient en petites boucles autour de son visage, ce qui lui donnait un air innocent. Sa peau était sombre, comme du miel marron, et elle était si belle que c'en était douloureux. Il n'avait jamais vu qui que ce soit qui lui ressemblait...

Cependant, il n'avait pas le temps de s'attarder.

Un visage familier apparut à la périphérie de son champ de vision. Kenneth Mackenzie avait un genou à terre et se tenait le ventre tandis qu'un immense chevalier anglais levait sa lame pour lui porter le coup fatal.

— Arrrghhh ! s'écria Owen en s'élançant vers le chevalier.

Il le percuta avant de sortir sa dague et de le poignarder au niveau de la fente de heaume. L'homme tomba, formant un tas de métal et de chair.

Kenneth s'allongea tout en agrippant son ventre à deux mains. Owen s'agenouilla à ses côtés. Il avait vu assez de blessures pour savoir que la plaie béante et sanglante était mortelle.

Si seulement il ne s'était pas laissé distraire par la femme ; peut-être aurait-il pu sauver Kenneth.

— Cambel, murmura l'homme. Bien. Vous êtes ici. Personne n'a autant que vous la qualité de diriger des hommes. Sauvez Inverlochy.

Owen déglutit avec difficulté.

— Vous ne savez de quoi vous parlez, répondit-il d'une voix rocailleuse. Je ne puis...

La poitrine d'Owen se contracta. Il ne pouvait pas réaliser ce vœu, peu importe combien il en avait envie. Il était la pire personne à qui l'on pouvait confier des responsabilités.

— Il doit bien y avoir quelqu'un d'autre. Quelqu'un de votre clan... Angus ? Ou Raghnall ?

— Si ce n'est point vous, tout sera perdu, dit Kenneth, fermant brièvement les yeux. Nous n'avons pas le temps. Mon épée, Owen. Je veux périr mon épée dans les mains.

— *Aye*…

Cela, il pouvait le faire. Sa gorge lui faisait mal alors qu'il prenait l'épée et posait les mains ensanglantées de Kenneth sur le manche.

L'homme le regarda.

— Pour la liberté. Pour l'Écosse. Pour moi. Montrez-leur…

Sa voix mourut, et il se figea. La veine dans son cou cessa de palpiter, et ses yeux se voilèrent.

Owen fit le signe de la croix et baissa la tête. Il était responsable de la mort de Kenneth. S'il ne s'était pas laissé distraire par cette belle femme… Que faisait-elle au beau milieu d'une bataille ? Elle ne devrait pas être ici.

Sa gorge se serra.

Prenez les choses en main, Owen…

Il se leva et regarda autour de lui. De toute évidence, les highlanders perdaient la bataille. Chaque Écossais se battait contre deux ou trois Anglais en même temps.

Il devrait crier « *Cruachan* ! ». Il devrait crier quelque chose qui leur remontrait le moral. Il devrait faire quelque chose pour changer la situation…

Son frère Craig était un dirigeant. Son père aussi. Ainsi que son cousin Ian. Owen était un bouffon seulement bon à échouer. Il resta les bras ballants, désespéré.

C'était manifestement peine perdue. La bataille était terminée.

Un grognement féminin lui fit lever la tête. La femme se battait contre un chevalier qui pourrait l'écraser sous le poids de son armure. Owen courut vers eux, son cœur martelant dans sa poitrine, et frappa l'épée de l'homme avec la sienne. Il le poussa de toutes ses forces, et le guerrier tomba.

La femme le foudroya du regard, les narines dilatées, ses lèvres pulpeuses pincées. De petites gouttes de sueur roulaient sur son front. Elle était si belle et sombre et furieuse, comme une déesse de la guerre.

Il devait la sortir d'ici, mais comment ? Le passage secret ! Ensuite, il reviendrait aider ses camarades écossais.

Avant que le chevalier ne puisse se lever, Owen prit la femme par le coude et la tira à sa suite.

— Venez. Vite.

Elle poussa un petit cri, mais le chevalier était déjà en train de se relever. Owen ferma la porte derrière lui et détala. Il se précipita dans la réserve souterraine, tirant l'étrange femme derrière lui.

~

Amber fulminait tandis que le guerrier la tirait dans les escaliers. Il lui était impossible de se dégager de sa poigne ; c'était comme si son coude était pris dans un étau en métal. Encore un homme qui avait décidé de jouer les héros et de s'occuper d'elle, comme si elle ne pouvait pas survivre sans lui.

Elle contrôlait la situation. Comment osait-il ?!

Dès que ses pieds touchèrent le sol en pierre de la réserve souterraine, elle écarta brusquement son coude. Ses cheveux blonds brillèrent d'un éclat doré à la lueur des torches. Elles donnaient un air diabolique à son beau visage couvert de sang séché, de bleus et de coupures. Son regard vert habité d'une intensité dévorante la transperça. À présent qu'elle se tenait au milieu des tonneaux, des fûts et des coffres, elle se rendit soudain compte qu'il tenait une épée ensanglantée et qu'il était presque deux fois plus imposant qu'elle.

Que voulait-il ? Était-ce un piège ?

Maudite soit sa curiosité, maudite soit cette femme, Sìneag, et maudit soit ce gars.

Elle recula d'un pas.

— Si vous essayez de poser ne serait-ce qu'un doigt sur moi, je vous le couperai.

Il cligna des yeux, un pli lui barrant le front.

— Je ne vous ferai point de mal, jeune femme.

— Alors, pourquoi est-ce que vous m'avez traînée ici ? Qu'est-ce que vous voulez de moi ?

La ride déconcertée sur le front de l'homme se creusa encore plus.

— Qu'est-ce que je veux ? demanda-t-il d'un ton moqueur. Un petit remerciement, peut-être ? Je vous ai sauvé la vie. Croyez-le ou non, mais j'essaye de vous aider. Même si la distraction que vous avez causée a coûté la vie à un grand guerrier...

Elle poussa un petit cri. Voilà qu'il l'accusait de quelque chose ?

— Je n'avais pas besoin de votre aide.

Les muscles de sa mâchoire tressaillirent sous sa barbe naissante blonde. Il plissa les paupières, des flammes dansant dans ses yeux. Une sensation légère lui chatouilla les entrailles alors qu'il la fixait intensément.

— Vous n'aviez point besoin de mon aide, *aye* ?

Il secoua la tête, se dirigea vers la porte au fond de la pièce et l'ouvrit.

— Vite, que je puisse retourner à la bataille.

Le visage d'Amber se décomposa.

— Vite où ?

— Il y a un passage secret. Il vous mènera hors du château.

Des grands coups se firent entendre sur la porte au rez-de-chaussée avant de redoubler d'intensité ; quelqu'un essayait de la briser. Le cœur d'Amber battait la chamade.

— Vous devez partir, dit le highlander. Ils vont casser la porte.

La porte au-dessus d'eux se fendit, et les coups se firent encore plus fort. Il avait raison ; ils étaient sur le point de réussir à la briser. Comme à l'autre Inverlochy — les vieilles ruines d'Inverlochy, pas ce château intact, grand et rempli d'hommes en armure.

Elle pourrait essayer d'utiliser le rocher... Le problème, c'était que même si toute cette histoire de voyage dans le temps était vraie

— aussi absurde que cela puisse paraître, cela avait l'air follement réel —, elle ne pourrait pas retourner d'où elle venait. De l'autre côté du rocher, il y avait des hommes et des femmes en uniforme prêts à l'emprisonner pour quelque chose qu'elle n'avait pas fait.

Quel était le moindre mal ?

Non, elle ne pouvait pas y retourner. Elle devait prendre le risque. Elle n'était même pas certaine que tout ceci soit réel.

Un grand fracas se fit entendre, suivi du bruit de nombreux pas à l'étage. L'homme attrapa une torche sur le mur, lui prit la main et la tira derrière lui.

— Nous devons nous hâter !

Ils passèrent une autre lourde porte menant à la pièce du fond, celle dans laquelle elle avait repris connaissance. Le highlander verrouilla la porte derrière eux.

Il dépassa en courant le rocher picte au fond de la pièce qui ressemblait à une grotte, se dirigeant vers une petite pyramide de fûts.

— Quelle bonne idée de la part de Kenneth ! Il a fait bloquer le passage. Cependant, c'est notre seul moyen de nous échapper pour le moment. Aidez-moi à retirer les fûts.

Il les jeta, et Amber l'aida alors que des pas martelaient les marches. Le dernier fût révéla un grand rocher rond et plat. Le highlander passa ses doigts en dessous et le souleva. Une ouverture sombre et un escalier apparurent.

Amber déglutit.

— Allez-y. Le passage mène de l'autre côté des douves.

Amber prit la torche qu'il avait à la main. Était-elle folle ? Comment était-ce moins dangereux qu'utiliser ce rocher bizarre ? Dans sa vie normale, elle savait qu'elle finirait en prison, qu'elle serait peut-être même condamnée à mort.

Ici... qui savait ce qui lui arriverait ?

Elle était tout de même libre, et personne ne l'accusait de quoi que ce soit ni la traitait de meurtrière ; à part ce gars qui lui reprochait de l'avoir distrait. Ce n'était pas surprenant. Les hommes savaient très bien la tenir responsable de leurs problèmes.

Elle descendit dans le tunnel, et de l'air froid sentant la terre l'enveloppa. Les Anglais avaient atteint la deuxième porte et la frappaient en rythme. Amber se rendit au fond du tunnel. Le plafond était si bas qu'elle dut se plier en deux pour avancer. Des racines pendaient au-dessus d'elle, et le sol était un mélange de roche, et de terre humide. De l'eau s'écoulait quelque part. Respirer ici lui donnait presque l'impression de boire de l'eau boueuse.

Le highlander la suivit, et elle entendit un petit bruit sourd lorsqu'il ferma la trappe. Les bruits de l'extérieur disparurent, et un étrange silence régna.

Elle ne voulait pas penser au fait qu'un château entier se dressait au-dessus d'elle, soutenu par quelques mètres de pierre et de terre.

Avance.

Comme elle avait appris en Afghanistan : avance et ne réfléchis pas trop.

Ils marchèrent pendant ce qui lui parut être une éternité. Son dos lui faisait mal, et ses cuisses la brûlaient. Le gars derrière elle haletait. Seuls ses halètements, le bruit de leurs pas et les crépitements de la torche se faisaient entendre dans cette tombe.

Finalement, Amber vit des marches devant elle.

— C'est la sortie ?

— *Aye.* Ça doit l'être.

Elle hocha la tête et monta prudemment les marches. Elle lui donna la torche et poussa la trappe au bout du tunnel jusqu'à ce qu'elle tombe avec fracas.

Trente paires d'yeux la fixèrent. Des hommes en armure l'encerclaient, leurs épées brandies vers sa tête. Les Anglais.

— Reculez ! Reculez ! cria-t-elle au gars derrière elle.

Trop tard.

L'homme le plus proche se pencha en avant, l'attrapa par le

col et la souleva. Le mec jaillit du tunnel à sa suite, agitant sa torche et son épée en même temps.

— Saisissez-les ! dit quelqu'un d'une voix autoritaire. Ils se sont échappés du château.

Vingt hommes se jetèrent sur eux et submergèrent son camarade sous leurs poids. Deux Anglais prirent Amber par les bras. Elle se débattit et les frappa, mais ils la tinrent fermement.

Un homme chauve âgé de la quarantaine portant une lourde armure s'approcha à cheval. Il avait le regard perçant de quelqu'un qui dirigeait. Tout comme le major Ronald Jackson, l'homme responsable de toutes les horribles choses qui étaient arrivées à Amber.

— Deux highlanders. Mettez-les en cage. J'aimerais converser avec eux plus tard.

— Sir[1] de Bourgh, acquiesça l'un des hommes qui la tenaient.

— Emmenez-les à Stirling, répondit de Bourgh.

Non ! Non ! Était-ce un autre château ? Des cachots ? Elle s'était évadée de prison à une autre époque seulement pour se faire enfermer au Moyen Âge ?

Ils l'emmenèrent à une cage attachée à une charrette tirée par un cheval. Les guerriers anglais mirent le highlander avec elle et verrouillèrent la porte.

— Non ! Vous avez la mauvaise personne ! cria Amber.

C'était exactement ce qu'elle aurait crié à la police. Était-ce un cauchemar ? *Pitié, faites que ce soit un cauchemar !* Personne ne la croirait, dans les deux cas.

— Pardieu ! s'exclama le highlander, avant de se lever et de regarder au loin en tenant les barreaux de la cage. Est-ce Robert Bruce ?

Amber suivit son regard et ses yeux s'écarquillèrent. Une armée s'approchait du château. La cavalerie ouvrait la marche, suivie de l'infanterie. Ils décimèrent les Anglais, traversant leurs rangs comme un couteau dans du beurre. Amber entendait le martèlement des sabots des chevaux d'ici. Le sol vibrait.

— Sir de Bourgh ! appela le highlander. Vous avez déjà perdu.

C'est Robert Bruce. Vous ne vaincrez jamais son armée. À plus d'une reprise, il a triomphé avec seulement quelques centaines d'hommes contre des milliers.

Le visage de De Bourgh rougit.

— Repliez-vous ! Que tout le monde se replie !

La cage se mit à bouger, et Amber pressa son visage contre les barreaux tandis que le château d'Inverlochy disparaissait au loin.

---

1. Titre d'honneur anglais.

CHAPITRE 4

LA CHARRETTE avec la cage ballottait sur le chemin rocheux, faisant s'entrechoquer les dents d'Owen, qui était assis dans un coin. Sa tête tapa contre les barreaux, et il redressa le dos.

Pardieu !

Il s'était encore raté. Il aurait dû aller en premier dans le passage. Au lieu de faire confiance à la jeune femme, il aurait dû jeter un coup d'œil dehors pour vérifier que la voie était libre avant de sortir discrètement et prudemment.

Elle l'avait distrait, une fois de plus, cette formidable créature qui était sortie de nulle part et avait terrassé des guerriers entraînés et en armure avec sa performance à mi-chemin entre la danse et le combat.

Alors que les bois et les montagnes défilaient à côté d'eux, il ne pouvait s'empêcher de la contempler. Sa peau marron, sa grande silhouette élancée avec des muscles de guerrière, son visage si joli qu'il faisait tressaillir son cœur. Ses yeux étaient à couper le souffle : très grands, verts et avec des éclats noisette autour de chaque pupille. Elle mordit sa lèvre inférieure pulpeuse, et un pli lui barra le front. Il mourait d'envie de tendre la main vers elle et de le chasser d'une caresse du pouce.

Et la façon dont elle était habillée...

Il ne s'était pas attardé dessus dans le feu de l'action, mais maintenant qu'il avait le temps d'y penser... Quelque chose se serra dans son ventre. Des chausses bleues — qui ressemblaient beaucoup à celles qu'Amy, l'épouse de Craig, portait lorsqu'elle avait été trouvée — embrassaient ses longues jambes sculptées. Sa courte tunique en cuir lui arrivait en haut des hanches. Ses chaussures avaient des semelles épaisses ; encore une chose qu'il n'avait vue que chez Amy.

Les femmes de son époque ne se vêtaient pas ainsi. Elles ne se battaient pas comme elle non plus. Et elle avait été près de la tour est, là où se trouvait le rocher picte. Le cœur d'Owen remonta dans sa gorge.

Cette femme était-elle une autre voyageuse temporelle ?

— Comment vous appelez-vous, jeune femme ?

Elle leva les yeux vers lui et hésita, comme s'il serait terrible de lui dire son nom.

— Amber Ryan, répondit-elle, son visage s'adoucissant. Et vous ?

Amber... Quel joli nom ! Un nom qu'il n'avait encore jamais entendu, et qui lui allait bien. Il était à la fois chaleureux et robuste. Et elle avait le même accent qu'Amy et Kate, mais en plus mélodieux. Presque comme si elle chantait ses mots.

— Owen Cambel.

Elle se figea, l'observant d'un air qui lui parut choqué. Puis elle pinça les lèvres, hocha la tête et se remit à regarder ses mains, évitant son regard. Oh, elle ne pouvait pas lui échapper ici ! Il attirerait de nouveau son attention. Il obtiendrait des réponses.

— Pourquoi étiez-vous à Inverlochy, Amber Ryan ?

Elle releva le menton. Son regard était aussi dur que de l'ambre.

— Je ne pense pas que ça vous regarde.

— Oh que si, jeune femme. Voyez, à cause de vous, nous sommes maintenant prisonniers, déclara-t-il en la contemplant.

Une femme sur le champ de bataille, qui distrait les guerriers... Voyez-vous pourquoi cela pourrait m'intéresser ?

— De quoi m'accusez-vous ?

— Êtes-vous une espionne ?

Un rire moqueur échappa à Amber.

— Comme vous pouvez le voir, je suis prisonnière, moi aussi. Et ces hommes ont failli me tuer, au cas où vous ne l'auriez pas remarqué.

— Je l'ai remarqué ! aboya-t-il. À vrai dire, j'ai remarqué bien trop de choses...

Il s'arrêta avant de pouvoir dire un mot de plus. C'était exactement comme avec Aileene, treize ans plus tôt. Il s'était laissé distraire par une jeune femme en détresse et avait causé une catastrophe pour ses gens.

Cette fois, il n'avait pas réussi à sauver Kenneth. S'il avait survécu, peut-être auraient-ils réussi à tenir le château jusqu'à l'arrivée de Robert Bruce.

Prenez les choses en main, lui avait dit Kenneth.

C'est impossible de vous donner la moindre responsabilité, disait toujours son père. *Pourquoi ne pouvez-vous ressembler plus à Craig et à Domhnall ?*

Owen grinça des dents.

— Je suis bel et bien en train de vous accuser de nous avoir fait capturer.

Elle lui lança un regard si venimeux qu'il fut surpris de ne pas tomber raide mort.

— Oh, c'est parfait ! Encore un gars qui m'accuse de quelque chose que je n'ai pas fait, dit-elle avant de secouer la tête. C'est quoi votre problème, à vous les hommes ? Pourquoi vous vous sentez toujours obligés de trouver un bouc émissaire ?

— Je ne...

Elle leva une main pour l'arrêter.

— Vous savez quoi, mon gars ? Si vous ne m'aviez pas traînée dans ce tunnel pour me « sauver »...

Elle remua rapidement ses index et ses majeurs en prononçant ce mot. Devrait-il savoir ce que signifiait ce geste ?

— ... on n'en serait pas là. Je n'avais pas besoin de votre aide.

Une voyageuse temporelle, une guerrière extraordinaire, une personne exaspérante... Et la plus belle femme qu'il ait jamais vue.

Ah ! Encore une distraction !

— Que faisiez-vous au château ? insista-t-il.

— Je ne vous dois aucune explication.

Il en avait assez qu'elle évite ses questions. Il lui ferait dire la vérité... à propos du voyage dans le temps, de la raison de sa présence et de ce qu'elle voulait.

— D'où venez-vous ?

L'espace d'un instant, elle sembla pétrifiée.

— Je ne pense pas que vous connaissiez.

— Peut-être que si. Peut-être seriez-vous surprise.

Elle se mordit l'intérieur de la joue tout en fronçant les sourcils.

Voyant qu'elle ne répondait pas, il persévéra.

— Dites-moi. Peut-être serais-je plus ouvert d'esprit que vous le croyez.

Amber l'étudia d'un air dubitatif.

— Eh bien, je viens d'un peu partout. Récemment, j'étais au Moyen-Orient.

— Le « Moyen-Orient » ? Est-ce le califat ?

Elle hocha la tête.

— Je suppose que c'est le nom que vous devez connaître. Oui.

Cela devait expliquer sa carnation. *Aye*, bien. Il jouerait le jeu tout en continuant à en apprendre plus.

— Pourquoi parlez-vous si bien le gaélique ?

Une brève expression stupéfaite apparut sur son visage. Elle se toucha les lèvres.

— Le gaélique ? Je ne...

— Vous ne... ?

— Euh. Rien. C'est une langue facile à apprendre, après tout.

La charrette fut ébranlée lorsque l'une des roues passa sur un rocher. Amber fut projetée en l'air, perdit l'équilibre et tomba sur Owen. Elle atterrit, la joue contre son ventre, sa poitrine entre ses jambes. Ses longs cheveux bouclés étaient si séduisants, étalés sur son torse et ses hanches. Une image d'eux nus, ses cheveux tombant sur sa peau, envahit immédiatement son esprit.

Et le fit durcir.

Sa verge était pressée contre ses seins, le cuir de son manteau court les séparant. Grand Dieu, il espérait qu'elle ne sentait pas sa réaction ! En temps normal, il réfléchirait déjà à un moyen de se glisser sous sa jupe. Mais cette femme était différente. À tous les égards. Déjà, elle ne portait pas de jupe.

Être enfermé dans une cage sur une charrette n'était pas le moment le plus opportun pour penser à ce genre de choses. Ils se rendaient à Stirling, le château le plus fortifié de toute l'Écosse. Owen ne savait pas ce que de Bourgh avait en tête, mais il se doutait qu'ils ne seraient pas accueillis avec un festin comme des invités d'honneur. Il devrait réfléchir à un moyen de s'échapper, pas se laisser perturber par une femme.

Elle leva les yeux vers lui, et il la vit rougir malgré la couleur de sa peau. Ses yeux étaient si grands à présent. Elle ne pourrait pas être plus jolie si elle essayait. Elle était unique et mystérieuse, et il désirait ardemment en apprendre plus sur elle. Ses mains brûlaient de l'attraper et de l'attirer contre son torse afin qu'il puisse l'embrasser.

— Désolée, dit-elle, rompant l'enchantement.

Elle rejoignit le coin opposé de la cage à quatre pattes. Ce n'était pas loin. S'ils tendaient les jambes, leurs orteils se toucheraient.

— Ce n'est point grave, Amber, murmura-t-il, se sentant vide sans son poids sur lui. Cela ne m'aurait guère importuné que vous restiez plus longtemps.

Elle cligna des yeux et pinça les lèvres.

— Ne faites pas de commentaires comme ça, s'il vous plaît, dit-elle, avant de darder un regard appuyé sur son entrejambe. Et si vous osez penser à moi de cette façon ou tenter quoi que ce soit, je couperai la précieuse partie de votre corps que vous ne contrôlez manifestement pas. Ce qui ne me surprend pas, au fait.

Owen perdit la capacité de formuler des mots.

Elle croisa les bras sur sa poitrine.

— Et arrêtez avec vos questions idiotes. Je ne suis vraiment pas d'humeur à vous répondre.

Elle était bien têtue. Il y avait des guerriers anglais à cheval devant et derrière la charrette. Il doutait qu'ils puissent les entendre, mais leur présence était aussi remarquable que l'odeur malodorante d'une chèvre.

— Soyez prudente. Je suis votre seul ami ici.

Elle releva le menton.

— Ça reste à voir.

Il attrapa un barreau et fit courir ses doigts dessus.

— Je vous ai sauvé la vie.

— Et vous nous avez fait tomber dans les bras de l'ennemi. Vos ennemis, d'ailleurs, pas les miens.

— *Vous* nous avez fait tomber dans les bras de l'ennemi. Pas moi. C'est vous qui avez ouvert la trappe comme s'il n'y avait personne d'autre que nous deux en Écosse. Comme si vous *vouliez* qu'ils nous prennent...

Elle frotta sa botte contre le plancher et pinça les lèvres.

— Je ne voulais pas qu'ils nous prennent. Arrêtez de m'accuser. Qu'est-ce qu'ils veulent de nous, de toute façon ?

Owen regarda de nouveau les cavaliers. L'un d'eux posa un regard attentif, pesant et prudent sur lui. Il était assez loin, mais au cas où il décide de se rapprocher, Owen alla s'asseoir à côté d'Amber. Elle haussa les sourcils.

— Ils nous emmènent au château de Stirling. C'est l'un des bastions des *sassenachs* au sud de l'Écosse.

— C'est loin ?

— Deux ou trois jours de voyage, je crois.

— Et qu'est-ce qu'ils nous veulent, à votre avis ?

— Ils cherchent probablement à obtenir des informations. Peut-être une rançon. Peut-être les deux.

Elle soupira.

— Je suppose que ça veut dire qu'on sera emprisonnés ?

— *Aye*.

Il baissa la tête vers elle, et son odeur chatouilla ses narines. Elle avait un parfum propre, floral et étranger.

— C'est pour cela que nous devons essayer de nous échapper avant d'atteindre Stirling.

Amber lança de nouveau un regard vers les gardes avant de se retourner vers Owen.

— Je suppose que ça fait de nous des alliés. Au moins pour le moment.

— *Aye*. Il vaut mieux que nous travaillions ensemble, Amber, la mystérieuse femme du califat.

Elle fixa son regard sur lui.

— Occupez-vous de vos affaires, Owen Cambel. Et je m'occuperai des miennes.

Elle prononçait même le nom de son clan comme Amy, avec cette petite pause entre le « m » et le « b ». Il aimait cela.

Était-il fou de penser à ce genre de choses ? Était-il fou de vouloir l'écouter répéter son nom encore et encore ? Surtout que laisser une femme lui faire perdre la tête pendant qu'ils étaient retenus prisonniers était bien la pire chose qu'il puisse faire.

CHAPITRE 5

AMBER AGRIPPA les barreaux de la cage et observa l'endroit où ils s'arrêtaient. Le terrain était moins vallonné. Ils avaient probablement quitté les Highlands et devaient se rapprocher des plaines. Il y avait de nombreuses chances de se perdre dans les bois relativement denses par ici.

Owen échangea un regard avec elle. Elle détestait devoir dépendre d'un parfait inconnu ; un homme, qui plus est. En particulier après ce qui lui était arrivé en Afghanistan.

Cependant, elle n'avait pas d'autre choix pour le moment. Il devait y avoir un moyen de sortir de la cage et de se tirer d'ici. Où qu'elle soit.

Où était-elle exactement ? Elle n'arrivait toujours pas à croire qu'elle avait voyagé dans le temps. Se pourrait-il que ce soit une hallucination ou un rêve lucide ? Et où irait-elle s'ils parvenaient à échapper aux soldats anglais ?

Elle l'ignorait. Tout ce qu'elle savait, c'était qu'elle devait s'échapper. Elle n'accepterait pas de se faire emprisonner sans raison.

Owen avait déjà examiné l'énorme verrou en fer de la cage, et elle aussi. Si elle venait des années cinquante, elle aurait sûrement porté des épingles dans ses cheveux et elle aurait pu essayer de crocheter la serrure. Peut-être qu'Owen savait le faire, mais elle n'arrivait pas à trouver quoi que ce soit d'assez fin et robuste.

Les soldats mirent pied à terre pour monter le camp. Ils commencèrent à faire des feux et à installer des tentes. Amber se dit que certaines choses ne changeaient jamais, comme l'expression dépitée et triste, la douleur sur le visage d'un soldat après avoir perdu une bataille. Elle avait connu cette douleur, elle aussi.

Alors qu'ils passaient devant la cage, les Anglais leur lancèrent des regards curieux, la plupart s'arrêtant un instant pour la reluquer. Son apparence piquait sans aucun doute leur curiosité. Ils n'avaient peut-être encore jamais vu quelqu'un qui lui ressemblait et s'habillait comme elle, mais ce n'était pas une raison pour la fixer. Elle mourait d'envie de mettre des coups de poing à ces salauds. Elle sentit aussi Owen se raidir chaque fois qu'ils s'arrêtaient.

Il faisait encore jour, mais les ombres grandissaient, et tout autour d'eux était teinté de la lueur dorée du début de soirée. Amber s'approcha à quatre pattes et s'assit à côté d'Owen, qui pencha la tête vers elle.

— Si on veut s'échapper, il vaut peut-être mieux attendre que la plupart d'entre eux dorment.

Owen opina du chef.

— *Aye*.

— Je vais demander à aller aux toilettes. Je ne tenterai rien, je vais seulement regarder. Quand il fera nuit, on pourra essayer de faire quelque chose.

— Vous voulez aller où ?

— Aux toilettes.

Owen se contenta de la regarder, perplexe.

Amber toussa.

— Je vais aller pisser.

— Ah !

Owen se racla la gorge et se frotta la nuque.

Était-il gêné ? Il n'avait pas l'air d'être comme cela. Il

semblait être du genre à avoir trop confiance en lui, à avoir trop d'assurance. Un mec aussi magnifique que lui avait probablement l'habitude de draguer les femmes.

Il la considérait comme s'il savait quelque chose à son sujet, quelque chose qu'il ne voulait pas révéler. C'était une bonne raison de ne pas lui faire confiance.

Elle demanda au garde de la laisser aller se soulager dans les bois, et deux soldats l'escortèrent jusqu'à des buissons. Dans tout le camp, des guerriers en armure en fer faisaient des feux et posaient des chaudrons dessus. De petites tentes avaient été montées ici et là. Certains hommes s'occupaient des blessés, qui poussaient des gémissements et des grognements. Elle ne voyait pas d'autres prisonniers. Des sentinelles étaient positionnées en divers endroits, mais elles ne verraient plus grand-chose après la tombée de la nuit. Les bois étaient denses ; Owen et Amber pourraient disparaître rapidement s'ils couraient assez vite.

Un petit espoir l'habitait lorsqu'elle retourna à la cage. Elle s'assit à côté d'Owen, s'appuyant aux barreaux comme lui, et murmura sans le regarder :

— Notre meilleure chance, c'est de maîtriser un garde dans la nuit, de partir dans les bois et de courir aussi vite que possible. L'armée est étalée le long de la route comme un serpent, ils mettront donc du temps à rassembler des gardes pour nous pourchasser.

— *Aye*.

Quand la nuit tomba et que l'arôme alléchant d'un ragoût atteignit Amber, elle sut qu'il serait bientôt temps de fuir. Ils attendraient que les hommes aillent dormir.

Bientôt, le garde en poste devant leur cage s'endormit contre un arbre.

— Hé ! appela Amber. Hé !

Il se réveilla et la regarda.

— Quoi ? demanda-t-il, sourcils froncés.

— Il faut que j'aille pisser.

— Encore ? dit-il en croisant les bras. Vous l'avez fait il y a peu.

— C'était il y a un moment, et j'ai encore envie. Si vous ne voulez pas sentir une odeur de pisse pendant tout le voyage jusqu'à Stirling, laissez-moi sortir.

Il grogna, l'air exaspéré, s'approcha de la cage et ouvrit le verrou avec une grande clé. Dès que la porte fut légèrement ouverte, Owen l'attrapa par le col et lui tapa le front contre les barreaux. Amber balaya les alentours du regard, mais personne ne semblait avoir remarqué quoi que ce soit. Les tentes restèrent silencieuses, et les quelques sentinelles autour des feux de camp restèrent immobiles.

Le garde gémit, Owen lui fit de nouveau heurter les barreaux, et l'homme tomba lourdement.

— Venez, dit-il. Vite.

Il sauta de la charrette et aida Amber à en descendre. Elle sentait son cœur battre la chamade dans ses oreilles. À moitié baissés, ils se dépêchèrent de s'éloigner du camp.

Les arbres et les buissons défilaient à leurs côtés dans l'obscurité, et Amber entendait seulement ses propres halètements.

Puis des cris retentirent derrière eux. Leur évasion avait été découverte. *Non, pas encore !*

Amber jeta un coup d'œil derrière elle. Des guerriers anglais. Des dizaines.

— Plus vite ! cria-t-elle.

Ils accélérèrent. Ses poumons la brûlaient, ses muscles étaient en feu. Plus vite. Elle était bonne coureuse. Si seulement il ne faisait pas aussi sombre, bon sang ! Sa jambe se prit dans une racine, et elle tomba la tête la première.

— Amber ! cria Owen en s'arrêtant pour l'aider à se relever.

Ils repartirent en courant, mais les Anglais les rattrapaient, et leurs cris se faisaient plus fort.

— Halte ! s'écria quelqu'un derrière eux.

Des flèches fendirent l'air, se fichant dans le sol et dans des arbres. Quelqu'un attrapa Amber et elle s'effondra sous le poids d'un homme. Des aiguilles de sapin et des brindilles lui griffèrent les mains et les jambes.

— J'ai la femme ! annonça l'homme.

Il sentait la sueur et l'alcool.

Amber se débattit, essayant de se libérer, mais elle était déjà encerclée.

— J'ai saisi l'homme, déclara une autre voix. Vous n'irez nulle part, maudits Écossais.

Des larmes de désespoir brûlèrent les yeux d'Amber.

— Lâchez-moi ! hurla-t-elle. Je ne suis même pas une fichue highlander !

— Taisez-vous, dit l'homme au-dessus d'elle avant de la gifler violemment.

La douleur explosa dans son crâne. Il la releva et la traîna vers le camp. À sa droite, deux hommes tenaient Owen. Amber et lui échangèrent un regard trahissant la colère et la déception. Leur garde était assis près de la cage, pressant un linge contre son front.

— Vous vouliez pisser, hein ? aboya-t-il quand Amber passa devant lui. Allez brûler en enfer, vile garce. Que la charrette pue, vous ne la quitterez plus jusqu'à ce que nous arrivions à Stirling.

— Allez vous faire voir.

Amber et Owen furent poussés dans la cage, et le garde verrouilla derrière eux.

— Bon sang ! s'exclama Amber en frappant les barreaux. On y était presque.

— *Aye*, eh bien, nous essayerons à nouveau.

Mais son ton n'était pas aussi optimiste qu'avant, et un pli lui barrait le front.

— Non, vous n'essayerez rien.

Amber se retourna. Sir de Bourgh se tenait devant la cage. Il n'était plus en armure ; il portait un manteau rouge et une tunique qui lui arrivait aux genoux. Il avait une grosse épée à la ceinture. De beaux motifs en spirales qui brillaient et reflétaient la lueur du feu décoraient le pommeau.

— Vous ne vous échapperez plus, dit-il en considérant Amber avec curiosité.

Il s'approcha de la cage et agrippa deux barreaux. Amber avait l'impression d'être un animal au zoo à la façon dont il la fixait.

— Dites-moi donc, d'où venez-vous, ma chère ? Je n'avais encore jamais vu qui que ce soit comme vous.

Une brûlante vague de colère et d'angoisse la frappa. Encore ces yeux... les yeux habités par l'autorité paresseuse d'un puissant militaire.

Owen s'approcha de lui.

— Cela n'a guère d'importance, pourceau ! C'est mon épouse.

Amber le regarda, stupéfaite. Allait-il réellement mentir pour essayer de la protéger ? Une douce légèreté l'envahit.

— Cessez de poser vos questions inutiles, et libérez-nous.

Un petit rire échappa à de Bourgh, qui ne quitta pas Amber des yeux.

— Votre épouse ? Et où avez-vous donc trouvé une telle beauté ?

— Cessez de la regarder ainsi. Si vous osez nourrir la moindre pensée impure à son sujet, je vous couperai la verge.

De Bourgh regarda Owen d'un air amusé.

— Comment comptez-vous faire une telle chose, enfermé dans une cage, sans épée ni dague ?

— Un highlander trouve toujours un moyen.

— Fort bien. Je surveillerai ma verge. Merci pour cette mise en garde. Quel est votre nom, brave highlander ?

— Owen Cambel.

De Bourgh haussa les sourcils.

— Cambel ? Merveilleux. Les alliés les plus proches de Robert Bruce. Ses premiers alliés. Regardez-moi, j'ai perdu un château, mais peut-être ai-je gagné toute la guerre. Owen Cambel et son épouse... Comment vous appelez-vous, ma chère ?

— Amber, répondit-elle à contrecœur.

— Quel nom exotique ! Owen et son épouse, Amber... vous

êtes entre mes mains. Lorsque je commencerai à m'occuper de vous, vous me direz tout. Je pourrai peut-être gagner la guerre pour le roi Édouard II.

Il s'éloigna en sifflotant un air joyeux qui fit descendre un frisson le long de l'échine d'Amber.

— Nous converserons bientôt, lança-t-il par-dessus son épaule.

Owen frappa les barreaux, les traits tordus par une rage impuissante.

— Pourquoi est-ce que j'ai l'impression que ce n'est pas une bonne chose que vous ayez dit que je suis votre épouse ?

Owen la fusilla du regard, les sourcils froncés.

— Parce que c'est le cas. Maintenant, il pense avoir l'ascendant sur moi, pouvoir se servir de vous pour me menacer.

Amber serra les poings.

— Alors, pourquoi vous avez menti, bon sang ?

— Pour vous protéger. Pour quelle autre raison l'aurais-je fait ?

— Je répète, je n'ai pas besoin de votre protection ! Vous n'avez fait que me mettre encore plus en danger.

Owen lui lança un regard angoissé. Étrangement, de la chaleur envahit son ventre en réaction. Qu'elle était bête ! Il ne devrait pas avoir d'importance à ses yeux. Elle ne devrait pas lui faire confiance, elle ne devrait pas compter sur lui.

Mais avec personne d'autre de son côté, quel choix avait-elle ?

CHAPITRE 6

TROIS JOURS PLUS TARD…

Une horreur sombre et froide envahit les muscles d'Owen lorsqu'il vit l'enceinte du château de Stirling. Ils avaient gravi la colline à un rythme régulier et, enfin, les falaises où se dressait le château étaient visibles.

Il n'avait encore jamais vu une forteresse comme celle-ci. Il avait ouï dire qu'il était impossible de l'assiéger, et il comprenait pourquoi à présent. Inverlochy ressemblait à un château en bâtons et en torchis bâti par un enfant comparé à Stirling. La porterie était composée de deux épaisses tours. Les murs étaient plus hauts et plus imposants que tous ceux qu'il avait jamais vus, et comportaient des mâchicoulis en bois pour les archers et les défenseurs. Des tours carrés aux extrémités du mur avant procuraient des points de défense stratégiques des parties les plus vulnérables du château.

Stirling reliait les Highlands aux plaines. Quiconque contrôlait le château contrôlait l'Écosse. Et jusqu'à présent, il appartenait aux Anglais.

— Pas pour longtemps, marmonna Owen pour lui-même entre ses dents.

Robert Bruce était en train de l'emporter. On racontait que même les habitants des plaines qui avaient auparavant prêté allégeance à Édouard se ralliaient à sa cause. Owen croyait que l'Écosse serait de nouveau libre, et il était prêt à faire tout ce qui était en son pouvoir pour que cela se produise.

L'armée entrait lentement dans l'enceinte du château. Amber leva les yeux vers les pointes tranchantes de la herse.

— Owen, dit-elle d'une petite voix. Sérieux. Comment on va sortir d'ici ?

Le ventre d'Owen se tordit. Après trois jours de voyage, il était à court d'idées.

— Je ne le sais point encore, répondit-il en frottant sa barbe naissante d'un air sombre. Mais nous nous évaderons. Je vous le promets.

Ou ils mourront en essayant de s'échapper. Mais cela, il ne le dit pas.

Une fois dans l'enceinte du château, ils continuèrent leur progression, passant devant de simples maisons au toit de chaume, des jardins avec des légumes, un petit verger, ainsi que des vaches, des cochons et des poules. Il y avait plusieurs ateliers. Enfin, ils arrivèrent devant une simple palissade en bois avec une porte. Derrière se dressait une tour carrée, probablement la tour du seigneur, ou le donjon.

Owen et Amber échangèrent un regard inquiet. Avec deux murs dressés entre eux et la liberté, comment diable allaient-ils s'échapper ?

Ils s'arrêtèrent au milieu d'une cour qui devait être au moins deux fois plus grande que celle d'Inverlochy. À côté du donjon, il y avait un grand bâtiment adjacent au mur ; probablement la grande salle. De la fumée s'élevait d'une maison de village simple au toit de chaume, et à en juger par l'odeur aromatique de viande cuite et de pain qui s'en dégageait, ce devait être la cuisine. Un autre bâtiment en pierre était relié à la palissade. Owen se dit que c'était peut-être un atelier ou une forge.

Le garde ouvrit leur cage, et ils en descendirent. C'était agréable d'être debout sur la terre ferme au moins. Owen étira ses jambes. Le garde lui attacha les mains dans le dos, et un sentiment d'impuissance s'abattit sur ses épaules. L'homme attacha également les mains d'Amber, et elle les agita brusquement. Elle ressemblait à un chat sauvage, acculé et dangereux.

— Bougez, dit le garde en poussant Owen.

Détestant chaque pas qu'il devait faire, il avança. La jeune femme marchait à côté de lui, l'air grave et les yeux écarquillés. Ils pénétrèrent dans le donjon et, comme à Inverlochy, un escalier menait au sous-sol. Seules quelques torches illuminaient la pénombre. Contrairement à Inverlochy, il n'y avait pas de nourriture entreposée dans la pièce en bas de l'escalier. Elle était vide et comportait trois lourdes portes, chacune menant dans une direction et gardée par des hommes. Le sang d'Owen se glaça.

Les gardes ouvrirent la porte sur la droite et poussèrent Owen et Amber dans l'ombre derrière. Lorsqu'ils passèrent la porte, l'odeur de renfermé de la pierre humide et de la moisissure frappa Owen. Quelques torches éclairaient une rangée de cages contre le mur, qui rappelait la paroi d'une grotte. Ils passèrent devant trois cages, et dans l'une d'elles, Owen vit un homme recroquevillé dans un coin. Les miasmes des excréments et de son corps sale firent remonter sa bile dans sa gorge.

Pardieu ! Cet homme était en train de pourrir ici, et si Owen ne faisait rien, il en serait bientôt de même pour Amber et lui.

Des ombres se dressaient tels de mauvais esprits dans les coins des cellules tandis qu'ils s'enfonçaient dans les cachots. Ils s'arrêtèrent au fond de la grotte, devant la dernière cage. L'un des gardes l'ouvrit avec une énorme clé. Le métal grinça à l'ouverture de la porte. Les yeux d'Amber s'écarquillèrent, habités d'un regard désespéré et tourmenté, mais le garde la poussa en avant. Elle trébucha et tomba, s'étalant sur le sol.

La colère s'éleva en Owen comme un mur de flammes. Il se

tourna vers le garde et lui mit un coup de tête dans le nez. Le craquement satisfaisant de l'os le fit sourire. Le reste des gardes s'approchèrent pour le pousser également dans la cellule, mais au lieu de leur accorder cette satisfaction, il y entra de lui-même.

— Allez brûler en enfer, marauds, grogna-t-il.

L'un d'eux verrouilla la porte.

— Vous avez de la chance que le seigneur veuille qu'aucun de vous ne soit blessé. Sinon, vous seriez en train de ramasser vos dents par terre. Maintenant, tournez-vous et laissez-moi détacher vos fers. Et dites à votre épouse, ou qui que soit cette femme, de faire de même.

Leurs mains furent enfin libérées, et les gardes quittèrent la grotte, ne laissant qu'une torche devant leur cellule. Elle projetait des ombres à l'air malfaisant qui dansaient sur le sol.

Il essaya de penser à quelque chose pour leur remonter le moral. Mais la seule chose à laquelle il arrivait à penser, c'était que les choses avaient mal tourné par sa propre faute.

Son clan avait perdu les faveurs du roi. Certes, Jean Balliol n'était pas resté roi longtemps après avoir provoqué la colère du roi Édouard Ier d'Angleterre. Les MacDougall avaient proclamé qu'Owen avait volé l'or, et avaient attaqué les terres des Cambel de façon inattendue. Ils avaient repris les terres que le roi avait données aux Cambel. Ils avaient enlevé Marjorie, et Alasdair l'avait violée et maltraitée. Dans la bataille pour la secourir, le grand-père d'Owen avait péri. Puis les MacDougall avaient attaqué Innis Chonnel et avaient pris le château, chassant les Cambel.

C'était durant cette bataille que les MacDougall avaient blessé et capturé Ian Cambel. Ils l'avaient secrètement vendu en esclavage alors que tout le monde le croyait mort. Ensuite, les Cambel avaient fait du château du père d'Owen, Glenkeld, le bastion du clan, et son oncle Neil et ses fils y avaient emménagé.

Puis il y avait eu Lachlan...

L'année passée, Craig avait été nommé connétable du château d'Inverlochy par Robert Bruce. Craig avait demandé à Owen de tout surveiller pendant son absence et lui avait expressément interdit d'inviter qui que ce soit du village d'Inverlochy au cas où il y ait des espions ennemis. Mais Owen s'était dit que quelques jolies demoiselles ne feraient de mal à personne. Ces demoiselles avaient refusé de venir sans chaperons. Leurs mères étaient donc venues, ainsi que leurs pères et leurs frères. Bientôt, le château avait grouillé de gens en train de festoyer. Dans tout ce chaos, Hamish Dunn, un espion des MacDougall, avait tué Lachlan en croyant qu'il tuait Craig. Étant cousins, les deux se ressemblaient beaucoup.

Owen avait tout cela sur sa conscience. Parce qu'il était un raté. Parce qu'il avait été distrait par de belles femmes, de l'alcool, et son envie de se rebeller contre son père.

Mais il pouvait faire preuve de gentillesse maintenant et s'assurer qu'Amber allait bien.

Il se tourna vers elle.

— Vous sentez-vous bien ?

Elle se frotta les poignets.

— Ça va. Et vous ?

Il rit intérieurement. Il n'avait entendu que deux personnes utiliser cette étrange expression, « ça va ». Amy, l'épouse de Craig, et Kate, la bien-aimée de Ian.

— *Aye*, *ça va*, répondit-il, goûtant ces mots sur sa langue.

Elle se dirigea vers le mur opposé et se laissa glisser jusqu'à être assise par terre.

— Et maintenant ? dit-elle.

— Maintenant, nous attendons.

~

Le temps avançait lentement. Dans l'obscurité accablante, avec seulement la lueur d'une petite flamme, l'esprit d'Amber tournait à plein régime.

Maintenant qu'elle avait passé plusieurs jours dans cette réalité médiévale, elle ne doutait plus un instant qu'elle avait voyagé dans le temps, comme l'avait dit Sìneag. C'était fou ; et pourtant, c'était la seule explication qu'elle trouvait. Pour quelle autre raison le château d'Inverlochy ne serait-il plus en ruine ? Pour quelle autre raison des hommes avaient-ils des épées, des lances et des boucliers ? Qu'est-ce qui pourrait expliquer l'absence de technologie, d'électricité et de voitures, les maisons aux toits de chaume et le fait que les gens voyageaient à cheval ?

Les mêmes questions ne cessaient de tourner dans sa tête. *Comment est-ce que j'ai pu laisser une telle chose m'arriver ? Qu'est-ce qui m'a pris de penser que voyager dans le temps était plus sûr que d'essayer d'échapper à la police ? Et comment j'ai réussi à fuir la prison à* mon *époque, seulement pour me retrouver en cellule au XIVe siècle ?*

La plus grande question de toutes, c'était de savoir si elle aurait été capable de prouver son innocence si elle avait eu le courage de tenir tête à Jackson. Non. Jackson aurait gagné. Elle avait passé son enfance à être un bouc émissaire. Ses frères y avaient veillé.

Owen était assis quelque part contre le mur opposé, à un endroit que la lumière n'atteignait pas. Seule sa botte était visible, et elle ne bougeait pas.

— Comment est-ce que vous pouvez être aussi calme ?

Il ne répondit pas immédiatement, et Amber se dit qu'il devait s'être endormi.

— Il n'y a rien que nous puissions faire pour changer cette situation. Nous ferions donc mieux d'économiser nos forces. Je vous parie le prix d'un bon cheval que nous en aurons besoin.

Un petit rire moqueur échappa à Amber.

— J'aimerais pouvoir être aussi calme que vous. Vous avez déjà été en prison avant ?

Elle entendit un bruissement et, tout à coup, Owen se tint devant elle, grand, doré et imposant, comme un dieu antique.

— Nenni. Et vous ?

Un nœud douloureux se forma dans sa gorge.

— Non.

Il l'étudia en fronçant les sourcils.

— Vous devriez vous calmer.

Amber se leva et fit les cent pas. Elle se mit à suer, la poitrine tendue et douloureuse, les pieds lourds et froids. Elle se frotta le front d'une main tremblante.

— Je n'ai rien fait, Owen, dit-elle, sa voix basse résonnant contre les murs rocheux. Je ne devrais pas être ici. Je ne viens même pas de...

Elle eut le bon sens de s'interrompre avant de dire qu'elle ne venait pas de ce siècle.

— Vous ne venez pas de quoi ?

Il y avait quelque chose dans sa voix qui la fit s'arrêter pour le regarder. Quelque chose comme...

De l'espoir ?

Non, c'était impossible. Pourquoi de l'espoir ? Qu'espérait-il qu'elle dise ?

— Je ne viens même pas du coin. Et je n'ai rien à voir avec votre roi et vos ennemis. Et vous. Et pourtant, c'est moi qui paie le prix, dit-elle avant de secouer la tête. On dirait qu'il y a de l'injustice et des gouvernements corrompus partout.

Et à toutes les époques.

Owen plissa les yeux.

— Vous est-il arrivé quelque chose ? Une injustice ?

Amber arrêta de faire les cent pas. Il la regardait tranquillement. Son visage, à moitié éclairé par la torche, était si stoïque et calme, comme s'il était chez lui, et non dans les entrailles glaciales d'un château ennemi. Il ressemblait à un demi-dieu avec son magnifique visage parfait et ses cheveux dorés qui brillaient à la lueur de la torche. C'était un guerrier après tout, se trouver en danger de mort n'était pas nouveau pour lui.

Mais ce n'était pas nouveau pour elle non plus.

Pourtant, curieusement, être dans cette prison était pire que partir en mission en Afghanistan. Au moins, elle avait choisi de partir en mission. Elle s'était sentie forte.

Ici, elle était impuissante.

Comme durant son enfance.

— Qu'est-ce qui m'est arrivé ?

Était-elle prête à révéler son secret le plus profond ? La raison pour laquelle elle s'était retrouvée ici ?

Non. Elle ne pouvait pas lui faire confiance. Elle ne pouvait faire confiance à personne. Accorder sa confiance, accorder sa confiance aux gens qui contrôlaient tout, l'avait mise dans ce pétrin.

Plus jamais.

— L'injustice est partout, déclara-t-elle. Ça m'est arrivé. Ça vous est arrivé, je parie. On l'a tous subie.

Owen prit appui sur l'une de ses jambes et croisa les bras.

— *Aye*. Cela m'est arrivé à moi aussi. Pourtant, je suis calme, et vous perdez la tête.

— Ah, allez vous faire voir ! Vous ne savez rien de moi.

Elle ne devrait pas lui parler sèchement comme cela. Elle poussa un soupir tremblant. Ce n'était pas lui qui venait d'une autre époque. Il était chez lui ici.

Ayant l'impression que le sol s'enfonçait sous ses pieds, Amber se dirigea vers le mur et s'y appuya. Les pierres étaient fraîches et humides sous ses mains. Owen vint se tenir près d'elle et lui toucha l'épaule. Cela ne la dérangea pas. À vrai dire, de la chaleur se répandit en elle depuis l'endroit où sa main la touchait, même à travers sa veste. Son visage inquiet apparut près du sien.

— Vous devez respirer. Allez, faisons-le ensemble. Inspirez profondément, dit-il avant de le faire. Retenez votre souffle. Expirez.

Amber s'exécuta. Elle inspira une goulée de l'air froid et moisi, retint son souffle un moment, puis expira. Elle le refit encore et encore. Chaque fois, la tension la quittait peu à peu, jusqu'à ce qu'elle se sente enfin elle-même.

Elle rencontra le regard d'Owen.

— Comment est-ce que vous avez appris des techniques de respiration ?

Elle doutait que les highlanders connaissent le pouvoir de la méditation et de la respiration.

Il haussa les épaules.

— Je fais de l'archerie. Il faut rester calme, même au beau milieu d'une bataille. Pour rester calme, il faut respirer.

Amber se rendit compte que sa main était toujours sur son épaule. De douces et agréables décharges électriques descendaient par vagues dans son bras et sa poitrine. Sa respiration s'accéléra à nouveau, et son pouls irrégulier lui battait les oreilles. Comment le simple contact d'un homme pouvait-il lui faire ressentir cela ?

Non. C'était impossible. Elle ne le permettrait pas. Elle ne s'autoriserait pas à se retrouver désarmée face à un homme. Pas encore.

Amber se secoua pour lui faire retirer sa main, et une pointe de peine traversa le visage d'Owen.

— Merci du conseil, dit-elle.

Il avait raison à propos de l'archerie, bien sûr. Elle le savait aussi, grâce à son entraînement au tir. Elle l'avait aussi appris au kung-fu. Elle faisait également du yoga et de la méditation parfois. Pourtant, toutes ses connaissances la quittaient quand elle était avec lui.

Owen s'éloigna d'elle puis, un air insouciant sur le visage, il s'allongea au milieu de la cellule et mit ses mains derrière sa tête. Il contempla le plafond sombre d'un air si rêveur, comme s'il regardait les nuages un beau jour d'été.

— On dirait bien que vous maîtrisez les exercices de respiration, dit Amber en se rasseyant contre le mur.

Un petit rire échappa à Owen.

— *Aye*. Il n'y a rien que je puisse faire pour changer la situation pour le moment. Alors, pourquoi me fatiguer ?

Amber aurait voulu avoir la même attitude.

— Alors, vous vous y connaissez en archerie ?

— *Aye*. Ce n'est pas le cas de tous les guerriers, cependant. Mais petit garçon, je voulais apprendre à manier l'épée et l'arc.

— Pourquoi ?

Les épaules d'Owen se raidirent, et son visage perdit soudain son expression insouciante de jeune homme qui regardait les nuages.

— Parce que mes frères aînés manient tous excellemment l'épée. Je suis le plus jeune fils, et l'on m'a toujours laissé seul. L'archerie était une façon de me distinguer.

La gorge d'Amber se noua. Toute son enfance, elle avait voulu qu'on la remarque, elle aussi. Ses frères avaient toujours été les préférés de leur père, ils avaient eu le droit de faire tout ce qu'ils voulaient. En tant que fille, on avait attendu d'elle qu'elle suive les règles et fasse tout comme il faut.

Elle avait toujours voulu s'enfuir et voyager. C'était l'une des raisons pour lesquelles elle avait rejoint l'armée.

— Combien de frères vous avez ? demanda-t-elle.

— Deux. Et deux sœurs. Enfin, pour être précis, Craig et Marjorie sont mon demi-frère et ma demi-sœur.

— J'ai trois frères, tous plus âgés.

Owen roula sur le flanc et appuya sa tête sur l'un de ses bras. La lueur de la torche se reflétait sur sa barbe naissante dorée.

— Sont-ils des guerriers ? Vos frères ?

— L'un d'eux en est un. Enfin, il l'était. Il a pris sa retraite.

Jonathan, l'aîné, avait rejoint l'armée. Il avait servi en Iraq jusqu'à ce qu'il prenne sa retraite parce que, comme il l'avait expliqué officiellement, sa femme avait insisté. Son deuxième frère, Kyle, était avocat. Daniel, le troisième, était un artiste en galère qui enchaînait les boulots et avait beaucoup déçu leur père.

— Oh, *aye* ?

— Eh bien, mon père s'attendait à ce que son fils aîné marche sur ses traces. Mais en toute honnêteté, je ne pense pas que Jonathan se soit jamais imaginé faire carrière dans l'armée comme notre père.

— Votre père est chef de guerre ?

— En quelque sorte. Il l'était. Il est mort.

Son père était mort d'une crise cardiaque deux ans plus tôt. Il était major de l'armée américaine, un homme fier pour qui la discipline et les règles comptaient plus que tout. Il avait visualisé un avenir bien défini pour chacun de ses enfants. Pour ses fils : l'armée, le droit et la médecine. Sa fille pouvait devenir enseignante ou mère au foyer.

Si son père avait su que sa mère avait encouragé Amber à être indépendante et aventureuse, il y aurait peut-être réfléchi à deux fois avant de la laisser camper avec les scouts et aller à des fêtes au lycée.

Quand elle avait rejoint l'armée, elle s'était dit qu'elle ferait d'une pierre deux coups : elle voyagerait et impressionnerait son père.

Ni l'un ni l'autre ne s'était produit. Elle s'était retrouvée coincée en Afghanistan toute la durée de son service. Et son père l'avait toujours trouvée faible.

— Je suis navré de l'entendre.

— Merci.

— Mais vous savez vous battre aussi, non ? Ce que j'ai vu à Inverlochy... Je n'avais encore jamais vu qui que ce soit se battre ainsi.

Malgré elle, Amber sentit de la chaleur lui monter aux joues. Pas possible ! Elle rougissait. Elle détestait être si émotive en présence d'Owen.

— Oui. J'ai vu mon lot de batailles, mais c'était très différent de celles ici.

— Je suppose. Où avez-vous appris à vous battre ainsi ?

Elle devint écarlate. Ce ne pouvait pas être de l'adoration qu'elle avait entendu dans sa voix, si ? Et ce n'était sûrement pas cette pointe d'adoration qui la faisait rougir comme une vierge ?

— Chez moi. Ce n'est rien de bien spécial, un simple entraînement militaire, c'est tout.

Ce n'était pas exactement vrai. Elle aimait le kung-fu et avait décidé de suivre des cours de son propre chef. L'entraînement standard de l'armée ne comprenait pas d'arts martiaux. Cela la rendait plus forte et puissante, et elle adorait à quel point elle était gracieuse. Chaque fois qu'elle devait utiliser une arme à feu, elle grimaçait intérieurement. Les arts martiaux étaient un type de combat dangereux, mais c'était bien plus élégant.

— J'aimerais bien apprendre un tour ou deux, déclara Owen.

Amber venait d'ouvrir la bouche pour répondre que ce n'était pas des tours et qu'apprendre prendrait du temps lorsque la porte d'entrée des cachots grinça et que les pas lourds de plusieurs hommes se rapprochèrent.

Owen sauta sur ses pieds, le regard sombre et perçant. Le ventre noué, Amber se leva également.

Trois gardes s'arrêtèrent devant leur cellule, torche à la main. La lumière fit mal aux yeux d'Amber. L'un des hommes déverrouilla la porte de la cellule et l'ouvrit. Owen s'approcha d'Amber et se tint entre le garde et elle.

— Ôtez-vous de là, Écossais. Sir de Bourgh attend votre épouse.

CHAPITRE 7

LA PORTE se ferma bruyamment derrière Amber, laissant les gardes dehors.

Elle poussa un soupir tremblant alors qu'elle observait autour d'elle. C'était un autre cachot, pas très différent de celui dans lequel ils étaient retenus, avec d'épais murs en pierre massive et un plafond en forme de dôme.

Au milieu se dressait une table imposante avec des taches sombres qui lui firent penser à du sang. Sir de Bourgh était assis à la table, une cuisse de poulet à la main. Il mâchait sans quitter Amber des yeux, le feu dans l'énorme âtre se reflétant sur sa peau lisse.

Un homme grand et mince se tenait à ses côtés. Il ressemblait à un spaghetti cru. De profondes rides autour de sa bouche et sur son front lui donnaient un air triste, comme s'il savait quand elle mourrait et que cela lui déplaisait.

Un frisson parcourut Amber, même s'il faisait bien plus chaud quand dans leur cachot. Le frisson se transforma en une vague glacée lorsqu'elle regarda le mur.

Une collection d'instruments y était suspendue : de lourdes menottes et entraves en fer reliées par une tige en fer, des pointes tranchantes, des fouets, d'énormes couteaux et haches, quelque chose qui ressemblait à un piège à ours, et d'autres objets qui lui glacèrent le sang.

Au-dessus de la table pendait un grand cylindre avec des tiges et des chaînes qui touchaient le sol. Près de la cheminée, il y avait une chaise avec les mêmes taches sombres que la table.

C'était une salle de torture.

La gorge d'Amber fut soudain aussi sèche qu'un désert. Un frisson d'horreur descendit le long de son échine. De la sueur aurait perlé sur sa peau si elle avait été suffisamment hydratée. Au lieu de cela, sa tête lui fit aussi mal que si elle avait été frappée par un énorme marteau.

Un jour, elle avait participé à l'extraction d'un journaliste retenu en otage par des terroristes en Afghanistan. L'homme avait été passé à tabac, ses côtes étaient brisées, et il avait des brûlures sur les mains et les pieds. C'était son expérience la plus directe avec la torture.

En ferait-elle personnellement l'expérience ? Et pourquoi Sìneag l'avait-elle donc envoyée ici pour qu'elle se retrouve avec ce taré ?

De Bourgh grignota l'os de poulet et claqua des lèvres. Du gras coula sur sa paume. L'odeur de la nourriture dans la pièce donna la nausée à Amber, même si elle mourait de faim.

— Je vous inviterais bien à dîner avec moi, déclara de Bourgh en désignant de la main une chaise à côté de lui, et une assiette et un verre vides devant. Mais il serait peut-être sage que vous ne mangiez ni ne buviez. Tout dépend de ce que vous décidez.

Amber ravala le nœud douloureux dans sa gorge. La peur lui tordait le ventre, mais elle releva le menton.

— Ce que je décide à propos de quoi ?

— Vous pouvez me dire tout ce que je veux savoir à propos de Robert Bruce et de son armée pendant que nous festoyons et buvons un excellent vin. Ou je peux me servir de ces outils pour vous forcer à parler, dit-il en montrant la pièce d'un geste, pour vous soutirer ce que je veux.

Le sang quitta le visage d'Amber. Elle devait se tirer d'ici.

— Je ne sais rien.

De Bourgh l'étudia un moment avec ses yeux perçants et pénétrants, puis il hocha la tête et prit une autre cuisse de poulet.

— Je suppose que vous avez donc pris votre décision.

Elle pourrait se battre pour s'échapper. Owen avait raison, aucun d'entre eux ne connaissait le kung-fu ni quoi que ce soit de similaire. Si de Bourgh ou l'autre gars s'approchait, son corps saurait quoi faire. Il était hors de question qu'elle les laisse poser ne serait-ce qu'un doigt sur elle.

De Bourgh agita une main, et l'homme mince eut l'air encore plus triste. Les extrémités de ses sourcils retombèrent, et celles au-dessus de son nez se touchèrent.

Il s'approcha d'Amber, et elle plia les genoux, prenant une posture de combat. Le bourreau, comme elle l'appelait dans sa tête, tendit la main pour la prendre par l'épaule. Elle lui saisit le poignet, se glissa derrière lui et tira son bras contre son corps tout en le tordant. L'homme grogna, et elle s'agenouilla et fit usage de son corps entier pour l'emmener avec elle. Il haleta, mais ne dit mot.

Amber regarda de Bourgh. Il la considérait d'un air surpris et amusé tout en continuant à mâcher.

— Laissez-moi partir, ou je lui casse le bras.

— C'est fort intelligent, déclara de Bourgh. Je vous applaudis.

Pourquoi n'était-il pas plus inquiet ? Quelque chose de tranchant fut pressé contre le ventre d'Amber, et son sang se glaça.

— Je crains de ne pouvoir vous laisser faire une telle chose, madame, grogna le bourreau. Vous devez me lâcher, ou je serai contraint de vous sortir les boyaux du ventre.

Malgré la douleur, malgré cette position difficile, l'homme était parvenu à utiliser sa main libre pour dégainer son couteau. C'était probablement parce qu'il avait de longs bras qu'il avait réussi à atteindre son ventre. Amber s'était longuement entraînée, mais elle ne s'était servi du kung-fu pour se défendre qu'une ou deux fois. Cet homme jouait dans une autre catégorie. Le bourreau ne ressentait-il pas de douleur ? N'en avait-il pas peur comme un être humain normal ?

Le côté tranchant de son couteau s'enfonça plus profondément dans sa peau.

— Lâchez-le, dame Cambel, dit de Bourgh, jetant l'os de poulet sur l'assiette et s'essuyant les mains. Il vous tuera sans hésiter. Son bras m'est plus précieux que votre vie.

Amber grogna et lâcha le bras de l'homme. Il se leva lentement en la regardant avec de la pitié dans les yeux. Elle se mit également debout, furieuse contre lui, et contre elle-même de ne pas avoir réfléchi à un autre plan.

De Bourgh contourna la table pour venir se tenir près d'elle. Il était de petite taille, plus petit qu'Amber, et, à côté du bourreau, il ressemblait à une balle à côté d'un club de golf.

— Où avez-vous appris cela ? demanda-t-il.

— Ça ne vous regarde pas.

— Hmm, répondit-il en la détaillant du regard. Et d'où viennent vos étranges accoutrements ? Ces chausses font penser que vous êtes habillée comme un homme, mais elles ressemblent presque à des bas. Et cet habit…

Il tendit la main et toucha le col de sa veste en cuir entre son pouce et son index. Amber recula.

— Du cuir. Hmm. Je n'avais encore jamais vu de finitions aussi somptueuses, déclara-t-il avant de la regarder dans les yeux. Vous me paraissez fort étrange, maîtresse.

— Exactement. Je ne viens pas d'ici. Je ne sais rien à propos de Robert Bruce. Vous perdez votre temps avec moi.

— Point d'ici. Je veux bien le croire. Votre peau sombre. Vos habits. Votre étrange façon de parler. D'où venez-vous donc ?

— De loin. Vous n'imaginez même pas à quel point c'est loin.

— Vous éludez de nouveau mes questions, n'est-ce pas ? Voyons si mon cher Jerold Baker peut vous persuader de m'en dire plus.

Le bourreau attrapa Amber par le coude, son long couteau

pointé directement vers son rein. Amber marmonna un juron, les jambes en coton. Devrait-elle mentir ? Lui dire quelque chose à propos de Robert Bruce, des idioties pour le faire s'arrêter ?

— J'espère que vous avez conscience qu'éluder mes questions ne joue pas en votre faveur. Je n'ai nullement confiance en vous ; je sais que vous cachez quelque chose. Quelque chose d'important, quelque chose qui pourrait m'intéresser. Quelque chose que je finirai par découvrir.

Le bourreau la mena vers l'immense poteau au milieu de la pièce. Il mit la main d'Amber dans une menotte en fer grossière attachée au poteau. Ses entrailles tremblèrent.

Oh que non !

Elle écarta vivement son poignet avant qu'il ne puisse fermer la menotte, et elle lui mit un coup de poing dans le nez. L'os émit un craquement, et du sang se déversa de ses narines. Il grogna, mais il parvint quand même à lever son couteau à sa gorge et à attraper sa main dans une poigne de fer.

— Ma profession m'a endurci, dit-il calmement. Il est futile de se battre. Vous ne vaincrez point.

Cet homme était un agent de la mort, pâle, triste et calme.

— Oh, je ne vous crois pas ! aboya-t-elle. Tout le monde a peur de la douleur.

— Surtout vous.

Il rangea son couteau, mais avant qu'Amber ne puisse agir et se libérer, elle était menottée. Le fer froid lui mordit la peau.

De la colère et un sentiment d'impuissance brûlaient en elle comme une fièvre.

— Laissez-moi partir.

Elle essaya d'écarter sa main, mais évidemment, c'était sans espoir. Jerold Baker prit son autre main, sa poigne aussi ferme que le fer, et la mit dans la deuxième menotte.

Elle était à présent dos à de Bourgh, impuissante et exposée, même en étant habillée. Elle sentait presque les instruments de torture pointus s'enfoncer dans sa peau, lui tordre les os.

Survivrait-elle à cela ? Ou mourrait-elle de ses blessures ou d'une infection plus tard ?

Elle n'avait rien fait pour mériter cela. C'était complètement injuste. Et tout était de sa faute. Elle n'aurait jamais dû partir avec Owen. Elle aurait dû retourner à son époque et affronter Jackson, elle aurait dû croire qu'elle trouverait un moyen de prouver son innocence. Au moins, au XXIe siècle, personne n'essayerait de la torturer.

Des larmes lui brûlèrent les yeux et brouillèrent sa vue, mais elle s'interdit de pleurer. Elle n'offrirait pas cette satisfaction aux deux hommes.

De Bourgh s'approcha et se mit face à elle.

— Mon roi, Édouard II, m'a confié la tâche de restaurer le pouvoir de l'Angleterre en Écosse. D'affaiblir Robert Bruce. Et je pense que votre époux et vous êtes la clé de ma réussite.

Il se dirigea vers le mur et prit un instrument. On aurait dit une énorme pince aux bords tordus. Les deux extrémités ressemblaient aux longues pointes d'une fourche.

— Cet outil s'appelle une araignée espagnole, annonça de Bourgh, et Amber eut l'impression que le sol tremblait sous ses pieds. Je détesterais devoir mutiler une belle femme comme vous.

— Pitié...

Le mot avait jailli de sa bouche avant qu'elle ne puisse se retenir.

— Hmm, gloussa de Bourgh avec satisfaction. Cela déplairait à Owen, non pas que son bonheur m'importe. Nous pourrions peut-être utiliser ceci.

Il s'approcha d'une chaise.

— Cet objet frirait lentement vos pieds. Jerold Baker le connaît particulièrement bien. C'est très efficace pour obtenir des réponses à des questions auxquelles les gens ne veulent pas répondre, dit de Bourgh, prenant un épais bouclier en bois et le posant entre la cheminée et la chaise. Quand la peau commence à brûler, Jerold Baker place le bouclier entre les pieds et le feu.

La promesse de ce délicieux soulagement suffit généralement à faire parler n'importe qui, même ceux qui ont soutenu qu'ils ne savaient rien. Comme vous.

Amber ferma les yeux. De la sueur perla sur sa peau, la trempant. Elle arrivait presque à sentir l'odeur de la chair brûlée. De telles brûlures dévoreraient la chair jusqu'à l'os. Elle ne pourrait peut-être jamais marcher à nouveau.

— Pitié. Vous perdez votre temps avec moi. Je ne sais rien à propos de Robert Bruce.

Ce ne fut qu'en sentant le goût salé sur sa langue qu'elle se rendit compte qu'une larme avait roulé sur sa joue et jusqu'à sa bouche.

— Je me ferais une joie de vous relâcher, dame Cambel. Je détesterais punir une femme aussi belle que vous. Vous êtes un mystère ; vous êtes différentes de tous ceux que j'ai rencontrés dans ma vie. Mais je ne puis me permettre d'échouer. Le roi me rendra mes terres au sud et mon titre si j'accomplis ma tâche. Dans le cas contraire, mes filles n'auront point de dots, et mon fils pas d'héritage.

Il reposa la planche et s'approcha d'elle, un air compatissant sur le visage.

— Pour la dernière fois, parlerez-vous ? Répondrez-vous à mes questions ?

Amber expira. Si sa vie touchait à sa fin, autant mourir la tête haute. Elle avait eu une bonne vie. Elle avait été honnête et avait toujours essayé de faire ce qui était juste. Elle avait connu l'amour et avait rencontré un beau guerrier qui avait commencé à lui faire ressentir des choses qu'elle n'avait pas connues depuis longtemps. Qu'elle n'avait peut-être même jamais connues. Elle avait voyagé dans le temps, bon sang ! Combien de personnes pouvaient se vanter de cet exploit ?

— Allez au diable, murmura-t-elle.

De Bourgh hocha lentement la tête et soupira.

— Vous ne me laissez pas d'autres choix. Jerold, enlevez-lui sa veste et sa tunique.

Amber ferma les yeux. Le rouge lui monta aux joues tandis que Jerold Baker coupait le cuir de sa veste et son t-shirt avant de les lui arracher. Sa peau nue frissonna en sentant l'air. Seul son soutien-gorge cachait sa poitrine.

Le silence pesa dans la pièce. Elle ouvrit les yeux et vit les deux hommes en train de fixer son soutien-gorge avec perplexité.

— Dois-je également lui enlever ceci ? demanda Jerold Baker.

— Qu'est-ce ? interrogea de Bourgh.

— Est-ce que c'est important ? répondit Amber.

— Non, déclara de Bourgh. Enlevez-lui cela aussi.

Avec une sorte de paire de ciseaux géants, Jerold Baker coupa son soutien-gorge, et il tomba sur le sol.

Un frisson parcourut Amber. Perdrait-elle ses seins à présent ?

— Fouettez-la, dit de Bourgh.

Fouetter...

Putain !

Si elle ne se vidait pas de son sang, une infection la tuerait. Elle aurait voulu savoir quelque chose à propos de Robert Bruce qu'elle pourrait échanger contre sa vie.

Le ventre noué, Amber regarda Jerold Baker se diriger vers le mur d'instruments de torture et y prendre un fouet. On aurait dit un serpent attaché à un gros bâton. Le corps entier d'Amber trembla, sa respiration était saccadée. Elle rencontra le regard de Jerold Baker alors qu'il venait se tenir derrière elle, le même air triste sur le visage.

— Vous le paierez, déclara-t-elle. Je ne sais pas comment. Je ne sais pas quand. Mais vous le paierez.

Curieusement, elle savait que si elle survivait, Owen ne tolérerait pas ce qui s'était passé. Il n'était personne pour elle, et elle n'était personne pour lui, mais quelque chose lui disait qu'il ne prendrait pas cela à la légère.

— Nous verrons. Commencez, dit de Bourgh.

Un claquement se fit entendre derrière elle, et une douleur intense lui brûla le dos. Elle grogna et s'affaissa sous ce coup.

Mais avant qu'elle ne puisse se remettre et reprendre son souffle, un nouveau coup de fouet la déchira. Cette fois, elle ne put s'empêcher de crier.

Les coups de fouet lui tombèrent sur le dos comme de la pluie, et bientôt, seule cette douleur écrasante sembla exister.

CHAPITRE 8

La porte du cachot grinça et un bruit sourd retentit dans l'obscurité. Owen sauta sur ses pieds et s'appuya contre les barreaux en fer. Une torche illumina le couloir, puis une autre. Des pas lourds martelèrent le sol en pierre tandis que les deux lueurs s'approchaient. L'autre habitant des cachots s'agita dans sa cellule près de la sortie.

— À manger ! De l'eau, je vous en supplie.

Le ventre d'Owen gargouillait, lui aussi. Ses lèvres étaient desséchées, et il avait mal à la tête. Il ignorait depuis combien de temps il n'avait pas bu. Il ne savait pas quel moment de la journée c'était. Peut-être était-ce déjà le lendemain. Peut-être était-il piégé dans un jour sans fin.

Sa priorité, c'était Amber. Son ventre s'était noué, et son attitude calme et tranquille avait disparu lorsqu'ils l'avaient emmenée, et chaque instant sans elle était une torture.

Qu'était en train de lui faire de Bourgh ? S'il touchait ne serait-ce qu'à un cheveu de sa tête, Owen lui ferait regretter d'être né.

Il observa les ténèbres jusqu'à en avoir mal aux yeux, mais il n'arrivait pas à distinguer quoi que ce soit à part la lueur des deux torches.

— Amber ? Est-ce que c'est vous ?

— Taisez-vous, répondit un homme.

Owen agrippa les barreaux en fer jusqu'à ce que ses doigts s'engourdissent. Enfin, ils furent assez proches pour qu'il voie un homme marcher avec deux torches et derrière lui...

Des doigts glacés lui saisirent les entrailles.

Deux hommes portaient le corps inerte d'Amber.

— Amber ! appela Owen.

Elle ne bougea pas. Une sorte de cape lui couvrait les épaules.

— Elle ne peut vous ouïr.

L'homme qui tenait les torches ouvrit la porte de la cellule.

Ils la portèrent à l'intérieur, ses pieds traînant sur le sol. Ensuite, ils l'allongèrent sur le ventre sur le banc fixé contre le mur dans le coin le plus sombre de la cellule.

— Ne la mettez pas sur le dos.

Le garde donna une torche à Owen.

Une fois cela fait, les trois hommes partirent. Les yeux écarquillés d'Owen restèrent rivés sur le corps immobile d'Amber.

Jésus, Marie, Joseph, je vous en prie, faites qu'elle soit en vie.

Il ne se le pardonnerait jamais si elle mourait. Où qu'il aille, les problèmes et les tragédies le suivaient. La querelle avec les MacDougall, la mort de son grand-père et de Lachlan, les malheurs de Marjorie, ceux de Ian...

Même quand il était petit garçon, il arrivait toujours à tout faire rater. Comme la fois où les MacKinnon étaient venus leur rendre visite à Glenkeld. Owen avait supplié son père de le laisser aller chasser avec les hommes. Il était bon archer pour un garçon de dix ans. Mais son père avait à peine prêté attention à sa demande. Il avait été trop occupé à parler à ses invités.

Mécontent, le jeune Owen avait si bien nourri les chiens de chasse ce matin-là, qu'ils avaient été fatigués et ne s'étaient pas intéressés à la chasse. Alors, un sanglier en colère avait failli attaquer le chef des MacKinnon. Seuls les excellents talents d'archer du père d'Owen lui avaient sauvé la vie.

Plus tard, lorsque son père s'était aperçu qu'il était responsable de cette bêtise, il l'avait corrigé avec un petit fouet qui ne lui avait pas coupé les chairs, mais qui l'avait piqué quand même. Malheureusement, cela ne lui avait pas appris à bien se comporter. Cela lui avait appris comment attirer l'attention de son père.

Mais Owen ne pouvait pas se rater, ce coup-ci. Pas quand la vie d'une femme innocente était en jeu. En particulier quand cette femme était Amber. Il posa la torche sur un chandelier sur le mur au-dessus du banc et s'agenouilla aux côtés d'Amber. À la lueur des flammes, il vit son dos se lever et s'abaisser en de petits mouvements. Elle était pâle, mais elle avait l'air sereine. Ils ne l'avaient pas frappée au visage.

Il souleva avec précaution la cape de son épaule. De la peau nue. De Bourgh l'avait dévêtue. Que lui avait-il fait d'autre ? Un frisson douloureux le traversa, suivi d'une vague de colère brûlante.

Ce pourceau... Oh, il le paiera. S'il y avait ne serait-ce qu'une meurtrissure sur elle...

Il leva la cape plus haut jusqu'à ce qu'il voie la première entaille. C'était une trace de coup de fouet, rouge et large. La peau au milieu était déchirée, et du sang coulait.

— Oh, Amber ! murmura Owen.

Il serra les poings, ses ongles s'enfonçant dans ses paumes.

Il lui découvrit complètement le dos et vit une douzaine de longues entailles sanguinolentes.

— Pardieu, marmonna-t-il, horrifié.

Il devait la soigner. De telles blessures pouvaient être mortelles. Elle pourrait attraper la fièvre, en particulier dans ce sous-sol sale et moisi. Mais il n'avait rien, pas même un linge propre pour couvrir les entailles. Et où étaient ses vêtements ? Elle avait besoin de chaleur pour survivre.

Owen la recouvrit et se leva. Il se passa les doigts dans les cheveux et regarda autour de lui, espérant trouver quelque chose qui l'aiderait. Tout guerrier avait des connaissances rudimentaires sur comment soigner des coupures et des blessures ; il était donc prêt à l'aider. Mais tout ce qu'il avait autour de lui, c'était de la saleté, de la poussière et des pierres.

Il s'agenouilla à nouveau et toucha le cou d'Amber à la recherche de son pouls. Il était faible, mais au moins, son cœur battait. S'était-elle évanouie à cause de la douleur ? Une douzaine de coups de fouet étaient difficiles à supporter pour un homme en bonne santé, et, aussi forte semblait-elle, Amber était une femme. Et les jours de voyage l'avaient affaiblie.

Il devait parler au garde. Implorer de Bourgh de l'emmener auprès d'un médecin. Il pourrait passer un accord, échanger quelque chose d'insignifiant ou même de fausses informations contre des soins pour Amber. C'était très intelligent de la part de De Bourgh de commencer la torture avec Amber plutôt qu'avec Owen. Il ne supportait pas de la voir souffrir.

La porte des cachots grinça de nouveau, et il se rua vers les barreaux.

— Je vous en supplie, à l'aide ! cria-t-il à la personne qui s'approchait, une torche à la main. Elle a besoin d'un médecin.

L'individu s'arrêta près du premier prisonnier. Owen entendit un son métallique et du liquide être versé, puis le bruit d'un homme affamé avalant de la nourriture. Puis la lumière s'avança vers lui.

Bientôt, il arriva à discerner les traits d'un garde. Il était de petite taille et avait le dos voûté. Il semblait avoir environ cinquante ans et portait un simple couvre-chef sur son crâne chauve. Il avait un gros nez, le menton prognathe, et de petits yeux enfoncés qui le faisaient ressembler à un chien de chasse.

Non, ce n'était pas un garde. De ce que voyait Owen, il n'était pas armé. Ce devait être un gardien.

L'homme plaça la torche sur un chandelier près de la grille et sortit une grande bourse de derrière son dos, dans laquelle il prit une outre qu'il jeta dans la cellule à travers les barreaux. Il sortit ensuite une miche de pain et fit de même. Elle atterrit par terre, dans la saleté, mais l'eau monta quand même à la bouche d'Owen.

Non ; il avait des choses plus importantes auxquelles penser.

— Je vous en supplie, aidez-nous. Mon épouse est gravement blessée. Elle mourra sans soins. Pouvez-vous m'emmener à de Bourgh ? Ou faire venir un médecin ?

L'homme posa un regard perçant sur lui, ses sourcils touffus se fronçant.

— D'où venez-vous, jeune homme ? demanda-t-il, son accent des Highlands encore plus épais que celui d'Owen.

— D'Argyll. Près du Loche Awe.

— Un Cambel ?

— *Aye*. Owen Cambel.

L'homme grogna. Il lança un regard vers l'obscurité dont il venait.

— Je me nomme Muireach. Je viens de Kintail.

Un petit espoir naquit en Owen.

— C'est sur les terres des Mackenzie.

— *Aye*.

Owen déglutit. De quel côté était Muireach ? Les *sassenachs* avait pris Stirling aux Écossais au début de la guerre, alors, si Muireach travaillait au château, il était peut-être du côté des Anglais, comme les MacDougall. Mais c'était un highlander. Robert Bruce avait passé une partie de l'hiver de 1306 à 1307 au château d'Eilean Donan, le bastion du clan Mackenzie. Était-il possible que Muireach soit toujours un partisan de Robert Bruce ? Owen devait se montrer très prudent.

— Êtes-vous un Mackenzie ?

— *Aye*. Du côté de ma mère. Je suis venu à Stirling quand j'étais petiot. Mais je suis un pur highlander.

Owen chercha un tressaillement, un tremblement dans sa respiration, quelque chose qui lui dirait si Muireach mentait. Il ne vit rien.

— Mon épouse et moi avons été faits prisonniers à Inverlochy. De Bourgh a essayé de reprendre le château au roi Robert Bruce. Il l'a torturée, déclara-t-il en désignant Amber, et

Muireach la regarda. Je crains qu'elle ne périsse si elle ne reçoit pas de soins.

Muireach ne répondit pas. Il avait l'air indifférent. Owen commençait à perdre espoir.

— Vous devez faire attention à qui vous parlez.

Muireach émit un bruit moqueur, prit la torche et s'éloigna.

— Attendez ! Je vous en supplie, aidez-la. C'est une femme innocente, elle n'a rien à faire avec Robert Bruce et les Anglais. Ma famille vous récompensera si vous nous aidez... Muireach !

Mais le bossu ne se retourna pas, au contraire, il accéléra le pas. Owen agrippa la grille de fer et la secoua. Muireach dirait-il à de Bourgh qu'Owen avait essayé de le soudoyer ? De Bourgh punirait-il Owen ou Amber ? Venait-il d'aggraver les choses ?

La lourde porte des cachots grinça et se ferma. Owen jura et mit un coup de pied dans la miche de pain. Elle rebondit contre le mur et retomba par terre. Il n'aurait pas dû faire cela. C'était leur seule nourriture, et ils avaient besoin de force, Amber et lui. Il ramassa la miche de pain et mordit dedans. Elle était dure, rassise et avait le goût de moisissure. Mais c'était de la nourriture.

Il prit l'outre et la renifla. De l'eau. Il s'empressa de boire, prenant conscience seulement à ce moment-là d'à quel point il avait soif. Il pourrait aisément boire toute l'eau de l'outre, mais il devait en laisser pour Amber. Elle finirait par se réveiller, et elle aurait plus besoin de nourriture et d'eau que lui pour guérir. Diable, elle aurait besoin de toute l'aide qu'elle pourrait trouver.

Owen alla s'asseoir par terre à côté d'elle. Il caressa tendrement ses cheveux bouclés. Ils étaient un peu rêches, mais tout de même doux. Il étudia son visage. Pardieu, qu'est-ce qu'elle était belle ! Ces grands yeux légèrement en amande avec de longs cils courbés. Ces lèvres pulpeuses faites pour être embrassées, cette bouche large... Il voulait la faire sourire, voir à quel point elle serait jolie si elle souriait. Elle avait un cou élégant qu'il brûlait d'envie d'embrasser.

— Je vous en supplie, murmura-t-il. Vous devez vivre.

— Je préférerais être morte, croassa-t-elle.

Owen se redressa.

— Amber ?

Ses paupières papillonnèrent, et elle ouvrit un œil.

— Bon sang ! dit-elle. Mon dos est en feu. Ce connard m'a arraché la peau ?

— Nenni. Mais j'arracherai la sienne.

— Ce n'est pas de Bourgh qui m'a fouettée. Il a un homme qui fait ça pour lui.

— Je leur arracherai la peau à tous les deux, dans ce cas.

— Je ne me souviens de rien après les premiers coups de fouet. Je crois que je me suis évanouie.

— Vous en avez reçu une douzaine, de ce que j'ai vu.

— C'est grave ?

Owen inspira vivement.

— Ce n'est guère bien. Toutes les plaies saignent. Et je n'ai rien pour vous aider.

Amber ferma les yeux et déglutit.

— Eh bah, merde !

— J'ai de l'eau et du pain, cependant. Tenez, essayez de boire.

Owen leva l'outre à sa bouche et la pencha. Amber but un peu, puis toussa.

— Bon sang, je donnerais mon bras pour de l'ibuprofène, marmonna-t-elle.

Ibu... quoi ? Ce devait être quelque chose de son époque. Mais cela n'avait pas d'importance pour le moment.

— Chut. Économisez vos forces. Mangez.

Il rompit un morceau de pain et le porta à sa bouche. Elle bougea un bras sous la cape, mais elle siffla, grimaça et s'arrêta. Alors, elle mordit dans le morceau de pain et mâcha lentement.

— C'est dégoûtant, dit-elle, la bouche pleine.

— *Aye*. Quand nous sortirons d'ici, je vous ferai mon célèbre ragoût de campagne. Le goût ne surpasse que légèrement celui de ce pain.

Un faible sourire illumina son visage. Sa beauté coupa le souffle à Owen.

— Vous avez dit, « quand » nous sortirons d'ici... Vous croyez toujours qu'on y arrivera ?

Il ne savait pas ce qu'il croyait. Mais il devait veiller à ce qu'ils gardent espoir. Sinon, rien de tout cela n'aurait de sens.

— *Aye*. Je vous le jure, nous sortirons d'ici.

La porte des cachots grinça de nouveau, et le bruit de pas se traînant dans le couloir se fit entendre. Owen fronça les sourcils et observa l'obscurité. Il ne voulait pas quitter Amber au cas où ils soient revenus la chercher.

Mais c'était Muireach qui s'arrêta devant les barreaux et darda un regard noir sur Amber.

— La jeune femme s'est réveillée. Ce serait mieux si elle dormait.

Il passa une poche en tissus à travers les barreaux et la posa sur le sol avec un petit bruit sourd. Owen se leva et alla la ramasser.

— Qu'est-ce ? demanda-t-il.

— Mettez le baume sur ses plaies. Cela l'aidera à guérir et la protégera de la corruption. Il y a une boisson qui apaisera sa douleur. Donnez-la-lui d'abord. Mettez le baume quand elle dort, sinon, elle criera et les gardes viendront. Il y a aussi une aiguille en os et du fil en boyau, pour le cas où ses plaies auraient besoin d'être recousues. Faites-lui boire à nouveau la boisson, si vous le faites, sinon, la douleur la réveillera. Il y a également du mouton bouilli et de la bannique pour vous faire reprendre des forces. Vous en aurez besoin.

Owen s'approcha des barreaux. Il était prêt à embrasser le vieil homme.

— Merci. D'un highlander à un highlander. Je vous remercie.

Muireach bafouilla.

— Nous savons tous deux qui est le vrai roi. Ce n'est point le vieil Édouard, et ce n'est point son fils. Je ne puis faire grand-chose à Stirling, mais je peux aider un compatriote. Il est grand temps que les Anglais quittent nos terres. Et Dieu m'en est témoin, je vous aiderai à vous évader, ou je mourrai en essayant.

Owen regarda Amber. Elle souriait.

— Je vous ai dit que nous sortirions d'ici.

— Mais d'abord, déclara Muireach, vous devez veiller à ce qu'elle ne périsse pas.

CHAPITRE 9

AMBER cligna des yeux pour chasser le brouillard. Quelque chose la dérangeait, une sensation dans son dos. Ce n'était pas vraiment de la douleur, ou peut-être une douleur lointaine. Elle avait froid. Sa tête lui semblait peser cinquante kilogrammes, et elle ne sentait plus son corps. Malgré sa vue trouble et la pénombre, elle remarqua que quelqu'un était agenouillé à côté d'elle.

Elle tourna la tête pour mieux le voir, et ce moment fit déferler une vive vague de douleur dans son dos.

Owen. Avec ce nom, ses souvenirs revinrent. Le voyage dans le temps. Leur capture par les Anglais.

Les coups de fouet.

Elle gémit au souvenir de la sensation de sa chair se déchirant, du feu qui consumait sa peau.

— Amber ? Souffrez-vous ?

— Un peu.

— Parviendrez-vous à résister un peu plus longtemps ? J'ai presque terminé.

— Qu'est-ce que vous faites ?

— Je vous recouds.

— Oh !

Le mot « recoudre » déclencha immédiatement une poussée

d'adrénaline, qui exacerba toutes les sensations. C'était comme si des aiguilles brûlantes lui transperçaient le corps entier.

— Est-ce qu'il reste de la potion magique de Muireach ? Elle m'a bien assommée.

— Nenni. Je crains qu'il n'en reste plus.

Amber prit une profonde inspiration.

— Très bien. Ça ira. Faites vite.

— *Aye*. Ne bougez point.

Elle sentit une vive douleur dans le bas de son dos et inspira plus d'air.

— Plus que quelques-uns.

Une autre piqûre, plus forte que la précédente.

— Ah, bordel de...

Elle se mordit le doigt.

— Parlez-moi de vous, dit Owen. Pour vous distraire. Parlez de quelque chose de bien.

« Quelque chose de bien » ? Qu'y avait-il à dire de bien et de positif ? Il y avait sa mère. C'était la femme la plus forte et la plus gentille qu'Amber ait jamais connue. Elle était morte d'un cancer plusieurs années auparavant, et, après sa mort, le père entêté d'Amber avait perdu goût à la vie.

— Le poulet frit de ma mère. C'était tellement bon.

Un petit rire échappa à Owen.

— Cela me paraît fort bon, en effet. Votre mère le faisait elle-même ? N'aviez-vous point de cuisinier ?

Oh mince ! Elle devait toujours faire semblant de venir de cette époque. Une nouvelle piqûre lui coupa le souffle.

— Respirez, Amber, lui rappela Owen. Laissez votre souffle apaiser la douleur.

Elle expira avec le bas de son dos, là où elle avait mal. Étonnamment, cela fit disparaître la douleur et la détendit. Elle continua d'inspirer et d'expirer.

— Non. On n'avait pas de cuisinier, répondit-elle, regrettant déjà de lui dire la vérité, mais c'était comme si elle était incapable d'empêcher sa langue de bouger. Et vous ?

— *Aye*, nous en avions un. Il n'était guère doué. Mais, *aye*, dit-il avec un petit rire. Il me détestait.

La douleur refit son apparition. Amber souffla.

— Quoi ? Comment qui que ce soit pourrait détester un ange comme vous ?

Owen pouffa.

— L'histoire parle de sa fille, d'un feu de camp lors d'une nuit d'été, et d'un gros framboisier.

Elle secoua la tête.

— Vous êtes un coureur de jupons, hein ? Je le savais.

Elle ne devrait pas lui dire de telle chose. Mais c'était comme si son filtre était en vacances. Peut-être que la potion de Muireach était une sorte de sérum de vérité.

— Ne vous inquiétez point. Ce n'était qu'un baiser. J'avais quatorze ans, et elle avait un an de moins.

Heureusement, il n'était pas vexé. Et elle était soulagée que ce ne soit pas une histoire de séduction. Quelque chose de sombre se tordait en elle lorsqu'elle pensait à Owen étant avec d'autres femmes.

Il choisit ce moment pour repasser l'aiguille dans sa peau, mais la douleur fut plus faible cette fois.

— Ça me donne une idée, dit Amber. Jouons à un jeu. Deux vérités et un mensonge. Vous le connaissez ?

— Nenni. Êtes-vous certaines de pouvoir jouer à des jeux ?

— Je pense en avoir absolument besoin.

— *Aye*. Fort bien. Comment ce jeu se joue-t-il ?

— Je vous dis deux vérités et un mensonge à mon sujet, et vous devez deviner quel est le mensonge.

Il se racla la gorge.

— Jouez-vous à des jeux tels que celui-ci là d'où vous venez ?

Amber commençait à avoir les idées plus claires, et la douleur la reprit dans ses griffes. Elle se rendit aussi soudain compte qu'elle était complètement nue au-dessus de la ceinture. Avait-il beaucoup vu sa poitrine ? Le rouge lui monta aux joues.

— Ouais. On joue à ce genre de jeux.

Les effets de la potion s'étaient-ils dissipés ? Arriverait-elle à inventer un mensonge ?

— *Aye*, jouons à ce jeu de vérités et de mensonges.

— OK. Je commence.

Elle regrettait déjà d'avoir choisi ce jeu. Elle avait fait son possible pour ne pas lui raconter grand-chose sur elle, cachant la plus grande vérité de toutes : le fait qu'elle venait du futur. Elle devait rester aussi vague que possible.

— J'aime les pommes. Je déteste les comédies romantiques. Je veux me marier.

Ah ! Elle pouvait donc lui mentir. Bien. Elle n'en avait pas été certaine. Owen resta immobile un moment, et elle sentit son regard à l'arrière de sa tête comme des charbons ardents.

— Qu'est-ce qu'une « comédie romantique » ?

Oh zut !

— C'est comme du théâtre. C'est une histoire d'amour, et c'est drôle, dit-elle, avant d'ajouter en marmonnant : et c'est rempli de clichés.

— Qu'avez-vous dit ?

— Rien. Laquelle de ces phrases est un mensonge ?

— Pourquoi ne voulez-vous point vous marier ?

Elle le sentit lui pincer la peau et l'aiguille lui traverser la chair. Elle inspira vivement, puis expira lentement pour apaiser la douleur.

— Comment vous avez deviné ?

— Je ne vous imagine guère aimer une histoire drôle parlant d'amour, et qui n'aime pas les pommes ?

Elle tourna la tête et le regarda. Son visage était figé en un masque concentré. Ses lèvres étaient fermement pincées au milieu de sa barbe naissante, ses narines étaient dilatées, et ses sourcils étaient froncés. Malgré la douleur et la peur d'avoir une infection, avoir ce mec canon en train de s'occuper d'elle fit soudain remonter son sang dans ses joues.

— Je vous ai dit de ne pas bouger, lança-t-il, une pointe de frustration dans la voix.

— Vous êtes autoritaire, dis donc.

Elle tourna la tête et la posa sur sa main.

— Alors, pourquoi ne voulez-vous point vous marier ?

Elle n'était pas prête à affronter cette douleur.

— Aaah !

Le prisonnier à l'autre bout du cachot cria, lui aussi.

Owen prit sa main libre et rapprocha son visage d'elle.

— Respirez, Amber, dit-il à la fois tendrement et fermement.

Ses beaux yeux verts emplis d'inquiétude étaient juste devant son visage, et une mèche de cheveux blonds retombait sur son front.

Elle inspira et expira lentement.

— Pitié, dites-moi que vous avez bientôt fini.

— Il ne reste plus qu'une suture à faire. Ensuite, j'aurai terminé. Dites-moi pourquoi vous ne voulez point vous marier. Ma sœur Marjorie ne voulait pas non plus. Quelqu'un a-t-il abusé de vous ?

Sa voix trembla lorsqu'il prononça cette dernière phrase.

Bryan était devenu colérique et irritable après avoir commencé à travailler en étroite collaboration avec le major Jackson, et il était devenu de plus en plus dominateur au lit. Cela avait été la goutte d'eau lorsqu'il l'avait scotchée au lit et l'avait fessée. Il l'avait frappée si fort qu'elle avait eu le souffle coupé, et des larmes avaient roulé sur ses joues. Il avait arrêté quand elle le lui avait demandé, mais elle avait accepté qu'il fasse tout cela en premier lieu. Pouvait-on donc appeler cela de la maltraitance ?

— Personne n'a abusé de moi. Disons simplement qu'il y a des choses dans mon passé que je ne veux pas faire subir à qui que ce soit.

Elle n'arrivait pas à s'imaginer faire suffisamment confiance à quelqu'un pour l'épouser. Et dans le cas improbable où il existerait un homme qui n'essayerait pas de la contrôler et de la tenir pour responsable de toutes ses fautes et de tous ses problèmes, comment pourrait-elle se lier à quelqu'un et avoir des enfants quand elle risquait d'être emprisonnée, voire condamnée à mort à tout moment ?

— Hum. Des choses dans votre vie, marmonna-t-il.

Osait-il la juger ?

— Oui, des choses dans ma vie. Des choses que vous ne pouvez même pas imaginer.

— *Aye*, je ne puis les imaginer. Parce que vous ne me le dites point.

Il passa de nouveau l'aiguille dans sa peau, et elle sentit jusqu'au moindre détail atroce de cette douleur.

Elle cria et gémit en même temps dans sa main.

Il finit rapidement, puis lui remit la cape sur le dos et s'assit en tailleur à côté d'elle.

— C'est fini. Maintenant, c'est mon tour, pour votre jeu.

Amber expira. Elle n'avait plus la force de jouer, mais elle avait besoin de quelque chose pour l'empêcher de penser aux élancements et aux brûlures dans son dos.

— OK, champion. Allez-y.

Il la considéra intensément.

— Ma verge est restée dure une journée entière. J'ai tiré une flèche dans l'œil d'un écureuil. Et vous êtes née à mon époque.

Au début, elle eut du mal à comprendre ce qu'il disait.

— C'était quoi la dernière ? marmonna-t-elle.

— Vous êtes née à mon époque. Quel est le mensonge ?

Eh bien, la bonne nouvelle, c'était qu'elle ne souffrait plus. Elle bougea instinctivement le bras pour se redresser et essayer de s'asseoir, mais elle eut l'impression que les points de suture allaient rompre à tout instant.

Owen la foudroya du regard.

— Je vous ai dit de ne pas bouger.

— Vous savez ? murmura-t-elle.

— Que vous venez du futur ? *Aye*. Je le sais.

La potion de Muireach lui avait-elle fait perdre l'esprit ? Lui donnait-elle des hallucinations ? Elle avait accepté l'idée qu'elle avait voyagé dans le temps, mais l'entendre en parler comme si c'était la chose la plus normale au monde... Une fois, en Afghanistan, une bombe avait explosé à côté du Humvee dans lequel elle était. La crosse de son fusil l'avait heurtée au niveau du plexus solaire et, pendant un moment, elle avait eu le souffle coupé. Elle n'avait plus rien entendu, excepté le bourdonnement dans ses oreilles. C'était ce qu'elle ressentait en ce moment.

— Comment le savez-vous ?

— Vos habits. Votre accent. Vos mots. Votre façon de vous battre. Tout chez vous. Je le sais depuis le début.

— Mais...

— J'en connais d'autres qui viennent du futur. J'ai déjà entendu un accent comme le vôtre. Les États-Unis d'Amérique, *aye* ?

Elle sentit le sang quitter son visage, et des frissons lui parcourent la peau.

— Vous avez dit « les États-Unis d'Amérique » ?

— *Aye*. Je pense ne point avoir le droit de dire qui sont ces gens. Ce n'est pas à moi de révéler ce secret.

— Alors, il y en a d'autres...

— *Aye*. Il y en a d'autres.

Que se passait-il ? Cette réalité folle où des Américains voyageaient dans le temps jusqu'en Écosse médiévale ? Voilà ce qu'était devenue sa vie ?

— Et ils ont tous été envoyés ici par Sìneag ? Elle m'a dit qu'elle était une fée des Highlands et qu'elle adorait former des couples à travers les siècles.

Owen pouffa et secoua la tête.

— Les Highlands sont remplies de superstitions et de légendes. J'ai entendu toutes ces histoires, enfant. Certaines personnes voient des fées, des kelpies et des êtres magiques derrière chaque rocher et chaque arbre. Je ne sais guère. Je n'ai jamais entendu parler d'une fée qui forme des couples à travers les siècles, mais j'ai entendu des histoires à propos d'un autre monde : celui des fées. Elles ont un royaume que nous ne pouvons voir, nous, les gens. Elles nous sont invisibles à moins de vouloir être vues et entendues. Mais ce ne sont que des légendes.

Amber se mordit l'intérieur de la joue.

— On dirait qu'une légende est devenue réalité. Et qu'en est-il de la magie picte dont elle a parlé ?

Owen haussa les épaules.

— Les Pictes sont un peuple celte qui vivait ici avant nous, les Écossais. C'est un peuple ancien, et je ne connais que des histoires à leur sujet. Des histoires parlant de druides, de Beira, la reine des neiges, et du grand héros Diarmid le Sanglier. L'on raconte que mon clan descend de Diarmid. Nous sommes un peuple étrange, nous les highlanders, je suppose. Nous croyons en notre Seigneur Jésus Christ, pourtant, nous plantons toujours un sorbier devant les maisons que nous bâtissons afin de les protéger contre les mauvais esprits. Les hommes refusent de se marier sans que leur future épouse porte une fleur de bruyère blanche. Les sages-femmes ouvrent toutes les fenêtres et toutes les portes de la maison pendant la naissance, et elles ne laissent pas les gens s'asseoir les jambes croisées.

Il se leva, se dirigea vers les barreaux et s'y adossa.

— Alors, *aye*, je crois que vous avez rencontré une fée. Et je crois que de la magie picte ancienne vous a fait voyager dans le temps. Vous pouvez donc arrêter de prétendre venir du califat, déclara-t-il d'un ton accusateur.

De quoi l'accusait-il ? Il ne savait pas ce qu'elle traversait. Un petit rire moqueur échappa à Amber.

— Est-ce que vous suggérez que je devrais annoncer à tout le monde que je viens du futur ?

— Nenni. Mais je ne comprends point pourquoi vous n'êtes pas repartie à l'aide de la pierre pendant que nous étions au château d'Inverlochy. Ne devriez-vous pas être à votre époque ?

— Eh bien, ce n'est pas une option, mon pote.

— Plus maintenant, répondit-il en désignant la cellule. Mais si vous étiez repartie immédiatement, nous ne serions point ici.

— C'est incroyable. Vous me tenez toujours pour responsable de tout ?

Elle s'était trompée à son sujet. Qu'il l'ait recousue, qu'il se soit occupé d'elle, qu'il l'ait draguée, regardée langoureusement... rien de tout cela n'avait d'importance. En dessous, ce n'était qu'un homme comme tous ceux qu'elle avait connus. Quelqu'un qui cherchait un bouc émissaire sur qui rejeter toutes ses fautes.

Et elle avait toujours été la victime parfaite.

C'était pour cette raison qu'elle était dans ce pétrin. Et elle avait été bête de ne pas apprendre de ses erreurs.

— Je suis fatiguée.

Un éclair de culpabilité traversa le visage d'Owen.

— Je ne vous tiens pour responsable de tout. Vous êtes seulement une jolie distraction que je n'aurais pas dû laisser me contrôler.

Il se tourna et arpenta la cellule.

Bien, pensa Amber, *il a enfin terminé son interrogatoire.*

Mais pourquoi avait-elle l'impression de vouloir qu'il monte sur le banc, s'allonge derrière elle et l'enlace ? Pourquoi avait-elle l'impression qu'elle serait parfaitement en sécurité dans le refuge de ses bras ?

CHAPITRE 10

Cinq jours devaient s'être écoulés depuis qu'Amber avait été fouettée, lorsque Owen entendit le martèlement de nombreux pieds dans l'escalier menant au cachot. Il fourra à la hâte le baume dans la poche et la glissa sous le banc. Il jeta la cape sur le dos d'Amber et se leva pour faire face à quiconque arrivait.

Ces derniers jours ou, du moins, ce qui avait semblé être des jours, il s'était occupé des blessures d'Amber. Heureusement, elles avaient l'air de guérir. Elles n'étaient plus aussi gonflées et rouges, et il n'y avait pas de pus. Muireach venait tous les jours avec de la nourriture et de l'eau, et de nouveaux baumes, potions et linges.

Trois gardes s'arrêtèrent devant la cellule, et l'un d'eux ouvrit la porte.

— Venez avec nous, dit l'un d'eux à Owen. Immédiatement.

Owen hésita, ne voulant pas laisser Amber seule.

Elle ouvrit un œil, encore somnolente à cause de la potion.

— Allez-y, Owen. Ça va. Je n'irai nulle part.

— Je ne m'inquiète guère à l'idée que vous alliez où que ce soit.

Il savait que Muireach veillerait sur elle. Avec un dernier regard pour Amber, il sortit de la cellule.

— Fort bien, emmenez-moi au pourceau qui vous commande.

Cela lui valut une bonne claque à l'arrière de la tête, et il sourit. Ils traversèrent le couloir des cachots, puis, quand ils arrivèrent sur le palier, Owen vit un grand homme ténébreux descendre les marches.

— Owen Cambel ? demanda une voix étrangement familière.

Il connaissait cette voix... Il jeta un coup d'œil par-dessus son épaule.

— Hamish...

Hamish se tenait devant lui, aussi grand et menaçant qu'à l'accoutumée. De fines cicatrices ornaient son visage, et ses yeux noirs étaient impassibles.

Formidable ! Un autre traître. Le guêpier s'agrandissait.

— Que se passe-t-il ? demanda Hamish.

— Je l'ignore, dit l'un des gardes. Sir de Bourgh a demandé qu'on lui amène le highlander. Il n'a rien tiré de son épouse, je suppose donc que c'est au tour de ce maraud à présent.

Un air perplexe apparut sur le visage de Hamish.

— Avancez, dit le garde en poussant Owen.

Hamish observa Owen, un profond pli lui barrant le front. Ce n'était pas bon. L'année passée, Hamish avait infiltré les troupes d'Inverlochy. Il avait prétendu faire partie du clan MacKinnon alors que c'était un espion des MacDougall. Cet homme était un diable. Il avait gardé son identité secrète plusieurs semaines et avait finalement tué Lachlan, le cousin d'Owen.

Si Hamish découvrait que Muireach les aidait, ils auraient des ennuis. Il interférerait également avec leur plan d'évasion. Ils devraient se montrer encore plus prudents à présent.

Owen et les gardes se rendirent dans l'autre aile du donjon. Plusieurs lourdes portes s'alignaient dans le couloir. Ils s'arrêtèrent devant l'une d'elles, et le garde l'ouvrit.

Cette pièce était de toute évidence conçue pour la torture. L'image d'Amber se faisant fouetter ici envahit l'esprit d'Owen et lui serra douloureusement le ventre. Il devait l'avoir attachée à l'immense poteau au milieu de la pièce et l'avoir fouettée avec l'un des fouets suspendus au mur.

Il y avait une énorme table avec du poulet rôti, du pain, du fromage et des pommes. De Bourgh se tenait devant la cheminée, dos à Owen, et jouait un air joyeux au fifre. Un autre homme, probablement le Jerold Baker dont lui avait parlé Amber, était assis et aiguisait un long couteau tout en tapant du pied en rythme avec la chanson.

Owen entra dans la pièce en tapant des mains et en fredonnant la mélodie. Les deux hommes le regardèrent et la musique se tut.

Owen s'appuya sur la table et arracha une cuisse de poulet.

— Je vous en prie, ne vous interrompez point pour moi. Je suis enfermé dans les ténèbres depuis ce qui me paraît être une éternité. La musique et la nourriture me manquent... Ainsi que la boisson, ajouta-t-il en se versant un gobelet de cervoise.

Il avala la cervoise et poussa un gémissement appréciateur.

— Vous avez un bon cuisinier, et de la cervoise encore meilleure, Sir de Bourgh.

Il s'essuya la bouche du revers de sa manche.

De Bourgh haussa un sourcil et posa le fifre.

— Je vous en prie, profitez-en, tant que vous le pouvez, dit-il sèchement. Je vous ai amené ici pour voir si vous serez plus bavard que votre épouse. Comment se porte-t-elle ?

Il avait l'audace de demander comment allait Amber après ce qu'il lui avait fait... Des vagues de fureur brûlante cascadèrent en Owen. Il serra les poings pour se retenir d'attraper l'un de ces instruments de torture et de le planter dans de Bourgh comme une broche dans un cochon.

C'était un bon début. Il avait désorienté l'homme et l'avait déstabilisé. Il ne pouvait pas perdre cet avantage maintenant.

Respire, se rappela-t-il. *Respire.*

— Vous savez très bien comment elle se porte. Et je parlerai. Pourquoi ne pas parler quand il y a de la musique, à manger et à boire ? Un bon endroit où dormir en sécurité. Un toit au-dessus de ma tête. Qu'y a-t-il pour me déplaire ?

Il s'installa sur le siège en bout de table, celui qui devait appartenir à de Bourgh. Il rompit un morceau de pain et le mâcha. Hmm, ce maraud avait bel et bien un bon cuisinier. Les narines de De Bourgh se dilatèrent, sa mâchoire inférieure s'avança, et ses lèvres se pincèrent en une fine ligne.

Bien. Owen voulait l'énerver. Il devait trouver un moyen de sortir d'ici, et un de Bourgh en colère avait beaucoup plus de chances de laisser échapper une information cruciale.

— C'est bien meilleur que la nourriture que votre homme apporte au cachot, déclara Owen, avant de boire à nouveau. Alors, pendant que je profite de votre hospitalité, posez vos questions.

De Bourgh poussa un grand soupir qui ressemblait presque à un grognement. Ensuite, il redressa les épaules, releva le menton et s'approcha de la table. Ses yeux s'assombrirent, et l'expression sur son visage effaça légèrement le sourire d'Owen.

De Bourgh claqua des doigts et, en un instant, Jerold Baker se jeta sur Owen. Il était étonnamment fort pour un homme aussi mince, et il souleva Owen. De la chaleur émanait de quelque chose près de sa gorge. Il baissa les yeux et vit une tige en fer chauffée à blanc. De la sueur perla sur sa peau.

— Vous pensez pouvoir éluder mes questions ? demanda de Bourgh en montrant les dents. Vous pensez pouvoir me faire oublier ce qui compte ? Vous n'êtes point un invité, et je ne suis pas un hôte. Ne vous méprenez pas, votre vie, ainsi que celle de votre épouse, est entre mes mains. Je ne ferai preuve d'aucune pitié. Je ne commettrai point d'erreur. Alors, si votre épouse et vous souhaitez rester en vie, vous répondrez à mes questions.

Owen hocha légèrement la tête.

— Quels sont les desseins de Robert Bruce ?

Owen devait faire preuve d'intelligence. Il devait en dire assez pour que de Bourgh le croie sans pour autant révéler quoi que ce soit d'important.

— Il sait que vous êtes ici, et il sait que vous voulez reprendre les Highlands.

De Bourgh plissa les yeux et haussa les épaules.

— Hmm. J'accepte de mordre à l'hameçon. Combien d'hommes a-t-il réellement ? Étaient-ils tous avec lui à Inverlochy ?

— Je pense qu'il en a cinq mille.

Ce n'était pas vrai. Robert Bruce n'avait pas plus de deux mille hommes, mais Owen savait que l'ennemi craignait Robert Bruce et pensait qu'il en avait beaucoup plus. Les talents et l'astuce des highlanders, leur connaissance du territoire, et leurs actions inattendues étaient la force de Robert Bruce, et Owen ne décevrait pas son roi.

De Bourgh se pinça les lèvres en réfléchissant.

— Cinq mille hommes forment une grande armée, mais il y a une différence entre une armée de guerriers entraînés, et de simples fermiers tenant une épée pour la première fois.

— Il a des chevaliers.

C'était vrai. Il avait des chevaliers. Quand Robert Bruce était revenue de l'ouest, où il s'était caché, plusieurs chevaliers écossais s'étaient joints à lui, et plus il remportait de victoires, plus nombreux étaient ses partisans.

— Le reste, ce sont des guerriers chevronnés.

Encore un mensonge. Robert Bruce acceptait quiconque voulait se joindre à lui. La plupart étaient passionnés et dévoués. Mais ils n'étaient pas tous entraînés, comme dans l'armée anglaise.

De Bourgh plissa les yeux. Ils brillèrent comme des billes de verre noires sous ses sourcils.

— Mensonges ! C'est impossible, dit-il, avant de faire un signe de tête à Jerold Baker. Il est temps de montrer à notre highlander ce qui arrive aux menteurs à Stirling.

La tige brûlante se rapprocha du cou d'Owen. La brûlure fit déferler en lui une douleur aveuglante et lui coupa le souffle.

Mais avant que la tige ne puisse s'enfoncer plus profondément dans sa chair, la porte s'ouvrit.

Un grand homme avec des cheveux blancs qui lui arrivaient aux épaules et une courte barbe grise entra. C'était l'homme qui avait donné à Owen l'or pour le roi toutes ces années auparavant.

Le chef du clan MacDougall, John MacDougall de Lorne.

Jerold Baker éloigna la tige du visage d'Owen, mais l'odeur de chair et de poils brûlés s'attarda dans la pièce. Owen ne ressentait même plus la douleur. La rage et la haine s'élevèrent en lui comme un mur de flammes. Les yeux de MacDougall s'écarquillèrent de surprise avant de se plisser.

— Je vois que vous êtes occupé à aplatir des mouches écossaises, Sir de Bourgh, dit-il, sans quitter Owen des yeux. Je ne puis dire que je m'y oppose. Cela fait bien longtemps que je veux réduire à néant la lie de notre pays.

— Oh, oui, vous devez vous connaître, répondit de Bourgh. Owen Cambel était en train de me parler de l'armée de Robert Bruce.

MacDougall s'avança dans la pièce et laissa la porte se fermer derrière lui.

— Ce ne sera pas la première fois qu'il trahit son roi.

Un grognement bas s'échappa de la gorge d'Owen.

— Vil traître ! Vous savez très bien que c'était votre perfidie, point la mienne. Vous avez tout organisé. Vous cherchiez un moyen de déshonorer mon clan devant le roi depuis des années.

— Il a donné une partie des terres MacDougall à votre clan. À quoi vous attendiez-vous ?

— Nous nous attentions à ce que notre allié soit honorable et juste. Mais c'est mieux ainsi. Nous avons connaissance de votre véritable nature, et je suis content que nous ne soyons plus alliés.

— Taisez-vous.

— *Aye*, essayez de me faire taire. Vous ne réussirez point. Pendant que vous baisez le cul du roi *sassenach* qui n'a cure de vous, le vrai roi écossais devient plus puissant.

MacDougall rejoignit Jerold Baker et saisit la tige, mais il grimaça et posa une main sur son flanc. Il jura, prit la tige dans son autre main et la pointa vers la joue d'Owen. La chaleur lui brûla la peau sans même la toucher.

— Le vrai roi, dites-vous ? Le vrai maudit roi qui a tué mon beau-frère, John Comyn le Rouge. Comment pouvez-vous dire qu'il est honorable et juste, hein, Cambel ?

— John Comyn le Rouge le méritait. C'était un traître. Il voulait que la couronne anglaise dirige l'Écosse.

De Bourgh se racla la gorge.

— John, peut-être pourriez-vous attendre que nous ayons fini. Je dois obtenir des informations de sa part.

Mais MacDougall se contenta de balayer la remarque de De Bourgh d'un geste de la main. Un petit rire échappa à Owen. Tout ce qui permettait de repousser la torture était une bonne chose. MacDougall ébranlait le plan de De Bourgh.

Jerold Baker prit la tige de la main de MacDougall et la jeta dans un seau d'eau. Elle siffla et de la vapeur s'éleva.

— Et si la couronne anglaise prenait le pouvoir, ce ne serait que pour le mieux, déclara MacDougall. Cela nous rendrait plus forts...

— Nous serons plus forts libres. Mais vous ne connaîtrez jamais la véritable liberté. Une fois que Robert Bruce en aura fini avec vous, vous ne pourrez que fuir. Vous baiserez des culs anglais le restant de vos jours de fugitif.

— Et comment fera Robert Bruce, selon vous ? Le clan MacDougall est le plus puissant des Highlands. Et nous avons l'armée anglaise de notre côté. Il ne vaincra jamais. Il a déjà perdu.

— Perdu ? C'est vous qui avez perdu.

Owen rit au visage de MacDougall. La fureur bouillonnait dans son ventre. Il devrait s'arrêter maintenant avant de dire quelque chose qu'il regretterait. Mais les mots jaillissaient déjà de ses lèvres.

— Il vient prendre Lorne. C'est pour cela qu'il est de retour. Votre traité de paix est sur le point d'expirer. Il prendra Lorne comme il a pris Badenoch et toutes les autres terres des Comyn.

Le visage de MacDougall se décomposa.

Pardieu !

J'ai recommencé. Je me suis comporté comme un sot.

De Bourgh prit un long fouet noir dans sa main et tapota la paume de l'autre.

— Vous me direz tout.

— Vils crapauds ! grogna Owen.

MacDougall prit de l'élan et lui mit un grand coup de poing au visage. Une douleur accablante explosa dans sa pommette. Un autre coup atterrit sur sa mâchoire. Jerold Baker tenait Owen par les épaules comme s'il n'était qu'un sac de viande.

Owen devait le reconnaître, MacDougall était encore fort, malgré son âge. Le troisième coup heurta Owen à la tempe ; une attaque d'expert pour causer de réels dégâts.

Les ténèbres l'engloutirent.

Il se réveilla sans ouvrir les yeux. Les voix de De Bourgh et de MacDougall résonnaient dans sa tête alors qu'ils se disputaient.

Ils étaient un peu éloignés de lui, et il se trouvait toujours dans la salle de torture. Sa tête lui faisait tellement mal qu'il avait l'impression qu'elle était cassée en deux. De la bile lui monta dans la gorge. Il était allongé sur quelque chose de dur.

— Il a dit cinq mille hommes, disait de Bourgh.

— Le croyez-vous ?

— Cela expliquerait certainement ses rapides victoires à l'est. Comment il s'est débarrassé de tous les Comyn, comment il est parvenu à faire signer un traité de paix au comte de Ross...

— *Aye*. Si c'est vrai, c'est pire que ce que je craignais. Le traité de paix que Robert Bruce a signé avec nous prend fin dans deux semaines. Alors, il se dressera contre nous.

— C'est pour cela que nous devons frapper fort.

— *Aye*. Écoutez. Il a des highlanders qui connaissent bien le territoire. Mais moi aussi. Utilisons son arme contre lui. Surprenons-le à Lorne. Je suggère que nous répétions ce qui nous a donné la victoire lors de la bataille de Dalrigh. Nous le prenons par surprise et anéantissons son armée. J'emmènerai mes hommes et les vôtres se cacher dans les collines de la passe de Brander. Nous pourrons prendre des galères pour traverser le loch Awe afin qu'il ne puisse nous voir arriver. Nous pourrons utiliser le terrain contre lui, chose qu'il fait si bien lui-même.

Owen eut le souffle coupé. Peut-être n'avait-il pas fait de sottise, après tout. S'il pouvait transmettre cette information à Robert Bruce, ils auraient une réelle chance d'arrêter de Bourgh et les MacDougall et d'inverser le cours de la guerre.

Mais d'abord, il devait sortir d'ici vivant.

CHAPITRE 11

UN PETIT BRUIT métallique réveilla Amber. Son cœur se mit à tambouriner dans sa poitrine. Elle tendit l'oreille, guettant le bruit de pas, mais elle n'entendit rien. Avait-elle imaginé ce bruit ?

Elle s'était énormément inquiétée pour Owen quand ils l'avaient emmené, mais elle était trop épuisée et avait fini par s'endormir. Dans quel état serait-il lorsqu'ils le ramèneraient ? Jerold Baker le fouetterait-il aussi ? Ou pire ? Comment pourrait-elle s'occuper de lui si elle arrivait à peine à tenir debout ?

Allongée sur le flanc, elle poussa contre le sol pour s'asseoir. Ce mouvement fit glisser la chemise que Muireach lui avait apportée sur son dos et la fit frotter contre ses entailles. La douleur irradia dans son corps, mais l'air froid était agréable contre sa peau chaude. Son jean était trop grand pour elle à présent. Quand s'était-elle sentie repue pour la dernière fois ?

Elle se demanda combien de temps s'était écoulé depuis qu'ils avaient emmené Owen. Sa montre lui manquait. Sa mère l'avait aidée à la réparer.

Amber se souvint de l'odeur des cookies aux pépites de chocolat et du thé à la menthe de sa mère. Son accent du sud mélodieux. Ses douces mains tendres sur son front quand elle était malade. Amber adorait les journées entre filles avec sa mère pendant que son père et ses frères jouaient au ballon.

Elle se rappela sa mère rinçant le produit lissant qu'elle avait dans les cheveux, et ensuite, elles s'étaient appuyées ensemble sur la table de la cuisine pour examiner les pièces d'une montre ancienne étalées sur leur nappe blanche. Elles avaient lu un livre sur l'horlogerie et étudiaient les minuscules rouages et barillets avec curiosité.

Elle avait demandé à sa mère pourquoi elle ne voulait pas jeter cette montre, mais sa mère s'était contentée de prendre une pince à épiler dans ses longs doigts noirs, d'attraper un petit barillet et de l'insérer au bon endroit.

— J'en suis incapable. Ton grand-père me l'a donnée quand j'ai épousé ton père, avait-elle dit, des larmes venant illuminer ses yeux sombres à ce souvenir. Il l'a achetée avec les premières recettes de la boutique de barbier qu'il a ouverte à La Nouvelle-Orléans. Il a dit que c'était un objet de famille, et que je devrais la donner à mon premier fils.

Elle lui avait tendu la pince à épiler, ses doigts légèrement plus foncés frôlant ceux d'Amber.

— Essaye, ma chérie.

— Mais tu ne l'as pas donnée à Jonathan.

— Si. C'est pour ça qu'elle n'arrête pas de se casser. Il ne s'y intéresse pas. Je trouve ça tellement fascinant, la façon dont elle fonctionne, le mécanisme. Je regrette de ne pas avoir suivi mes rêves de devenir ingénieure. Ne fais pas les mêmes erreurs que moi, Amber. Fais ce que tu veux de ta vie. Ne laisse pas les hommes te définir.

Amber savait que sa mère aimait son père, mais elle avait également compris ce qu'elle voulait dire. Son père était un roc ; on pouvait compter sur lui, il était fort. Mais il pouvait aussi être têtu, autoritaire et borné.

Sa mère lui avait donné cet objet de famille, et c'était ainsi qu'avait commencé sa fascination pour la mécanique. Elle adorait regarder la montre. Elle lui apportait un sentiment de paix et de contrôle, ainsi qu'un lien avec sa mère. Elle avait été dévastée lorsqu'elle l'avait perdue pendant une mission en Afghanistan.

À présent, l'angoisse lui serrait le ventre à l'idée de ne pas savoir combien de jours s'étaient écoulés depuis qu'ils avaient été amenés ici, combien de minutes ou d'heures étaient passées depuis que les gardes avaient emmené Owen.

— Qui vous a fait cela, jeune femme ? demanda une voix masculine rocailleuse.

Le corps entier d'Amber fut saisi d'un sursaut, et elle se retourna. Un homme se tenait devant sa cellule. Il était grand, ténébreux, et avait les épaules larges. Son visage était à moitié caché dans l'ombre, mais elle aurait juré voir des cicatrices disparaître sous sa barbe. Il était habillé comme un guerrier — sa tenue ressemblait à celle des highlanders qu'elle avait vus à Inverlochy —, avec un long manteau rembourré, des chausses en laine qui recouvraient le bas de ses jambes, et des chaussures en cuir pointues. Sa tenue entière était sombre, et le pommeau d'une épée dépassait derrière son épaule. Elle ne voyait pas ses yeux, mais elle sentait le poids de son regard sur elle.

— Jerold Baker, répondit-elle sans réfléchir.

Elle se rendit compte que la cape avait glissé et que son dos était exposé. Elle la ramassa et l'enroula autour d'elle.

Il s'approcha des barreaux et de la lumière, révélant son visage. Son air menaçant la fit déglutir.

— Sous les ordres de qui ? De de Bourgh ?

— Qui d'autre ?

Le visage de l'homme devint glacial. Elle devrait faire plus attention. Elle ignorait qui était cet homme et ce qu'il voulait. Et si c'était une sorte de suzerain ou quelque chose comme cela ? Et s'il travaillait pour de Bourgh ? Maintenant, il avait vu que quelqu'un soignait ses blessures...

Venait-elle de les mettre encore plus en danger, Muireach, Owen et elle ?

La porte au bout du couloir s'ouvrit avec un bruit métallique et les pas de plusieurs personnes martelèrent le sol. L'homme observa l'obscurité du couloir.

Owen apparut, flanqué par deux gardes. Il marchait, Dieu merci !

— Vous êtes venus jubiler, Hamish ? demanda Owen.

L'homme darda sur lui un regard si pesant qu'Amber fut contente de ne pas en être la cible. Les gardes ouvrirent la porte, poussèrent Owen dans la cellule, puis la verrouillèrent et partirent. Sans dire un mot de plus, l'homme dépassa les gardes et disparut dans les ténèbres.

Owen s'attarda près de la porte.

— Il ne vous a rien fait ?

Amber secoua la tête une fois.

— Non. Mais il a vu mes cicatrices... Il a tout vu.

Owen lui tournait le dos, elle ne voyait donc pas son visage. Il frappa les barreaux de leur cellule.

— Ce maudit serpent ! Il en parlera à de Bourgh, il saura que c'est Muireach qui nous aide. Et s'il sait que c'est Muireach...

Leur plan d'évasion était condamné. Un désespoir froid et sombre noua le ventre d'Amber. Et s'ils n'arrivaient jamais à s'échapper ? Et si elle se retrouvait condamnée à perpétuité après tout... mais au Moyen Âge ?

Ses yeux la brûlèrent, mais elle ne pleurerait pas.

— Vous allez bien ?

Il se tourna, et la lueur de la torche l'éclaira. Amber poussa un petit cri. Son nez saignait, et l'un de ses yeux était gonflé et complètement fermé. Il avait aussi un problème au cou. Il était rouge et jaune.

— Je vais bien, Amber. Ne vous inquiétez point pour moi, dit-il, avant de s'approcher d'elle. Vous devriez vous allonger.

Le sang d'Amber se glaça lorsqu'elle le vit de près.

— Je vais bien. Venez, laissez-moi voir, demanda-t-elle en tapotant le banc à côté d'elle. Qu'est-ce qui s'est passé ?

Owen s'assit à côté d'elle, et Amber le tourna afin qu'il soit plus éclairé par la torche. Son cœur se serra. Elle détestait le voir dans cet état. Ce highlander fort, généreux et prévenant.

De la chaleur envahit sa poitrine lorsqu'elle pensa à la façon dont il avait pris soin d'elle ces derniers jours. Sans relâche, il avait continué à panser ses blessures et à lui administrer la potion de Muireach. Il lui avait parlé pour la distraire quand elle avait gémi et crié de douleur. Il l'avait même fait sourire.

Et le fait qu'il soit au courant pour le voyage dans le temps... Quel soulagement ! Elle était reconnaissante qu'il soit là avec elle. Sans lui, elle serait morte à présent.

Sans le vouloir, elle avait commencé à tenir à lui. Et même à lui faire confiance. C'était dangereux. Il l'avait déjà tenue pour responsable d'idioties. Un homme comme lui, un pitre irresponsable, un play-boy rejetterait ses problèmes sur elle.

Cela aurait été plus simple s'il l'avait cru folle et s'était éloigné d'elle. Mais au lieu de la prendre pour une sorcière ou de penser qu'elle était folle, il avait accepté qu'elle ait voyagé dans le temps. Pour le moment, ils avaient un but commun : s'évader. Mais ensuite, une fois qu'ils seraient sortis d'ici ? La trahirait-il ? L'abandonnerait-il une fois qu'ils seraient libres ?

Amber pensa à Bryan. Elle lui avait fait confiance. Elle l'avait aimé toute l'année qu'ils avaient été ensemble. C'était un type bien, généreux et prévenant. Mais il avait des problèmes. Il avait voulu la contrôler.

Il n'arrivait pas à se remettre de leur séparation. De temps en temps, quand il était saoul, il venait la voir. Comme la dernière fois, deux semaines plus tôt.

Amber se rappela l'air chaud du désert et l'odeur de la vieille bière dans le bar de fortune de l'armée américaine. Les panneaux néon à moitié cassés qui clignotaient, et le bavardage des soldats saouls qui essayaient de discuter par-dessus la musique rock.

Elle était venue boire un verre avec un camarade soldat après une longue mission de reconnaissance. Bryan l'avait abordée, et elle s'était rapidement aperçue qu'il avait trop bu, même s'il avait eu l'air calme, posé, et affichait son sourire gentil. Il avait tendu la main et effleuré sa joue de ses jointures.

— Viens boire un verre avec moi. Comme au bon vieux temps.

Traduction : il voulait coucher à nouveau avec elle. Et peut-être qu'ils se remettent ensemble.

— Tu as bien assez bu, Bryan, avait-elle répondu. Je suis fatiguée. Je vais me coucher.

Elle s'était tournée pour s'éloigner, mais Bryan l'avait attrapée par le coude.

— Rien qu'un fichu verre, chérie. S'il te plaît.

C'était inutile d'essayer de le raisonner quand il était ainsi. Elle voyait déjà la violence commencer à s'animer dans les profondeurs de ses yeux. Amber avait libéré son coude de sa prise.

— J'ai dit « non ».

Il l'avait saisie par les épaules. Elle l'avait poussée, le projetant dans la foule. Des gens l'avaient rattrapé, et tout le bar s'était figé pour la fixer. La plupart d'entre eux étaient des hommes, et ce qu'ils avaient vu, c'était une altercation. Qu'une femme avait attaqué un homme. Ils n'avaient pas vu que c'était lui qui avait commencé, que c'était de la légitime défense. Ils n'avaient pas non plus été au lit avec lui, là où ses mains avaient laissé des bleus sur ses seins et ses épaules, là où ses morsures avaient laissé des traces.

Elle l'avait poussé pour lui montrer qu'elle ne le laisserait plus jamais la malmener.Mais ils avaient seulement vu qu'elle s'était montrée violente envers lui.

Et quelques heures plus tard, elle l'avait payé.

Finirait-elle par payer aussi pour avoir fait preuve de vulnérabilité avec Owen ? Elle devait faire attention. Elle devait se rappeler que c'était stupide de faire confiance à quelqu'un, en particulier un homme ou un système dirigé par un homme. Elle ne pouvait compter que sur elle-même. Elle l'avait appris à ses dépens.

Elle en avait marre de servir de paillasson aux hommes. Pour une fois, dans sa vie, elle voulait qu'un homme l'apprécie à sa juste valeur.

Alors qu'elle plongeait son regard dans les yeux verts d'Owen, elle pria de ne pas être en train de faire une bêtise. Elle pria de pouvoir lui faire confiance comme elle se faisait confiance.

Une voix prudente dans sa tête la prévint qu'elle ne le connaissait pas depuis longtemps, et qu'il n'avait rien eu d'autre à faire que s'occuper d'elle. Ce qu'ils avaient subi ensemble ne signifiait peut-être rien. Mais subjuguée par sa proximité, par les flammes orange qui dansaient dans son œil ouvert, elle chassa cette voix.

— Qu'est-ce qui s'est passé ? répéta-t-elle en reprenant ses esprits.

— Comme vous le voyez, l'Anglais et moi avons conversé.

Elle ne put s'en empêcher. Elle posa une main sur sa mâchoire, conjurant l'ecchymose sur sa pommette de disparaître. Son œil s'écarquilla de surprise une fraction de seconde, puis il retint son souffle et s'appuya contre sa paume. Sa peau était chaude, et sa barbe naissante rêche. Comment cela serait de le sentir la frotter contre l'intérieur de sa cuisse ?

— C'est à votre tour d'avoir du baume, dit-elle, tenant la cape sur ses épaules à une main. Je vais vous en mettre dans le cou.

Un petit rire échappa à Owen, mais une grimace de douleur tordit ses traits.

— Je peux le faire moi-même. Bien que je préfère que vous le fassiez.

— Dans ce cas, laissez-moi faire.

Amber lui demanda de détourner le regard et enfila rapidement sa chemise. Une fois qu'elle fut visible, elle s'agenouilla devant lui, mourant d'envie de poser ses mains sur ses cuisses et de sentir la dureté de ses muscles chauds. Elle prit la boîte en argile avec le baume et l'ouvrit. La crème aromatique à base de plantes fondit contre ses doigts. Elle en mit une dose généreuse sur la brûlure d'Owen et l'étala délicatement. Il siffla doucement, ses doigts se fermant sur le banc jusqu'à ce que ses jointures blanchissent. Amber prit un linge propre et l'attacha autour de son cou.

— Ça va ? Ce n'est pas trop serré ?

— C'est bien.

— Laissez-moi vous en mettre sur le visage.

Elle prit un peu plus de baume et l'étala sur l'ecchymose

gonflée sur sa pommette. Son regard intense déclencha d'agréables picotements sur sa peau.

— Vos caresses font disparaître la douleur, dit-il.

La main d'Amber s'attarda sur sa peau chaude. Le monde se figea et le temps s'arrêta. Elle était perdue dans les profondeurs vertes de son œil, dans la lueur dorée de sa peau, dans son odeur masculine et musquée.

— J'en doute fort, répondit-elle d'une voix rauque.

— *Aye*, vos caresses sont magiques. Vos baisers le sont-ils aussi ?

Un baiser. Amber eut le souffle coupé, et son ventre se noua. Elle imagina ses lèvres sur les siennes. Serait-il exigeant ou tendre ? Son goût serait-il aussi masculin que son odeur ?

Son corps entier fondit comme le baume sur ses doigts.

Non. Que faisait-elle ? L'embrasser ne ferait que compliquer les choses. Elle avait décidé de ne pas lui faire confiance, de ne pas se rapprocher de lui. Elle devait s'en tenir à sa décision.

Amber écarta sa main et referma la boîte en argile. L'air semblait chaud autour d'elle, et de la sueur perla sur sa peau. Elle ne regarda pas Owen, mais elle sentit sa perplexité, sa déception. Elle rangea la boîte, ainsi que les autres linges propres.

— Vous devriez vous reposer.

Bon, faisons comme s'il n'avait pas parlé de baiser. Faisons comme si je ne venais pas de fondre.

— Amber...

— Non. S'il vous plaît. Non.

La porte des cachots s'ouvrit bruyamment, et les pas traînants de Muireach s'approchèrent. Puis il s'arrêta devant leur cellule.

— Si vous voulez vous évader, ce soir est votre meilleure chance. MacDougall et de Bourgh viennent de partir.

CHAPITRE 12

AMBER RASSEMBLA les bords de sa chemise dans ses mains afin de pouvoir la retirer et enfiler les vêtements que Muireach lui avait apportés.

— Tournez-vous, dit-elle.

Owen s'exécuta, la bouche soudain sèche. Les images du dos nu d'Amber et des côtés de ses seins s'enflammèrent dans son esprit. Dans son imagination, son dos n'était pas blessé. Au lieu de cela, sa peau sombre était lisse, brillante et aussi douce que de la soie. Du sang vint engorger sa verge. Qu'est-ce qui n'allait pas chez lui ? Elle était toujours blessée. Et elle avait très clairement indiqué qu'elle ne voulait pas qu'il se passe quoi que ce soit entre eux.

Comment le simple fait qu'elle enlève sa chemise pouvait-il autant l'exciter ? Muireach leur avait apporté des vêtements que portaient les gardes. Deux tuniques rouges avec trois lions dorés brodés dessus étaient posées sur le banc.

Owen poussa un grand soupir et se força à penser à autre chose. À leur évasion.

C'était leur seule chance. S'ils échouaient maintenant et se faisaient prendre, de Bourgh se rendrait compte que Muireach les aidait. Et le pauvre homme n'en sortirait pas vivant.

Owen se déshabilla et enfila la tunique anglaise. Muireach avait réussi à les voler dans un tas de linge propre, elles sentaient donc bon.

— C'est bon, je suis habillée, déclara Amber.

Il se tourna, la bouche toujours sèche. Même dans des vêtements d'homme, elle ressemblait à une femme avec ses longs cheveux emmêlés, ses mouvements gracieux et sa carrure délicate.

— Vous avez besoin d'un couvre-chef. Vous ressemblez toujours à une femme. Vous attirerez l'attention. Peu de gens vous ressemblent ici. Je l'admire, mais cela nous trahira.

Elle croisa les bras sur sa poitrine.

— Qu'est-ce que vous suggérez ?

— Un couvre-chef. Ou un heaume. Une capuche, peut-être. Quelque chose qui dissimulera votre visage.

— Il a raison, jeune femme, dit Muireach, qui attendait dans le couloir pour donner de l'intimité à Amber. Les gardes des cachots ont des heaumes.

— Alors, nous devrons veiller à nous en procurer.

— Êtes-vous prêts ? demanda Muireach.

Owen croisa le regard d'Amber. Elle hocha la tête.

— *Aye*. Nous sommes prêts.

Muireach déverrouilla la porte de leur cellule et l'ouvrit.

— Que Dieu nous vienne en aide, marmonna-t-il tandis qu'Owen et Amber sortaient de leur prison.

Le cœur d'Owen martelait dans sa poitrine. Ils passèrent devant la cellule de l'Anglais à moitié fou. Il les regarda partir, mais il ne fit pas un bruit.

Ils s'arrêtèrent devant la lourde porte en bois des cachots, mais Owen posa une main sur celle de Muireach avant qu'il ne puisse l'ouvrir. Il considéra Amber.

— Vous promettez de point vous battre ? Vos blessures pourraient s'ouvrir et saigner.

Les muscles de la mâchoire de la jeune femme se contractèrent, montrant qu'elle n'était de toute évidence pas d'accord avec lui, mais elle hocha brièvement la tête.

— Je ferai de mon mieux. Mais en toute honnêteté, la liberté est plus importante à mes yeux qu'un peu de sang.

— Amber, dit Owen sur un ton d'avertissement. Si vous vous battez, je vous promets de vous mettre sur mes genoux quand tout cela sera fini.

Toute émotion quitta le visage d'Amber, et même si c'était difficile à voir dans la pénombre, il remarqua qu'elle rougissait.

— Fort bien, fort bien, grommela Muireach. Vous pourrez vous occuper de vos problèmes maritaux après avoir disparu comme des oiseaux dans la nuit. Attendez mon signal.

Il sortit, laissant la porte entrouverte. Owen l'observa par l'ouverture, et le vit s'arrêter pour saluer les gardes. Ils regardèrent brièvement Muireach, puis reprirent leur conversation. L'un d'eux était plus âgé et assis sur un petit tabouret, et l'autre était nonchalamment appuyé contre le mur.

Muireach fit un signe de la main dans son dos, et Owen ouvrit la porte. Il avança sur le sol en pierre sans un bruit, bien qu'il craigne que les martèlements de son cœur alertent les gardes. Muireach marchait lentement afin que les gardes restent concentrés sur lui.

Owen atteignit l'homme qui était debout, saisit l'épée appuyée à côté de lui contre le mur et le poignarda dans le dos. Il grogna et s'effondra. Le deuxième garde regarda avec stupéfaction son camarade tomber. Il ouvrit la bouche pour donner l'alarme, mais Muireach se précipita sur lui et lui planta une dague dans la gorge.

— *Aye*, vil *sassenach*, grogna le vieil homme. Je voulais faire cela depuis que vous avez pris le château.

Owen lança un regard vers Amber, qui observait la scène, le visage blême.

— Amber ? dit-il, s'inquiétant à l'idée de prendre trop longtemps.

— Je vais bien. Ne perdons pas de temps.

Mais avant qu'ils ne puissent s'engager dans l'escalier, la porte de l'autre aile du donjon s'ouvrit. Hamish et cinq guerriers anglais entrèrent.

Ils se figèrent. L'expression de Hamish passa de l'étonnement au choc, puis à une furieuse détermination. Son épée scintilla à la lueur des torches alors qu'il la dégainait. Cinq autres épées apparurent.

— Maudits animaux écossais ! grogna l'un des hommes.

Owen fit écran de son corps entre Amber et eux, ses doigts se serrant sur le pommeau de son épée. Muireach prit une position défensive, dague en main. La tension était palpable, comme si la foudre avait frappé non loin. Personne ne bougeait.

Hamish darda sur Owen un regard sombre habité de quelque chose d'indéchiffrable. Puis ses yeux allèrent se poser sur Amber, et il fit un signe de tête vers la droite. Le mouvement fut si subtil qu'il faillit ne pas le remarquer.

Hamish tournoya et planta son épée dans la poitrine de l'Anglais à sa gauche. Le reste des soldats fixèrent la scène, stupéfiés, et Owen aussi. Le seul à garder la tête froide fut Muireach. Tirant leur surprise à son avantage, Muireach poignarda le soldat le plus proche de lui et laissa échapper un son qui ressemblait à un cri de guerre tandis qu'il s'élançait avec une agilité étonnante pour un homme de son âge. Le soldat leva son épée et para le coup.

L'un des hommes se jeta sur Owen, et il sortit enfin de sa torpeur et leva son épée. Il mit un coup vers le bas, et la lame toucha l'homme au niveau des côtes. Ce dernier hurla, mais il parvint à attaquer. Son épée passa à un cheveu d'Owen.

L'arme d'Owen fendit de nouveau l'air, mais il était trop lent. Le garde para le coup et poussa son épée vers le cou d'Owen. Ce dernier n'eut pas le temps de la dévier, mais avant que la lame ne touche sa chair, une ombre passa derrière l'homme. Un grand bruit sourd se fit entendre, puis le garde tituba et tomba par terre. Amber était là, une planche en bois dans les mains.

Hamish assena un coup fatal au dernier garde debout, et Owen regarda autour de lui. Tous les Anglais étaient morts, du sang se répandant autour d'eux en de petits lochs sombres. Hamish essuya sa lame avec un linge alors que Muireach se dirigeait déjà vers Amber, sa dague ensanglantée toujours en main.

Amber se pencha et prit le heaume de l'un des gardes. Elle l'enfila, et il cacha un peu son visage, mais ses longs cheveux bouclés en sortaient dans tous les sens. Elle fourra rapidement sa crinière sous le heaume. Owen espérait qu'elle y resterait et que l'obscurité de la nuit dissimulerait le reste.

Il prit un autre heaume et l'enfila. Il détacha la ceinture d'un garde, puis sangla le fourreau et l'épée à sa taille. Muireach aida Amber à faire de même avec une autre épée et un autre fourreau.

— Partez, dit Hamish. Vite.

Owen posa une main sur l'épaule d'Amber, mais avant de s'engager dans l'escalier, il se tourna vers Hamish.

— Pourquoi nous avez-vous aidés ?

Hamish soupira et regarda Amber.

— Je ne pouvais le laisser continuer à lui faire du mal, déclara-t-il, avant de lever les yeux vers l'escalier. Partez, maintenant. Je dois encore accomplir une mission à Stirling. Mais j'espère ne point vous affronter sur le champ de bataille.

Owen se tourna pour suivre Amber et Muireach, mais Hamish ajouta :

— Owen. Je suis désolé pour Lachlan.

Owen prit une petite inspiration énervée. Ce n'était ni le moment ni l'endroit de parler de cela ; cependant, il se sentait un peu mieux en sachant que Hamish regrettait ce qui s'était passé avec Lachlan. Il hocha la tête, puis ils s'enfuirent dans l'escalier menant au rez-de-chaussée, passèrent une porte encore plus grande, et sortirent dans la nuit estivale fraîche.

Owen avait oublié à quel point l'air frais était agréable, à quel point le chant des grillons et les ululements des chouettes étaient apaisants. C'était libérateur de contempler les grands espaces et de ne pas voir les épais murs de granite écrasants.

La cour était vide, et il n'y avait pas de fumée à la cheminée de la cuisine. L'écurie et l'étable étaient silencieuses. La grande salle aussi. En bas de la colline, des torches illuminaient la palissade et les impitoyables courtines de la forteresse de Stirling.

— Je ne vois point de gardes à la palissade, déclara Owen. Mais il y en aura à la porterie. Nous devons les convaincre de nous laisser sortir.

— *Aye*, répondit Muireach. Allons chercher des chevaux.

Ils entrèrent dans l'écurie, et Muireach et Owen sellèrent des montures aussi vite que possible. Il aurait préféré chevaucher avec Amber, étant donné qu'elle était encore en train de guérir et faible, mais cela éveillerait les soupçons, et ils seraient plus rapides avec un cheval chacun.

Deux étaient sellés, et Owen commença à en seller un troisième.

Muireach fronça les sourcils.

— Trois chevaux ?

— *Aye*. Vous venez avec nous.

— Nenni.

Amber toucha l'épaule de Muireach.

— Vous devez venir avec nous. De Bourgh saura que vous nous avez aidés à nous échapper. Il vous tuera. Retournez dans les Highlands. Ne mourez pas ici sans but.

Muireach poussa un grand soupir.

— *Aye*. Vous avez raison. Mais il sera plus difficile de sortir du château avec moi. Les gardes savent que je suis le gardien et que je dois être ici jour et nuit. Pourquoi partirais-je tout à coup au beau milieu de la nuit ? Ils sentiront notre ruse comme les vautours flairent les charognes.

— Je ne partirai point sans vous, déclara Owen. Nous trouverons un moyen.

Muireach grogna et continua à seller le troisième cheval. Une fois qu'il fut prêt, ils sortirent dans la nuit. Les longues jambes musclées d'Amber effleurèrent Owen alors qu'il l'aidait à se mettre en selle. Elle regardait le cheval comme si c'était un kelpie, mais elle ne dit mot. Peut-être ne savait-elle pas monter à cheval, ce qui n'était pas surprenant, compte tenu du fait qu'elle venait du futur. Amy avait grandi dans une ferme et savait monter, mais Kate, l'épouse de Ian, avait appris ici.

— Tout va bien, Amber ? demanda Owen, gardant une main sur sa cheville. Vous savez chevaucher, n'est-ce pas ?

— Ouaip. Ouaip.

— Nous irons lentement jusqu'à la forêt. Ensuite, je vous prendrai sur ma monture. Je ne veux pas que vos blessures s'ouvrent à nouveau lors de la chevauchée. Il ne faudrait pas que vous saigniez.

— OK. J'essayerai de ne pas me vider de mon sang.

Muireach et Owen se mirent en selle, puis ils descendirent lentement la colline. Ils dépassèrent les bâtiments du château, la palissade sombre, et sortirent dans la cour extérieure. Les maisons au toit de chaume étaient silencieuses jusqu'à ce qu'un chien aboie deux fois quelque part. Owen posa une main sur son épée, mais la nuit redevint tranquille, avec pour seule musique le léger bruit des sabots des chevaux sur la terre sèche.

Enfin, des murs aussi hauts que des montagnes se dressèrent devant eux. La porterie était flanquée de deux tours qui les dominaient de toute leur hauteur et semblaient soutenir le ciel noir. La lueur dorée des torches à l'intérieur illuminait les petites fenêtres au premier étage. Owen se demanda combien il y avait de sentinelles à l'intérieur.

Il leva les yeux et se racla la gorge. Il devait faire sa meilleure imitation de l'accent anglais.

— Ouvrez les portes !

Quelqu'un apparut à la fenêtre.

— Qui va là ?

— William et moi avons été envoyés pour accompagner Muireach lors d'une mission confiée par le chef.

Owen chantait bien et il était doué en imitations, mais il entendait son accent glisser.

La silhouette sombre resta silencieuse un moment.

— Mais le chef est parti. Il n'a jamais dit que quelqu'un d'autre partirait.

Owen faillit dire « *aye* », mais il se reprit.

— Oui. Mais il m'a confié cette mission avant de partir. Ouvrez les portes. Nous devons nous hâter.

— Pourquoi Muireach doit-il partir ? Il ne quitte jamais le château.

— Cela ne vous concerne guère, répondit Owen avec colère.

— Si. C'est un Écossais.

Owen serra les dents.

— L'un des hommes de Robert Bruce a été attrapé à Caerlaverock. Muireach le connaît et doit confirmer son identité.

Le garde grogna.

— Attendez là.

L'homme s'éloigna de la fenêtre, et Owen vit deux ombres sur le mur. Il était probablement en train de parler à un autre garde.

Owen se frotta la nuque. Il plissa les yeux alors qu'il scrutait l'obscurité, cherchant à voir ce qui se passait à l'étage. Son ventre se noua, et il échangea un regard avec Amber, qui était immobile sur sa monture et agrippait les rênes comme si elles étaient son dernier espoir.

Les ombres à la fenêtre disparurent, et, après un moment, deux gardes sortirent de la tour. L'un d'eux considéra Owen. Maintenant qu'il était plus proche, le soldat pouvait probablement voir l'œil blessé d'Owen et son ecchymose. Amber se détourna un peu et baissa la tête. De la sueur coula dans le dos d'Owen.

— Vous vous êtes battu, à ce que je vois.

Un petit rire échappa à Owen.

— Certaines personnes n'arrivent pas à se taire après quelques coupes de cervoise.

Le garde hocha la tête, regarda Amber et fronça les sourcils.

— Je ne vous reconnais point. William, c'est bien cela ? Êtes-vous nouveau ?

— Nouveau, oui, répondit-elle, faisant de son mieux pour prendre une voix rauque et un accent anglais. Nous devons partir, l'ami.

— Fort bien, fort bien.

Le garde recula enfin, et les deux hommes rejoignirent les portes, soulevèrent les trois lourdes barres et les ouvrirent.

Owen inspira profondément et poussa un long soupir. La liberté était là, dans les ténèbres, entre ces énormes portes impénétrables.

Il serra doucement ses jambes sur les flancs de son cheval. S'il le pouvait, il le ferait partir au galop, mais il avait promis à Amber qu'ils iraient doucement. Il entendit les autres chevaux bouger derrière lui, et son cœur tambourina dans sa poitrine alors qu'il tendait l'oreille à la recherche de bruit de poursuite.

Ils se rapprochaient de la forêt. La lune sortit de derrière les nuages, et les bois devant lui ressemblèrent à une forêt noire et gelée. Ils étaient proches. Il lança un regard derrière lui. Même dans l'obscurité, il voyait les yeux écarquillés d'Amber et son dos droit. Son cheval renâclait et secouait la tête. Amber le rendait nerveux.

— Nous y sommes presque, Amber, dit-il.

— Arrêtez-les ! cria quelqu'un au château.

Le martèlement de sabots se fit entendre et Owen vit l'ombre de trois... quatre... cinq cavaliers descendre la pente devant les portes au galop.

Son sang se glaça.

— Vite ! hurla-t-il. En avant !

Le cheval de Muireach s'élança.

— Comment ? cria Amber. Comment je le fais galoper ?

Bon sang, elle ne savait vraiment pas monter à cheval.

— Mettez-lui des coups de talon dans les flancs.

Les cavaliers se rapprochaient, mais il ne pouvait pas la laisser seule.

— Allez, Amber ! Faites-le.

Elle talonna sa monture, et elle hennit, se cabra et partit au galop. Owen la suivit.

Ils approchaient des bois, mais les cavaliers étaient juste derrière eux. Amber ouvrait la marche, son cheval allant à toute allure. Elle ne le contrôlait absolument pas. *Pitié, ne désarçonne pas Amber.*

Il talonna sa monture, la faisant galoper plus vite. Mais les gardes les rattrapaient déjà. Muireach fit ralentir son cheval pour être au même niveau qu'Owen.

— Je vais les gêner. Partez, Amber et vous.

— Quoi ? Non !

— *Aye*. C'est ainsi que je me bats pour la liberté de l'Écosse. Robert Bruce doit savoir qu'ils lui tendront une embuscade à la passe de Brander. Il pourra alors se débarrasser des MacDougall et gagner cette guerre.

— Nenni, Muireach ! Nous pouvons tous nous échapper, tous les trois.

— Adieu, Owen Cambel. Pour l'Écosse !

Il dégaina son épée, fit tourner son cheval et galopa en direction des cavaliers.

— Arrêtez ! cria Owen.

Il était déchiré entre le besoin de sauver Amber et l'envie de rattraper Muireach. Mais le vieil homme était déjà trop loin. Si Owen faisait demi-tour maintenant, il perdrait Amber de vue, et qui savait où son cheval l'emmènerait, ou s'il la ferait tomber.

— Pardieu, Muireach ! jura Owen dans sa barbe, sa gorge se nouant douloureusement et la nausée lui serrant le ventre.

L'homme avait fait son choix. Et il avait raison. Owen devait transmettre à Robert Bruce l'information à propos de la passe de Brander. Ce n'était plus à propos de sa seule liberté. C'était à propos de celle de l'Écosse.

Il regarda derrière lui une dernière fois. Muireach avait arrêté trois des cavaliers. L'un était déjà allongé par terre, et deux se battaient contre le vieil homme. Deux autres pourchassaient toujours Owen et Amber. Cependant, ils avaient ralenti quand

Muireach avait attaqué, et ils étaient loin derrière à présent. Owen et Amber avaient de fortes chances de les semer.

Il devait rattraper Amber ; il talonna donc son cheval et se pencha en avant dans l'espoir de se fondre dans son corps élancé et de se dissoudre dans le vent.

CHAPITRE 13

DES ARBRES noirs défilaient le long du ciel gris foncé, des branches lui frappaient le visage, lui griffaient la peau, déchiraient ses vêtements.

Amber priait. *Pitié, faites que je ne meure pas. Pitié, faites que ce ne soit qu'un rêve...*

La dernière fois qu'Amber avait prié ainsi, c'était quand elle avait trouvé Bryan dans une mare de sang dans ses quartiers en Afghanistan.

Cette nuit-là, elle pria pour que ce ne soit qu'un cauchemar. Pour que la vie ne quitte pas son regard alors qu'elle l'étreignait. Pour que la blessure par balle ne soit qu'une blague ; une chose que son cerveau bourré aurait trouvé hilarante.

Il gémit dans ses bras.

— Chut, dit-elle en lui caressant le côté de la tête.

Ses yeux bleus étaient écarquillés et plongés dans les siens.

— Je vais appeler le médecin, tu t'accroches, OK, Bryan ?

Elle sortit son téléphone, mais il saisit sa main dans ses doigts ensanglantés.

— Écoute-moi, chérie... C'est le major Jackson qui a fait ça.

Amber fronça les sourcils et secoua la tête. Elle avait toujours su qu'il y avait quelque chose d'étrange chez le major Jackson. Cette aura de pouvoir dévorant qui l'entourait ; les ragots de la base militaire racontaient qu'il organisait des soirées poker et gagnait toujours. Quasi toute la base lui devait de l'argent. Quand ils étaient encore ensemble, Bryan s'était mis à sortir toutes les semaines avec Jackson dans un salon de thé à Kaboul appelé Aman Safar. C'était aussi à cette période qu'il était devenu plus irritable et de plus en plus brutal avec elle.

Oui, elle savait que Jackson n'était pas un homme à qui l'on cherchait des noises, mais tirer sur un officier ? Et pourtant, elle pouvait l'imaginer. Jackson, grand, la mâchoire carrée, les épaules aussi larges qu'un tank, un pistolet braqué sur Bryan.

— Pourquoi ? demanda-t-elle, la gorge serrée.

— Il introduit clandestinement des drogues afghanes aux États-Unis. Je l'ai aidé parce que je lui devais beaucoup d'argent. Je lui appartenais. Mais je ne pouvais plus vivre avec ce fardeau. Rien que d'imaginer combien d'Américains sont devenus accros à la drogue à cause de moi... La culpabilité me rongeait. J'ai dit que je le signalerais s'il n'arrêtait pas. J'ai des preuves... Aman Safar...

Il déglutit avec difficulté. Il était si blême.

— Il reviendra bientôt. Enfuis-toi et cache-toi, Amber. Enfuis-toi et cache-toi...

Alors, il se figea, et son corps devint mou. Ses yeux se voilèrent, et elle sut qu'il était parti. « Enfuis-toi et cache-toi » furent ses derniers mots.

Et c'était ce qu'elle avait fait. Au lieu de se battre pour lui. Au lieu de s'assurer que ce salaud de contrebandier finirait derrière les barreaux.

Le martèlement de sabots près d'elle la tira de ses souvenirs.

— Ne craignez rien, Amber, lança Owen, et une chaleureuse vague de soulagement l'envahit. Accrochez-vous encore un peu. Ils pensent que nous partons au nord pour rejoindre Inverlochy. Nous partirons à l'est et les sèmerons. Ce sera bientôt fini.

Elle craignait de perdre l'équilibre et de tomber si elle bougeait de la mauvaise façon, elle hocha donc la tête sans regarder Owen. Elle ne savait pas ce qu'elle faisait, et elle avait l'impression que seuls ses poings agrippant la crinière rêche de ce pauvre cheval la séparaient d'une mort certaine.

Owen attrapa ses rênes, et par miracle les deux montures tournèrent à droite et continuèrent leur folle chevauchée vers l'est.

Amber ignorait depuis combien de temps cela durait. Une éternité, sûrement. Enfin, les chevaux ralentirent. Celui d'Amber était trempé de sueur et sentait comme un mélange de sel et de bois fraîchement coupé.

— Je pense qu'il est fatigué, lança-t-elle à Owen.

Il était toujours à ses côtés.

— *Aye*. Le mien aussi. Ils ont galopé longtemps.

Les chevaux passèrent au pas, et Amber pantela en rythme avec sa monture.

— Seigneur, je n'arrive pas à croire que c'est terminé.

Ils sortirent des bois et parcoururent des collines qui paraissaient argentées au clair de lune.

— *Aye*. Vous voyez là-bas ? demanda-t-il en désignant des points et carrés sombres entre les collines. C'est un village ou une petite ville. Nous pourrons peut-être dormir dans une auberge ce soir.

Amber soupira. Ce serait le paradis. Elle mourait d'envie de dormir dans un lit et de prendre une douche, ce qui était impossible, bien sûr. Mais s'il y avait une baignoire...

— Vraiment ? Vous êtes certain qu'ils ne vont pas nous trouver ici ?

— Il est fort difficile de suivre des traces la nuit, et ils penseront que nous sommes partis au nord, expliqua-t-il, son visage s'assombrissant. Grâce à Muireach, il n'y a que deux hommes après nous. Il est fort peu probable qu'ils nous trouvent ce soir. Ils enverront plus d'hommes demain, mais nous serons déjà loin. Et nous serons bien plus prudents.

Le ventre d'Amber se noua lorsqu'elle pensa à Muireach et à sa brave décision de rester et de se battre afin qu'ils puissent s'échapper, Owen et elle.

— Peut-être qu'il a réussi à s'enfuir, dit-elle, bien qu'elle se rende compte que c'était peu probable.

— Peut-être.

Le ton d'Owen suggérait qu'il n'avait pas bon espoir non plus.

La poitrine d'Amber se contracta. C'était tout de même agréable de parler, de se distraire du fait qu'elle était encore — miraculeusement — en selle. Maintenant que l'animal descendait calmement la colline, c'était beaucoup plus simple de tenir dessus. Ils s'approchaient d'un village, et il avait l'air plus grand que ce qu'ils avaient d'abord cru.

— Comment est-ce qu'ils ont découvert qu'on était partis, selon vous ? demanda-t-elle.

— Peut-être quelqu'un a-t-il vu les gardes morts. Ou peut-être le prisonnier anglais fou a-t-il crié au meurtre.

— Je n'arrive pas à croire qu'on ait réussi à s'enfuir. Je n'arrive pas à croire que je suis en vie.

Elle regarda derrière elle, mais la forêt était tranquille.

Owen lui lança un regard amusé.

— Vous n'étiez jamais montée à cheval, n'est-ce pas ?

Elle se mordit la lèvre supérieure.

— Nan. Dans le futur, peu de gens le font.

— Pourquoi ne point l'avoir dit ?

— Je ne voulais pas nous ralentir.

— Vous ne manquez guère de courage, Amber.

Amber gloussa. Son compliment se répandit dans ses veines comme du miel chaud, mais une voix en son for intérieur lui rappela qu'il se trompait. Si elle avait vraiment du courage, elle aurait décidé de rester et d'affronter le major Jackson et les accusations contre elle. Elle aurait cherché un moyen de prouver son innocence et de l'envoyer en prison pour meurtre et trafic de drogue. Mais le système l'avait laissée tomber, et elle ne croyait pas en lui.

— Si seulement vous aviez raison. Malheureusement, tout ce que je fais ces temps-ci, c'est m'enfuir. Ça n'a rien de courageux.

— Parfois, c'est la seule chose que l'on puisse faire.

Elle fit un petit bruit pour signifier qu'elle l'avait entendu. Il avait raison, bien sûr. Pourquoi était-il si sage, tout à coup ?

Lorsqu'ils atteignirent le village, il était sombre et silencieux. Les volets des maisons au toit de chaume étaient fermés. Les sabots des chevaux émettaient de petits bruits sur la route en terre. Il y avait des étables et des enclos à poules ici et là. Ils passèrent devant la forge, l'atelier d'un cordonnier... Amber scruta le village médiéval, le ventre serré, ses sens s'amplifiant alors qu'elle cherchait des traces des soldats qui les poursuivaient. Enfin, ils virent un bâtiment à deux étages avec un poteau au bout duquel était attachée une branche avec des feuilles.

— C'est le signe que c'est une taverne, déclara Owen.

Ils s'arrêtèrent devant le bâtiment, puis Owen mit pied à terre et attacha les chevaux à un poteau près d'une auge. Les deux animaux burent avidement. Owen s'approcha du cheval d'Amber ; ses cheveux avaient l'air argentés au clair de lune. Avec sa tunique médiévale et une épée à la hanche, il ressemblait à un prince de conte de fées. Sauf que son regard sombre et intense criait « canaille ».

— Laissez-moi vous aider à descendre, dit-il en tendant les mains.

Prudemment, Amber passa l'une de ses jambes tremblantes par-dessus la croupe du cheval et se laissa tomber dans le refuge de ses bras. Elle s'aperçut qu'elle l'avait fait sans hésiter. Son odeur l'enveloppa ; l'arôme terreux et salé du cheval et son musc masculin bien à lui.

Ses yeux étaient gris dans la lueur inquiétante de la nuit, et son regard de braise la captiva, la mit en transe. Il lui promettait une fin heureuse enveloppée dans une sacrée bonne nuit de péché, de cochonneries et de liberté.

Ses lèvres étaient juste devant elle, à seulement quelques centimètres. Il contemplait sa bouche comme si tout le bonheur du monde était sur ses lèvres.

— J'ai ouï les chevaux.

Ils regardèrent en direction de l'auberge. Un homme âgé

d'une cinquantaine d'années se tenait là, vêtu d'une longue tunique qui révélait ses jambes blanches. Son ventre ressemblait à un tonneau, et un bonnet de nuit couvrait son crâne dégarni.

— Avez-vous besoin d'une chambre ?

Owen lâcha délicatement Amber et s'éloigna d'elle. Elle sentit l'air froid là où ses bras et son torse avaient été pressés contre elle, et elle se languit de cette proximité.

— Oui, répondit Owen avec un accent anglais.

C'est vrai. Ils étaient toujours habillés comme des Anglais, et cette zone était probablement occupée par l'Angleterre, ils devaient donc continuer à faire semblant.

— Nous avons besoin d'une chambre, d'un repas et d'un bain. Nous avons fait une longue chevauchée pour le roi, et nous désirons ardemment passer le reste de cette nuit à dormir.

Il y avait une bourse à la ceinture de l'un des gardes, ils avaient donc de quoi payer.

— *Aye*.

Le regard de l'aubergiste s'attarda sur Amber, et elle baissa la tête pour dissimuler son visage. Elle portait toujours le heaume, et ses cheveux étaient cachés en dessous. Mais, et si une mèche ou deux étaient sorties ?

— Venez avec moi, dit l'aubergiste.

Ils traversèrent la salle du rez-de-chaussée, passant devant un bar, des tables et des bancs. L'endroit sentait la vieille nourriture et l'alcool éventé. Au premier étage, plusieurs portes menaient à des chambres. La leur était petite, mais douillette, et sentait le linge propre, la fumée et la lavande. Une grande cheminée dans laquelle dansait un feu baignait la pièce d'une lueur dorée chaleureuse. Il y avait un grand lit au fond, ainsi qu'une baignoire qui ressemblait plus à un énorme tonneau en bois. Elle avait l'air assez propre, et les muscles d'Amber la firent souffrir lorsqu'elle vit le lit.

— Cela vous dérange-t-il de partager le lit ? Nous n'avons point d'autres chambres de libres, déclara l'aubergiste tandis qu'Owen observait le lit comme si c'était un lion qu'il devait chasser à mains nues.

Owen se racla la gorge.

— Cela ira.

— L'eau chaude arrive. Pour le souper, j'ai du ragoût, du pain, du fromage et des pommes. Peut-être voudriez-vous aussi de la cervoise ?

Owen hocha la tête, et l'aubergiste quitta la pièce. Amber ne put attendre une minute de plus. Elle fonça droit sur le lit et se laissa tomber dessus. Après des jours passés allongée sur le banc dur et froid, elle eut l'impression de tomber dans un nuage.

Elle gémit tandis que ses muscles douloureux se détendaient. Les lacérations dans son dos la piquèrent d'une façon agréable qui montrait qu'elles étaient en train de guérir ; cela ne la dérangea pas.

— Oh, mon Dieu ! Est-ce qu'il y a des plumes là-dedans ? La personne qui a inventé le matelas est un génie.

Un petit rire échappa à Owen.

— Seuls les nobles dorment sur des matelas de plumes. Ce doit être simplement de la laine.

Un coup retentit à la porte, et une jeune femme entra avec deux bols de ragoût en argile, une miche de pain, un petit pot de beurre et un morceau de fromage. Elle mit la nourriture ainsi qu'un pichet de cervoise en bois et deux coupes en argile sur une table ronde dans le coin de la pièce. Après un regard curieux en direction d'Amber, elle sortit.

— Venez. Mangez, Amber. Vous avez besoin de manger.

— Après tout ce qui s'est passé ce soir, je n'ai pas vraiment faim.

Elle retira le heaume et le posa sur le côté. Son cuir chevelu fut animé d'une liberté délicieusement douloureuse. Elle avait mal partout, et de la sueur sèche recouvrait chaque centimètre carré de son corps.

— Raison de plus de manger, dit Owen. Ne me forcez pas à venir vous chercher.

Elle gémit et secoua la tête. L'instant suivant, la carrure imposante d'Owen la dominait de toute sa hauteur. Il se pencha en avant et prit ses mains dans les siennes. Sa peau tressaillit à son contact. Il la releva et elle se retrouva devant lui, délicieusement confinée dans ses bras forts.

Il déglutit avec difficulté, plongeant dans son regard avec l'intensité de mille soleils. Le sol trembla sous ses pieds, et elle oublia comment respirer. Ses genoux tremblèrent, et elle se sentit perdre l'équilibre, mais il la tenait fermement en place par les coudes.

— Mangeons, dit-il d'une voix rocailleuse. Venez.

Il la guida lentement jusqu'à la table, et elle le laissa faire. Elle ne pensait pas que quelqu'un se soit jamais occupé d'elle ainsi.

Owen la laissa s'asseoir et prit place en face d'elle. Il versa de la cervoise dans les coupes et trinqua avec elle. Dans la faible lumière de la pièce, ses yeux étaient de la couleur de l'herbe pendant l'heure dorée avant le coucher du soleil. Elle fondit comme de la cire sous la chaleur de son regard.

Ils burent ; la cervoise était sucrée et son goût n'était que légèrement alcoolisé. Elle n'avait pas eu conscience d'à quel point elle avait soif. Elle avala sa première bouchée de ragoût froid sans prêter attention au goût. Toute son attention était focalisée sur le demi-dieu doré assis en face d'elle. L'homme qui lui avait sauvé la vie et l'avait aidée à échapper à la torture dans un cachot médiéval. L'homme dont la simple présence la faisait se sentir soutenue et aimée, ainsi que faible et chancelante.

Des choses qu'elle ne devrait pas ressentir envers un highlander né sept cents ans avant elle. Mais c'était si naturel. Si bon. Comme s'il y avait de l'espoir pour elle.

Chez elle, elle n'avait personne. Ses parents étaient morts, et ses frères avaient leur propre vie. Ils n'avaient jamais été proches. C'était pour cela qu'elle ne les avait pas contactés pour leur demander de l'aide quand Jackson lui avait fait porter le chapeau pour le meurtre de Bryan. Mais l'homme devant elle tenait à elle, même s'il ne la connaissait pas vraiment.

Elle rompit le pain, étala du beurre dessus et mordit dedans.

— J'ai une question, Owen, dit-elle, la bouche pleine.

Il mâchait également, sa mâchoire carrée se déplaçant. Il haussa les sourcils en guise de réponse.

Elle déglutit.

— Pourquoi est-ce que vous tenez à moi ? Pourquoi est-ce que vous m'aidez, pourquoi est-ce que vous en faites autant pour me sauver ?

— Quand je vois une jeune femme dans le besoin, je ne puis la laisser en détresse. Vous venez d'une autre époque. Vous avez besoin de protection.

— Oui, mais il y a autre chose, n'est-ce pas ? C'est obligé. Dites-moi la vérité.

Il se pencha en arrière sur son siège et croisa les bras.

— La vérité ? Je ne pense pas que vous soyez prête à l'entendre.

— Je le suis. J'ai vécu plus de choses avec vous qu'avec mes frères. Cette dernière semaine, ou peu importe combien de temps c'était, m'a paru durer une éternité. Alors, dites-moi. Est-ce que vous m'avez aidée simplement par bonté de cœur ? Ou est-ce qu'il y a autre chose ?

Il l'étudia comme s'il réfléchissait à s'il devait le lui dire ou non. Puis il se pencha en avant, au-dessus de la table, et posa une main sur la sienne. Ce contact envoya en elle une décharge électrique, lui coupant le souffle et la faisant fondre.

— Il y a plus, Amber. Je vous trouve magnifique.

CHAPITRE 14

LES GRANDS YEUX sombres d'Amber s'écarquillèrent.

Un petit rire échappa à Owen, et il but à sa coupe. Elle le distrayait trop. Les femmes en péril étaient son point faible. Il ne pouvait laisser passer une demoiselle en détresse, et celle-ci était particulièrement rare. Alors qu'il la regardait, sa peau lisse brillant, les flammes de la bougie dansant dans ses yeux, il ne pouvait se retenir.

— Quand je vous ai vue affronter les chevaliers anglais ; vous n'aviez point d'arme, seulement vos poings et vos pieds... Je ne pense pas avoir vu qui que ce soit d'aussi prodigieux. Et le fait que vous veniez du futur...

Un spasme d'émotion lui serra la gorge, et il ne put continuer. Le fait qu'elle venait du futur la rendait mystérieuse. Cela faisait d'elle une héroïne sortie d'un mythe, d'une ballade ou d'un conte de fées.

Cela la rendait magique.

Les jolies femmes étaient la cause de nombreux problèmes dans sa vie. La mort de Lachlan, les problèmes entre son clan et les MacDougall, la perte des bonnes grâces du vieux roi. Chaque fois qu'une mauvaise chose s'était produite, c'était parce qu'il avait été distrait par une femme.

Amber était une distraction, elle aussi.

Cependant, elle le faisait se sentir comme s'il était enfin vivant. Comme s'il n'avait plus besoin de partir à la recherche d'un nouveau trésor, parce qu'en sa présence, la douleur sourde en lui cessait enfin de le ronger. Une voix dans sa tête aimait lui dire qu'il n'était qu'un bon à rien, qu'il avait apporté le malheur à son clan, et qu'il était le fils que son père aimait le moins. Que ses frères étaient tous de grands guerriers et des hommes responsables qui préféreraient mourir plutôt que de laisser leur famille en danger.

Que c'était lui, le danger.

Cette voix se taisait en présence d'Amber. Elle lui faisait sentir qu'il pouvait être plus que ce qu'il n'avait jamais imaginé.

Ses lèvres pulpeuses s'entrouvrirent, et il déglutit avec difficulté, se retenant de plonger sur la table et de plaquer sa bouche sur la sienne.

Elle était si belle. Si différente. Sa peau marron doré brillait comme un trésor. Ses yeux scintillaient de curiosité et d'émerveillement. Son corps svelte, musclé et féminin l'appelait.

— Qu'est-ce que ça fait que je vienne du futur ?

— Vous me faites croire aux miracles, Amber.

Ses lèvres s'entrouvrirent de surprise. Il n'hésita pas. Il se leva et la rejoignit en un pas. Il la souleva afin qu'elle soit debout devant lui et l'embrassa.

Ses lèvres rencontrèrent les siennes, douces, chaudes et succulentes, comme un vin exquis venant d'un pays lointain. Son corps, délicat et fort à la fois se pressa contre le sien et mit le feu à son sang. Le désir rugit en lui, et sa verge se dressa et palpita pour elle.

Elle réagit, l'embrassant aussi avidement que lui. Les douces caresses de ses lèvres contre les siennes, de sa langue contre la sienne, réveillèrent quelque chose en lui, l'ouvrant, exposant son âme, brute, pure et vulnérable.

Il tendit la main vers le bas de la tunique d'Amber, mais elle se figea.

— Quelqu'un vient, murmura-t-elle contre ses lèvres.

Des pas lourds se firent entendre dans l'escalier, et il la lâcha à contrecœur. Ils pantelaient tous les deux et se regardaient dans les yeux ; le désir insatisfait était palpable.

Quelqu'un frappa à la porte, et l'aubergiste entra avec un seau d'eau fumant. La fille qui avait apporté le repas plus tôt le suivit avec un autre seau. Amber se détourna et se rassit, se penchant sur sa nourriture pour cacher son visage. Il n'y avait rien à faire pour sa longue tresse ondulée, mais il se dit qu'il y avait des hommes avec des cheveux comme les siens à son époque.

L'aubergiste et la fille firent plusieurs voyages, et bientôt, de la vapeur s'éleva de la baignoire. Ils lancèrent quelques regards en biais à Amber, ce qui n'était pas bon. Il savait qu'ils partiraient à la première heure le lendemain. L'aubergiste se souviendrait sans aucun doute de deux guerriers anglais, dont l'un avait les cheveux exceptionnellement longs et volumineux.

Une fois les deux partis, Owen verrouilla la porte et s'appuya contre. Amber se leva et marcha jusqu'au milieu de la pièce, les yeux écarquillés.

— Vous devriez vous baigner la première, dit-il, sa verge gonflant à l'idée d'Amber se déshabillant. J'irai dormir. Réveillez-moi quand vous aurez terminé.

Il se dirigea vers l'autre côté du lit et commença à se dévêtir. Il la sentit le regarder, son regard créant des picotements chaleureux sur sa peau. Seigneur, s'il le pouvait, il la rejoindrait, la prendrait dans ses bras et lui ferait l'amour dans cette baignoire. Mais il ne le pouvait pas. Il ne pouvait pas céder à la tentation. Il devait se concentrer.

En outre, elle devait être épuisée et souffrir après leur chevauchée.

Il monta sur le lit et se retourna. Son corps entier lui faisait mal, et il sentait sur sa peau sensible le moindre frottement de la couverture et du drap.

Il entendit le bruissement des vêtements d'Amber tandis qu'elle se déshabillait et les laissait tomber par terre avec un tout petit bruit. L'image de son corps nu envahit son esprit ; la courbe séduisante du creux de ses reins, des côtés de ses seins. Owen serra les poings dans l'espoir de chasser ces visions. Elles le faisaient durcir encore plus et lui donnaient chaud.

Il entendit le bruit de l'eau et sut qu'elle devait être assise dans la baignoire. Elle émit un petit sifflement ; l'eau devait probablement brûler ses blessures.

— En fait, vous pouvez m'aider ? Je ne peux pas atteindre mon dos ; j'ai peur de déchirer mes points de suture.

Owen déglutit avec difficulté. *Refuse. Refuse.*

Il en perdrait la tête. S'il cédait à la tentation, quelle erreur commettrait-il ensuite à cause d'elle ?

— Owen ?

— *Aye*, Amber, je vous aiderai.

Quel maudit idiot ! Ne possédait-il pas une once de maîtrise ? C'était comme si son corps avait sa propre volonté. Sa tête lui hurlait de rester au lit, mais il se leva et se dirigea vers Amber.

— Ne regardez pas, OK ?

« Ne regardez pas » ?

— *Aye*, dit-il en la lorgnant.

Elle était assise dans l'eau et étreignait ses genoux, son dos nu devant lui. Des gouttelettes roulaient sur ses épaules. Il prit le savon, et le linge qui flottait dans l'eau, et l'essora au-dessus de son dos. Elle siffla lorsque l'eau se déversa sur sa peau. Il avait mal partout à la vue de ses plaies.

Il fit glisser le linge sur son dos aussi délicatement que possible. Les croûtes s'étaient ouvertes par endroits et saignaient. La pauvre ! Au moins, maintenant, il ne pensait pas à combien il avait envie d'être en elle.

— C'est fait, déclara-t-il après l'avoir lavée autant que possible sans irriter ses blessures.

— Merci.

Elle lui prit le linge sans se retourner. Il imagina comment elle le frotterait délicatement sur ses seins, sa poitrine, son cou. Puis sur son ventre, et encore plus bas...

De nouveau en érection, il détourna le regard et retourna au lit. Lorsqu'il l'atteignit, de l'eau éclaboussa bruyamment le sol et, sans réfléchir, il posa les yeux sur la baignoire.

Grossière erreur.

Amber était debout, nue et mouillée.

Leurs regards se croisèrent.

— Pardieu ! marmonna-t-il.

Il s'était trompé. Ce n'était pas une héroïne de contes de fées ou de légendes. C'était une déesse. Sa peau marron doré brillait. Elle avait des seins généreux avec des mamelons sombres qu'il mourrait d'envie de goûter, une taille fine, et de larges hanches. Entre ses jambes, il y avait un triangle de boucles noires. Ses jambes étaient longues, sculptées, aux muscles puissants.

Elle était l'image de la féminité et de la force. Son pouls martelait ses tempes comme de petits tambours, et sa verge gonfla encore plus.

— Amber, vous voulez que mon cœur s'arrête ?

Elle ne se couvrit pas. Elle n'hésita pas. Elle ne montra aucun signe indiquant qu'elle voulait qu'il se tourne. Elle tendit la main vers le linge propre sur le bord de la baignoire et l'enroula autour de son corps, ne laissant que ses épaules et bras sculptés à l'air libre.

— Ne vous faites pas des idées, dit-elle, sortant de la baignoire et rejoignant le lit. J'espère que vous avez aimé le spectacle, mais il ne va rien se passer. Allez dans le bain pendant que l'eau est encore chaude.

Elle monta de l'autre côté du lit et se glissa sous les couvertures. L'odeur propre de sa peau l'atteignit, le titillant, embrasant son sang. Maintenant qu'elle était allongée à côté de lui, avec seulement un linge sur le corps, quitter le lit était la dernière chose qu'il avait envie de faire. Il mourait d'envie de la toucher et de la faire sienne.

Mais être avec elle pourrait obscurcir son jugement et lui faire perdre la tête. Il ne pouvait pas se permettre de commettre une erreur quand l'avenir de l'Écosse était peut-être entre ses mains.

— *Aye.*

Faisant appel à toute sa volonté, il se leva et rejoignit la baignoire.

CHAPITRE 15

CACHÉE SOUS LA COUVERTURE, Amber observait Owen. Son dos puissant et musclé était suivi d'un magnifique cul rond et masculin. Un beau cul dans lequel elle voulait enfoncer ses ongles tout en le suppliant d'aller plus profondément en elle.

Son dos lui faisait mal, mais son corps était propre et frais après ce bain d'eau chaude. La vue d'Owen nu éveilla des sentiments agités au plus profond d'elle et obscurcit ses pensées. Son cœur tambourinait dans sa poitrine, et ses entrailles se contractèrent.

Il entra dans la baignoire sans la regarder, mais lorsqu'il se tourna légèrement, elle vit son érection. La taille de son membre lui fit se mordre la lèvre. Était-ce à cause d'elle qu'il était si excité ? L'idée de le faire bander enflamma encore plus son désir.

Owen s'assit dans la baignoire, toujours dos à elle, et commença à se laver. Il s'enfonça dans l'eau jusqu'à ce que seule sa tête dépasse, puis il se releva. Des gouttelettes roulèrent sur sa peau, et Amber voulut les lécher.

Elle ferma les yeux, se conjurant de penser à autre chose, de se distraire de la chaleur entre ses jambes et des bulles d'excitation dans son ventre.

Dors, s'intima-t-elle avant de fermer les yeux. Cependant, même si elle était fatiguée, elle n'arrivait pas à s'endormir. Le bruit de l'eau ramenait ses pensées vers Owen, nu et humide. Elle l'imaginait l'invitant à le rejoindre. Owen l'installant à califourchon sur lui, l'embrassant, agrippant ses cuisses, grognant de plaisir.

Puis le matelas bougea, et il fut dans le lit.

Amber se raidit. Le frottement de la couverture contre sa peau était comme une caresse. Il amplifia ses sensations, lui donnant la chair de poule. Elle se rendit compte qu'ils respiraient en rythme l'un avec l'autre. La simple couverture entre ses cuisses lui parut rêche, et la présence d'Owen était comme un champ de force chaleureux qui l'entourait.

— Amber, murmura-t-il. Êtes-vous éveillée ?

Elle envisagea de ne pas répondre. Si elle le faisait, elle ne pourrait peut-être pas résister à ce qui arriverait. Mais elle fut incapable de s'en empêcher.

— Je suis réveillée.

— Puis-je vous poser une question ?

Sa voix était chaleureuse, basse et attirante. Elle ouvrit les yeux et vit qu'il la regardait fixement. Elle plongea dans les profondeurs vertes de son regard ; elles lui faisaient penser à une mer de trèfles en automne. L'odeur de peau propre, de cheveux mouillés et son musc masculin l'atteignirent, et lui donnèrent envie de se frotter contre lui comme un chat. Elle pourrait boire cette odeur comme un whisky bien vieilli.

— Bien sûr.

Elle se racla la gorge. Elle mourait d'envie de tendre la main et d'écarter la mèche de cheveux mouillée sur son front.

— Pourquoi avez-vous voyagé dans le temps ?

Oh là là, aurait-il pu poser pire question piège ? C'était probablement innocent pour lui, mais pour elle...

Pouvait-elle avouer de quoi elle était accusée ? Et avouer qu'elle était une lâche qui s'était enfuie au lieu de rester et de se défendre ? Plus important encore, croirait-il en son innocence ?

La vérité, c'était qu'elle était lasse de mentir. Lasse de faire semblant, de chercher des excuses et des justifications. Elle était tellement soulagée qu'il soit au courant pour le voyage dans le temps. C'était comme si un poids lui avait été retiré. Comment cela serait de lui parler de la pire chose qui lui soit jamais arrivée ?

Et s'il s'en servait contre elle ?

Elle se reprit. Non. Il n'était pas comme cela. Il lui avait sauvé la vie et s'était occupé d'elle. Il lui faisait croire aux miracles, et il était sur le point de lui en offrir un.

Elle s'était juré de ne plus jamais faire confiance à qui que ce soit, mais en vérité, elle voulait faire confiance aux gens. Même si elle avait peur, elle pouvait commencer à changer cela maintenant.

— Vous voulez vraiment le savoir ? Ce n'est pas une histoire heureuse.

— *Aye*. Les histoires tristes ne me sont guère étrangères.

Le poing d'Amber se serra sur l'oreiller, et elle se força à se détendre. Il ne la verrait peut-être plus jamais de la même façon.

— OK. Voilà l'histoire.

Elle prit une profonde inspiration et libéra toute l'angoisse qui lui enserrait les entrailles. Une fois qu'elle l'aurait dit à voix haute, il n'y aurait plus de retour en arrière possible. Il y avait de fortes chances qu'Owen soit incapable de l'accepter s'il pensait qu'elle était une lâche.

Les sentiments qui l'habitaient ressemblaient à ceux qu'elle avait connus lorsqu'elle était partie en mission pour éliminer des terroristes. La tension dans son ventre s'intensifia, et elle avait conscience du moindre mouvement, du moindre changement dans l'air. Chaque pas pouvait être la différence entre la vie et la mort, mais elle l'accepta et attendit qu'une balle la touche.

— J'essayais d'échapper à la police. C'est pour ça que je me suis retrouvée à voyager dans le temps.

— La police ?

— C'est vrai ; je suppose que vous n'avez pas la police à votre époque... Ce sont les forces de l'ordre. Genre, si vous enfreignez la loi, ils vous arrêtent et vous mettent en prison jusqu'à ce que vous soyez jugé pour le crime que vous avez commis.

— Oh ! *Aye*. Je comprends. C'est comme le chef du clan, qui veille à ce que justice soit rendue, et punit voleurs et meurtriers.

— Oui. Sauf qu'à mon époque, il y a toute une énorme organisation qui est spécialisée là-dedans. Des hommes et des femmes travaillent en tant qu'officiers de police contre de l'argent.

— Comme les guerriers du chef.

— Eh bien, oui. J'ai fait la guerre pour mon pays en Afghanistan. Au Moyen-Orient, ajouta-t-elle en voyant Owen froncer les sourcils.

— Au califat ?

— Oui. Je suppose que c'est comme ça que vous l'appelez à votre époque.

— Et quel crime avez-vous commis, Amber ?

Elle le regarda dans les yeux. Était-il déçu ? Avait-il peur d'entendre la réponse ?

Non. Il semblait l'étudier attentivement, mais aussi calmement. À vrai dire, son ton était désinvolte, comme s'il lui demandait quel était son thé préféré. Cela aurait dû être rassurant, mais cela la dérangeait.

Avait-il commis un crime ?

— Aucun. Mais on a monté un coup contre moi. Quelqu'un a donné l'impression que j'avais tué un homme.

Le visage d'Owen perdit son expression calme et attentive, et il prit un air neutre. La poitrine d'Amber se contracta, et ses membres frissonnèrent. Voilà. Il ne la verrait plus jamais de la même façon.

— Alors, votre police pense que vous avez tué quelqu'un et cherche à vous punir ?

— Oui. Selon la loi martiale, je peux faire de la prison à perpétuité ou...

Un spasme saisit sa gorge, et elle déglutit.

— ... être condamnée à mort. Et il m'est impossible de

prouver que je n'ai pas commis ce crime. Je voulais essayer. Je voulais vraiment le faire, mais j'étais tellement terrifiée, paralysée. L'homme qui a monté le coup contre moi, le major Jackson, est trop puissant. Je perdrai.

Owen posa sa main sur celle d'Amber qui était sur l'oreiller. Sa paume était légèrement calleuse et chaude. Ce contact la rassura et fit fondre la tension glaciale dans sa poitrine.

— Dites-moi tout.

Les souvenirs envahirent l'esprit d'Amber.

— De Bourgh me fait penser au major Jackson.

Il y avait une pointe d'acier dans les yeux verts d'Owen, et son expression se fit dure. Il pinça fermement les lèvres et ne dit mot.

— Pas physiquement, mais il dégage cette froideur morte, cette détermination à réussir quoi qu'il en coûte. Jackson est intelligent. Et il me glace le sang.

Tandis que de Bourgh était petit et chauve, Jackson était grand et avait le crâne garni de cheveux noirs. Il parlait fort et avait un grand sourire charmant. Mais en dessous, elle avait vu une cruauté évidente. Il terrifiait les gens, et sa volonté de mettre la vie des civils locaux en danger la rendait malade.

— Étrangement, c'est lui qui m'a autorisée à rester chez moi quelques mois quand mon père est mort. Je ne m'attendais pas à ce qu'il soit aussi compatissant.

— Votre père est mort ?

— Ouais. D'une crise cardiaque.

— Je suis désolé de l'apprendre.

Il n'avait pas l'air déconcerté.

— Vous savez ce qu'est une crise cardiaque ?

— Nenni. Cependant, le nom me permet de deviner.

— La dernière fois que j'ai vu mes frères, c'était à l'enterrement, il y a deux ans. Avant, on se voyait à chaque Noël et à chaque Thanksgiving chez nos parents. Ma mère est morte il y a plusieurs années et, en toute honnêteté, je pense que mon père a perdu goût à la vie. Après la mort de nos deux parents, c'était comme si on n'avait plus de raisons de se réunir. J'ai donc passé les deux dernières années en Afghanistan. C'est à cette époque que je me suis mise avec Bryan.

Le visage d'Owen se tendit.

— Qu'entendez-vous par « je me suis mise avec Bryan » ? L'on ne dirait pas qu'il vous a épousée.

— Dans le futur, les gens sont beaucoup plus ouverts en matière de relations amoureuses. C'était mon petit ami.

— Votre amant ?

— Oui, mais plus encore. On passait du temps ensemble, on allait à des rendez-vous galants, tout ça, dit-elle avant de pouffer. Enfin, autant que possible au milieu du désert.

— Qu'est-ce qu'un « rendez-vous » ?

— On se retrouve pour passer un bon moment ensemble. On va au restaurant — une auberge, je veux dire, avec de la bonne nourriture —, on boit du vin, on parle. À votre époque, je suppose que vous feriez une balade à cheval avec une dame, ou vous iriez vous promener à pied… On était ensemble, Bryan et moi, vous savez. C'était mon homme, et j'étais sa femme, sans être mariée. C'est normal dans le futur. Les gens ne sont pas obligés de se marier pour avoir des enfants et construire une vie ensemble.

— L'on dirait que le futur me plairait bien, déclara Owen avec un petit rire.

— Vous ne voulez pas vous marier ?

— Nenni, répondit-il, un air triste et presque amer traversant son visage. Ce n'est point pour moi, le mariage.

Longtemps auparavant, Amber se disait qu'elle se marierait un jour. Elle voulait une famille. Elle avait toujours pensé qu'après s'être mariée, elle quitterait l'armée et ferait autre chose en attendant de tomber enceinte.

— Je pense que ce n'est pas pour moi non plus, le mariage. J'en avais envie avant, mais plus maintenant. Je suis une fugitive. Une criminelle. Je ne peux pas mettre des enfants au monde alors que leur mère pourrait leur être enlevée à tout moment.

— Alors, qu'est-il arrivé à votre *petit ami* ?

Il avait les dents serrées lorsqu'il prononça le mot « petit ami ».

— Bryan. On est restés ensemble un an, puis on s'est séparés. Ça n'a pas marché.

Amber décida de ne pas révéler qu'il était devenu un peu trop brutal. Elle n'en était pas fière, et elle se demandait souvent si c'était quelque chose chez elle qui l'avait rendu ainsi.

— On était à la même base, et il voulait qu'on se remette ensemble, mais j'en étais incapable. Un soir, il y a environ deux semaines, on était tous les deux dans un bar et il a essayé de me forcer la main. Il était saoul, et tout le monde a vu la façon dont je l'ai poussé.

— Un bar ?

— Ouais, comme une auberge. Où les gens boivent de la bière, du whisky et du vin.

— De l'*uisge* ?

Il avait prononcé cela différemment de « whisky », bien que les deux mots soient manifestement liés. C'était encore incroyable de se dire qu'elle pouvait soudain comprendre et parler le gaélique. Elle aurait voulu que ce soit aussi simple avec le dari, la langue parlée en Afghanistan.

— Plus tard, je suis passée près des quartiers et j'ai entendu quelque chose... Je suis entrée pour voir comment allait Bryan et il était...

Sa voix se brisa et elle se tendit au souvenir de la mare de sang et de l'énorme fleur rouge qui grandissait sur le t-shirt blanc de Bryan autour de la balle dans son ventre.

— Il était si pâle, comme un linge. Mes mains tremblaient tellement que j'ai fait tomber mon téléphone dans le sang. Puis j'ai vu le pistolet sur le sol, raconta-t-elle avant de secouer la tête. Je me suis comportée en idiote. Je l'ai ramassé. Et voilà, mes empreintes étaient partout dessus.

Owen ne l'interrompit pas, même s'il ignorait ce qu'étaient un pistolet et un téléphone, et ce qu'elle entendait par «

empreintes ». Elle était reconnaissante qu'il la laisse parler. Raconter cette histoire était comme lâcher une horrible douleur à laquelle elle s'accrochait depuis.

— Il était mourant. Je voulais appeler les médecins, mais il m'en a empêchée ; il m'a dit que le major Jackson lui avait tiré dessus parce qu'il allait révéler que Jackson faisait du trafic de drogue entre l'Afghanistan et les États-Unis. Puis...

Sa poitrine fut saisie de spasmes, et elle se mit à sangloter de façon incontrôlable. Ce bruit était si efféminé et faiblard, et pourtant si libérateur.

— Puis il est mort, parvint-elle à dire avant que le chagrin et le regret ne la submergent.

Elle se roula en boule, tremblant et pleurant, et Owen passa ses bras forts autour d'elle. Elle appuya sa joue contre son torse dur et pleura à chaudes larmes. Elle pleura pour Bryan, et pour sa vie brisée qui ne serait plus jamais la même, et à l'idée d'avoir été si impuissante face à un homme de pouvoir.

Owen la caressa et lui murmura quelque chose en gaélique qu'elle n'arriva pas à entendre tant elle pleurait. Bientôt, ses sanglots se calmèrent et son corps devint mou. Owen ne l'étreignit que plus fort.

— C'est la première fois que je pleure depuis.

Elle se sentait plus calme ; la pression s'était dissipée.

— Tout va bien, ma chère, murmura-t-il contre ses cheveux.

« Ma chère »... Elle fondit. Elle essuya ses larmes et leva les yeux vers lui.

— Jackson est venu dans les quartiers et m'a trouvée, Bryan dans les bras et le pistolet dans la main. Il a réussi à prendre une photo et il a dit que je paierai pour ce que j'avais fait. Il était sur le point d'appeler les autorités quand j'ai compris à quel point j'étais dans la merde. J'ai paniqué. Je savais que je ne pourrais pas gagner contre lui. J'ai donc braqué le pistolet sur lui et je l'ai attaché à l'un des lits. Puis je me suis enfuie. Je suis en cavale depuis.

— Vous avez tant fui que vous en avez remonté le temps, murmura-t-il.

Amber déglutit avec difficulté. Elle devait lui poser la question qui lui nouait le ventre et lui faisait tant serrer les poings que ses oncles s'enfonçaient dans sa chair.

— Vous me croyez ?

— *Aye*, répondit-il sans hésiter. Je vous crois, Amber. Je sais ce que c'est que d'être accusé à tort.

Du soulagement l'envahit comme des rayons de soleil. Et en même temps, quelque chose lui serra tant la poitrine que cela en était douloureux.

Il était présent pour elle. Il la protégerait. Il tenait à elle.

Et elle tenait à lui — plus qu'elle ne le voulait, plus qu'elle ne pouvait se le permettre.

Plus qu'elle ne le devrait.

Et plus elle tenait à lui, plus elle souffrirait. Parce que peu importe combien il avait été merveilleux, c'était un homme. Et tôt ou tard, quelque chose se passerait mal, et il finirait par rejeter la faute sur elle.

CHAPITRE 16

OWEN TENAIT AMBER dans ses bras alors qu'elle s'endormait. Détendue et chaude contre lui, elle respirait de façon régulière, ses cils papillonnant comme si elle était en train de rêver... de quelque chose de bien, espérait-il.

Il n'était pas aussi chanceux. La confession d'Amber avait réveillé de vieux démons en lui, les démons qu'il essayait d'oublier.

Il devait garder la tête froide pour apporter les nouvelles à propos de la passe de Brander à sa famille et à Robert Bruce. Le résultat de la guerre pourrait en dépendre.

Pourtant, tout comme avant, alors qu'il avait une tâche importante à accomplir, une belle femme en détresse avait besoin de lui. Il ne se faisait tout simplement pas confiance. Amber éveillait en lui plus de sentiments qu'il n'avait jamais ressentis pour qui que ce soit. Il avait tenu aux femmes avec qui il avait couché, bien sûr. Mais cela n'avait jamais duré plus d'une nuit ou une semaine. Ensuite, il leur disait adieu et espérait qu'elles vivraient une longue et bonne vie.

Amber... Il voulait la faire sourire tous les jours. Il voulait tuer ce maraud, ce major Jackson. Il partageait sa colère d'avoir été traitée si injustement. Il ne connaissait que trop bien le fardeau d'une fausse accusation. Par conséquent, son père l'avait choisi en dernier pour les batailles et avait hésité à lui confier des responsabilités. Pas seulement son père, mais aussi ses frères.

Il aurait toujours la mort de Lachlan, la querelle entre les MacDougall et les Cambel, ainsi que la perte des bonnes grâces du roi Jean Balliol sur la conscience.

Tout cela parce qu'il se laissait distraire par les femmes.

Il étudia le visage paisible d'Amber, ses lèvres si pulpeuses, faites pour être embrassées. Ses cheveux étaient encore mouillés et retombaient en petites boucles sur ses épaules. Il admirait sa détermination, sa bravoure, ses talents au combat. C'était une guerrière. Il n'avait encore jamais rencontré de femme guerrière.

Et c'était une fugitive...

Il croyait en son innocence. Comme il aurait voulu que son clan le croie à propos de l'or.

Elle était trop gentille, et elle avait laissé des gens se servir d'elle. Elle s'était trouvée au mauvais endroit au mauvais moment. C'était là sa seule faute. Il était furieux que des hommes comme Jackson se soient servis d'elle. Des hommes comme John MacDougall et de Bourgh.

Il était furieux pour elle et pour lui-même. Le jour viendrait où il utiliserait les informations qu'il avait obtenues contre eux, et il aurait sa vengeance.

Cependant, pour que cela se produise, il ne pouvait pas se permettre d'être distrait. Pour la première fois de sa vie, il jura de ne pas céder au désir. Il ne coucherait pas avec Amber. Il ne pouvait pas laisser sa verge gâcher la mission la plus importante de sa vie.

Il réveilla Amber lorsque le bois dans la cheminée se transforma en charbons mourants et que le ciel derrière les volets commença à s'éclaircir. Le soleil se lèverait bientôt, et ils devaient partir.

— Amber, murmura-t-il.

Elle bougea, et ses seins effleurèrent son torse, séparés seulement par un linge fin. Sous le charme puissant du corps d'Amber, sa verge se réveilla et durcit. Elle ouvrit les yeux et le regarda d'un air endormi.

— Nous devons partir.

— Quoi ? Pourquoi ?

— Afin de ne pas attirer l'attention. Les Anglais pourraient nous chercher ici hui, et si point hui, alors, demain. Nous ne sommes guère loin de Stirling.

— D'accord.

Elle s'étira, s'arquant contre son corps. Il serra les mâchoires et pria Dieu et les fées de lui donner la force de ne pas durcir encore plus. Elle fondit de nouveau dans ses bras, et leurs regards se rencontrèrent. Pour la première fois depuis qu'il l'avait rencontrée, elle n'était pas sur la défensive. Il y avait une franchise dans son regard qu'il n'avait pas vue avant. Elle ne faisait pas semblant d'être quelqu'un de son époque. Elle ne se cachait pas. Et elle ne fuyait pas.

Il regarda dans son âme, et alors il sut qu'il était perdu. Pour toujours. À partir de ce moment, son cœur battait pour elle. Il respirait pour elle. Il était amoureux d'elle.

Pour la première fois de sa vie, il était amoureux.

Ce sentiment éveilla dans sa poitrine une sensation de légèreté qui se répandit dans toutes les directions. C'était comme si le soleil résidait dans son cœur.

Elle était le soleil.

Il baissa la tête et l'embrassa. Elle ne résista pas, ne se détourna pas. Elle lui rendit son baiser comme si c'était la chose la plus naturelle du monde. Ce baiser était tendre et doux, aimant. Il n'y avait aucune trace de désir ni de passion, pourtant, il attisa le besoin dans son érection déjà palpitante.

Il dut faire appel à toute sa volonté pour ne pas l'embrasser de plus belle, pour ne pas jeter le drap et couvrir de baisers son corps alléchant.

Tu ne peux échouer, se rappela-t-il. *Tu ne peux te permettre d'échouer cette fois.*

Il mit fin au baiser.

— Nous devons partir, répéta-t-il d'une voix éraillée.

Elle hocha la tête. De la déception traversa son visage avant de disparaître. Ils s'habillèrent, mangèrent les restes de leur souper de minuit, posèrent quelques pièces sur la table et partirent. Il faisait frais dehors, comparé à la chaleur de la chambre. Le bas du ciel bleu foncé brillait de doré à l'est, et le village avait commencé à se réveiller. Les coqs chantaient. Une femme sortit de l'une des maisons et se rendit dans une étable, un seau à la main. Owen respira une goulée de l'air frais portant l'odeur de l'herbe et de la rosée du matin.

— Pouvez-vous chevaucher ? demanda-t-il à Amber.

— Ouais. Je pense. Si j'ai survécu hier, je pense que ça ira.

Il l'aida à se mettre en selle, et ils traversèrent le village, passant au trot une fois qu'ils en sortirent. Ils continuèrent ainsi un moment, et lorsque les chevaux commencèrent à fatiguer, ils repassèrent au pas. Owen en profita pour aider Amber à être plus à l'aise à cheval. Elle avait beaucoup appris la veille, et à présent qu'ils disposaient de plus de temps, il lui donnait des conseils.

Ils traversèrent les bois, se tenant à distance de la route qui allait au nord. Amber paraissait plus calme, plus détendue, plus posée.

— Je voulais vous poser une question hier, dit-elle. Qu'est-ce que vous entendiez en disant que vous savez ce que c'est que d'être accusé à tort ?

Owen posa un regard perçant sur elle. Ah, il n'aurait pas dû dire cela ! S'il le lui disait, elle saurait qu'il n'était qu'un raté. Serait-elle déçue ?

Elle s'était confiée à lui, et il voulait faire de même. Il était amoureux d'elle, et il brûlait d'envie de créer un lien entre eux.

Son cheval se balançait en rythme en marchant. Les bois sentaient la terre, les fleurs sauvages et la mousse, et le vent bruissait dans les branches et les arbres. Le soleil était haut dans le ciel, ses rayons de lumière dorée filtrant entre les branches.

— C'est arrivé un jour comme celui-ci, commença-t-il, son

ventre se nouant. Un jour d'été chaud et ensoleillé. J'avais seize ans, et je rentrais de Dunollie, le bastion des MacDougall. Nos clans étaient alliés, et mes frères et moi avons chacun vécu chez les MacDougall quelques mois. Leurs enfants ont vécu avec nous à Innis Chonnel, le bastion de notre clan alors, de temps à autre, eux aussi.

Amber eut l'air déconcertée un instant, il expliqua donc :

— C'est une coutume des Highlands. Pour renforcer les liens entre les clans, nous envoyons nos enfants vivre les uns chez les autres. Alasdair, le fils de John MacDougall, était avec ma famille, alors.

Owen serra les poings sur les rênes au souvenir de ce qu'Alasdair avait fait à Marjorie plus tard. John MacDougall avait permis à son fils de l'enlever, de la violer et de la malmener. Elle n'était plus la même depuis. Owen et ses frères l'avaient entraînée à l'épée, et elle était devenue une habile guerrière. Cependant, elle avait juré de ne jamais se marier.

Une décision qu'il comprenait.

— Le roi Jean Balliol était invité chez nous, et je devais rentrer. John MacDougall m'a demandé d'emporter une bourse de pièces d'or comme présent des MacDougall pour le roi.

— Vous aviez seize ans, et il vous a confié de l'or ?

Un petit rire amer échappa à Owen.

— *Aye*. Cela m'a paru étrange à moi aussi. Mais je suis le fils cadet de mon père, et l'un des plus jeunes parmi les cousins. Craig et Domhnall étaient toujours le centre d'attention. Même Ian, mon cousin, qui a vécu avec nous pendant des années. Mon père le respectait plus que moi. On me laissait souvent seul, alors je passais mon temps avec les enfants du village et je faisais tout ce que je désirais.

Il n'ajouta pas que son père ne l'avait jamais puni pour avoir failli à ses devoirs, parce qu'il ne s'en était même pas rendu compte. C'était à cette époque qu'Owen avait commencé à se rebeller. Lorsqu'il avait eu l'âge de commencer les leçons d'épée, il avait refusé et avait voulu apprendre l'archerie en premier. Il avait effrayé les lavandières avec des farces, et avait caché des épices et du sel coûteux aux cuisiniers.

Owen désirait ardemment avoir autant de valeur que Craig et Domhnall aux yeux de son père, et qu'il lui confie des responsabilités. Il avait essayé de se distinguer de ses frères, mais à l'âge de seize ans, il avait obtenu la réputation d'un jeune homme qui aimait prendre du bon temps, courir après les filles qui trayaient les vaches, et faire des farces. Son père n'avait tout simplement pas confiance en lui, et c'était la faute d'Owen.

Alors, quand les MacDougall lui avaient demandé d'emporter l'or, peu importe combien son intuition lui avait dit que quelque chose ne tournait pas rond, il l'avait ignorée et avait accepté.

— J'ai imaginé combien mon père serait fier de moi quand j'aurais apporté l'or au roi. La façon différente dont mes frères me verraient. Que mon père commencerait à m'emmener aux batailles avec lui et à me confier plus de responsabilités.

Ses ongles s'enfoncèrent dans sa paume alors qu'il agrippait les rênes.

— J'ai déclaré que je protégerais l'or au prix de ma vie, mais je ne m'attendais guère à ce qu'il se passe quoi que ce soit. Un jeune homme comme moi n'attirerait point l'attention. J'avais affreusement tort.

Amber le considéra avec compassion.

— Qu'est-ce qui s'est passé ?

— En route, j'ai vu une jolie jeune femme se faire attaquer. Je me suis battu contre l'homme et je l'ai forcé à partir. La jeune femme était bouleversée, et je suis resté pour m'assurer qu'elle allait bien. Nous avons bu du vin, et... eh bien, disons qu'elle est devenue affectueuse. J'étais un jeune homme excité, et ses attentions m'ont attiré comme du miel attire un ours. J'étais incapable de résister.

Amber pinça les lèvres et écarta une mèche de cheveux tombée devant ses yeux.

— Mais je me suis endormi avant qu'il ne se passe quoi que ce soit, et lorsque je me suis réveillé, elle était partie. Et l'or avait disparu.

— Bon sang !

— *Aye*. Je ne croyais pas utile d'essayer de la chercher. Mais ce qui était étrange... C'est gênant, alors, je vous en prie, ne riez point.

— OK.

Il soupira. Ses joues se réchauffèrent légèrement.

— Ma verge refusait de se calmer.

— Quoi ?

— Ma verge était dure comme la pierre, quoi que je fasse.

Un sourire courba les lèvres d'Amber. Elle les pinça pour l'empêcher de s'élargir, mais bientôt, un petit rire lui échappa.

— Alors, elle vous a donné du Viagra ?

— Euh...

— À mon époque, le Viagra est un médicament qui permet aux hommes de rester longtemps en érection. En général, c'est pour les hommes âgés ou ceux qui ont des problèmes. Vous n'aviez pas de problèmes à ce niveau, je présume ?

Owen ravala un grognement.

— Nenni. Je n'en ai point.

Et il aimerait beaucoup lui montrer qu'il n'avait jamais eu de problèmes à ce niveau, en particulier en sa présence. À vrai dire, elle avait l'effet du Viagra sur lui.

Leurs regards se croisèrent, et elle entrouvrit ses lèvres si pleines et faites pour être embrassées. Il redevint dur.

Pardieu !

Il était encore comme un adolescent avec elle, pas comme un homme de vingt-neuf ans.

Il secoua la tête et regarda droit devant lui.

— Alors, je suis arrivé au château, la verge dure et sans or. Je suis passé devant la grande salle, sans même aller saluer le roi et mon père. Je suis monté immédiatement dans ma chambre. Je l'ignorais alors, mais Alasdair devait avoir connaissance de ce dessein depuis le début. C'était à lui de faire remarquer que je n'avais pas l'or et de me tenir pour responsable. Aileene et l'homme qui l'avait « attaquée » avaient apporté l'or à Innis Chonnel en secret, et Alasdair l'avait caché dans ma chambre. Tout avait été organisé à l'avance. Il est venu dans ma chambre avec mon grand-père Colin, qui était alors le chef de notre clan. Mon père, mes frères et mon cousin étaient tous là, eux aussi. Et le roi. Ils ont tous vu mon humiliation. Et lorsque je leur ai parlé de l'or volé, Alasdair a montré une bourse sous mon lit. La même bourse que l'on m'avait volée dans les bois.

Amber secoua la tête.

— Quelqu'un a monté un coup contre vous.

Elle le croyait… Le soulagement l'envahit.

— *Aye*. Alasdair m'a accusé d'avoir volé l'or.

Elle secoua de nouveau la tête.

— Pourquoi est-ce que les MacDougall trahiraient votre clan ?

— Le roi Balliol a donné une partie de leurs terres à notre clan pour nos bons services. Ils voulaient que nous perdions les bonnes grâces du roi, et récupérer leurs terres. Mais cela a engendré une querelle. C'était le début de la fin. C'était un piège, et je suis tombé dedans.

— Pas seulement vous, mais aussi votre famille. Est-ce qu'ils ont cru Alasdair, ou est-ce qu'ils vous ont cru, vous ?

— Alasdair.

— Vous voyez, ils sont tombés dans le piège des MacDougall, eux aussi.

— Ce n'était point leur faute, cependant. Au vu de ma réputation, ce n'était guère étonnant. J'étais un fauteur de trouble. Imprévisible. Le mouton noir.

— Oui, mais votre père ne pouvait-il pas voir que vous étiez incapable de commettre un vol, peu importe à quel point vous étiez imprévisible ?

De la colère résonnait dans sa voix, et ses beaux yeux lançaient des éclairs. Son propre clan ne l'avait pas cru, et pourtant cette femme, une étrangère d'une autre époque, le croyait.

L'euphorie irradia dans son corps entier. Il ne pouvait pas être plus reconnaissant envers les fées ou le destin ou quiconque lui avait envoyé Amber.

— Nenni. Mon père ne le pouvait point. Mais cela n'a plus d'importance. Avec le temps, mon frère Craig et mon cousin Ian ont fini par me croire ; cependant, Domhnall et père n'ont toujours pas entièrement confiance en moi. À raison. J'ai fait d'autres sottises dont je suis peu fier.

Il parlait d'Inverlochy, bien sûr. D'avoir fait tuer Lachlan. D'avoir perdu pendant le siège des Anglais. De s'être fait attraper. D'être responsable de la torture d'Amber. Tout était sa faute.

— Mais maintenant que je sais où les MacDougall et les Anglais vont attaquer, je peux aider le clan. J'espère seulement qu'ils me croiront, cette fois.

Il espérait que lorsqu'ils verraient une belle femme à ses côtés, ils ne se diraient pas qu'il s'était fait duper à nouveau. Il devait se retenir de penser à Amber et de la toucher assez longtemps pour se montrer responsable et prévenir son roi.

CHAPITRE 17

Deux jours plus tard...

— Et maintenant ? demanda Owen.

Ils étaient à cheval au sommet d'une petite colline. Amber contempla Glenkeld, le petit château sur la rive du loch. Le loch était immobile, et le château, les collines et les montagnes se reflétaient sur sa surface. Petit, comparé à Stirling, le château possédait une grande tour carrée et quatre courtines, plus ou moins comme Inverlochy. De la fumée s'élevait de quelque part derrière les murs. Des moutons et des vaches paissaient autour de l'enceinte du château, et l'air sentait le fumier, l'herbe et les fleurs.

C'était le foyer d'Owen.

Pas le sien.

Amber se mordit la lèvre. Où était son foyer, de toute façon ? Depuis la mort de ses parents, et la vente de la maison par Jonathan pour qu'ils partagent les bénéfices, elle n'avait pas eu d'endroit où retourner. Elle avait rendu son appartement avant d'aller en Afghanistan. D'une certaine façon, l'armée était son foyer.

Jusqu'à ce que ce foyer la trahisse.

Et maintenant, alors ?

Ce qu'elle voulait vraiment, c'était retourner à son époque, mettre ce connard de contrebandier meurtrier derrière les barreaux, et laver sa réputation. Une vie à se cacher, à devoir être prudente, à être en colère face à l'injustice la rongerait. Si elle était assez brave, elle retournerait à Inverlochy et traverserait la pierre pour rentrer au XXIe siècle. Elle irait voir Jonathan. Elle engagerait un avocat, et elle travaillerait sans relâche pour rassembler des preuves contre Jackson.

Mais ce n'étaient que des rêves. La réalité, c'était que Jackson l'écraserait. Elle n'était pas assez forte pour affronter un géant comme lui. Elle n'avait jamais affronté ses frères par le passé, et elle détestait être une lâche impuissante.

— Je ne sais pas. Je ne peux certainement pas retourner à mon époque. Je me ferais attraper, là-bas.

Owen offrait une vue magnifique : un guerrier médiéval assis fièrement sur un cheval. Une mèche de cheveux blonds tombait en travers de son front. Les ecchymoses sur son visage ajoutaient au caractère brut de ses beaux traits, et il commençait à avoir une courte barbe de la couleur du blé, de l'or blanc, et un peu ambrée. Elle pourrait plonger dans ses yeux verts et s'y perdre pour toujours. Ce serait un merveilleux foyer pour elle.

— Alors, si vous ne pouvez y retourner, commença-t-il avant de déglutir. Que ferez-vous ?

Il était parfaitement immobile, attendant sa réponse, pourtant, elle voyait sa poitrine se soulever et s'abaisser, et la veine dans son cou palpiter.

Que ferait-elle ? Elle pouvait rester ici, à cette époque.

Était-elle assez folle pour envisager cela ? Le highlander baraqué devant elle n'était pas responsable. C'était plus sûr ici... en général. Quand elle n'était pas poursuivie et torturée par les Anglais.

— Je suppose que je pourrais rester ici. Votre famille ne voudra pas me jeter au cachot, n'est-ce pas ?

Il éclata de rire.

— Nenni. Vous êtes en sécurité avec nous. Et je promets que

de Bourgh ne touchera point un seul cheveu de votre tête si j'ai mon mot à dire. Alors, serez-vous l'invitée de notre clan ?

— L'invitée ? Bien sûr. Et merci pour cette gentille invitation. Mais qu'est-ce que je pourrais faire ici ? Comment je pourrais gagner de l'argent ? Je ne pense pas être capable de faire quoi que ce soit d'utile ici.

— En temps normal, les femmes se marient, et leur époux subvient à leurs besoins. Je pourrais demander au chef de clan, mon oncle Neil, ou à mon père de vous trouver un époux.

La mâchoire d'Owen s'était crispée lorsqu'il avait dit cela.

Amber rit.

— Je ne vais pas me marier en Écosse au Moyen Âge !

— Si vous comptez rester ici, vous aurez besoin de quelqu'un pour vous protéger. Même une femme forte comme vous a besoin soit d'un père, d'un frère ou d'un mari.

— Je suis certaine que je m'en sortirai toute seule. Peut-être que vous pourrez m'apprendre à me battre à l'épée pour que je puisse me défendre ?

— *Aye*. Je le pourrai. Mais d'abord, rentrons.

Ces deux derniers jours, en revenant de Stirling, ils avaient veillé à éviter les routes autant que possible. Comme ils étaient déguisés en Anglais, ils étaient menacés par les highlanders, qui pourraient les tuer à vue, et par les Anglais, qui pourraient découvrir qu'ils n'étaient pas anglais du tout. Sans parler des hommes de De Bourgh, qui devaient sans aucun doute toujours les chercher.

Owen la fascinait. Non seulement il était canon, mais depuis qu'il avait raconté cette histoire à propos de l'or, elle ne pouvait s'empêcher de sentir un lien entre eux, comme si un miracle s'était produit et qu'elle avait gagné au loto.

Elle adorait chevaucher à ses côtés, et il lui avait raconté d'autres histoires à propos de son clan, lui avait expliqué la guerre en cours, et lui avait parlé de Craig et de Ian. Elle avait dormi à côté de lui, mais il n'avait pas tenté quoi que ce soit. Il était resté allongé à côté d'elle, aussi raide qu'une statue.

La soudaine distance physique qu'il maintenait après qu'ils s'étaient rapprochés plus tôt la laissait perplexe, et elle se sentait aussi un peu blessée. Pourquoi était-elle si peu séduisante à ses yeux tout d'un coup ? Il la désirait avant. Elle avait vu son impressionnante érection à l'auberge. Elle l'avait senti dans ses baisers et dans le simple contact de sa main. Dans son étreinte. Sa confession l'avait-elle tellement atterré qu'il ne supportait plus de la toucher à présent ?

Non pas que cela doive la déranger du tout. Tenir à lui compliquerait tout. C'était quelque chose qu'elle ne pouvait pas se permettre.

Ils rejoignirent le château et s'arrêtèrent devant la porte. Des archers se tenaient sur le mur, leurs flèches braquées sur eux.

— Qui va là ? grommela une voix masculine.

— Je vous remercie de ne point nous avoir abattus, Malcolm. Ne me reconnaissez-vous pas ?

Un homme aux cheveux blancs qui lui arrivaient aux épaules et avec une barbe blanche apparut sur le rempart.

— Owen ?

— *Aye*.

L'homme soupira et secoua la tête.

— Il n'y a que vous pour venir en plein jour habillé comme un cochon de *sassenach*. Laissez-les entrer !

Owen lança un regard amusé à Amber. La porte s'ouvrit, et ils pénétrèrent dans l'enceinte du château.

Malcolm descendit l'escalier menant au sommet du mur.

— J'étais sur le point d'ordonner aux archers de vous abattre, dit-il. Venez là, garnement.

Il étreignit Owen, et les hommes se tapèrent dans le dos.

— Que se passe-t-il ? demanda quelqu'un.

Owen eut le ventre noué en entendant la voix en colère de Dougal Cambel. Il lâcha Malcolm et se tourna pour être face à son père.

Ce dernier avança vers eux avec Craig, Domhnall et plusieurs autres hommes. Derrière eux, de courts pics aiguisés se dressaient sur le mur nord partiellement effondré. Le ventre d'Owen se serra alors qu'il imaginait Marjorie devant affronter les MacDougall. Craig avait avoué à Owen que les pics avaient été suggérés par un guerrier du futur qui avait aidé Marjorie à protéger Colin et le château. Les portes étaient en bois neuf ; faisaient-elles partie des défenses ? Sa brave sœur forte... Il regrettait de ne pas avoir pu être là pour protéger leur foyer. Elle lui manquerait. Une douleur douce-amère au cœur, Owen se demanda comment était la vie de Marjorie et de Colin au XXIe siècle, et il espérait que cet homme rendait sa demi-sœur très heureuse.

— Owen, mon fils, dit Dougal. Vous êtes en vie.

Le père d'Owen mit sa main sur son épaule et la serra. Cette preuve d'affection était inattendue, et Owen lui rendit son étreinte, mais il était prêt pour les questions qui suivraient.

— Que s'est-il passé ? demanda Craig. Pourquoi êtes-vous vêtu comme un *sassenach* ? Et qui est le...

Il fronça les sourcils en observant Amber.

—... la jeune femme ?

— Oui, je suis une *jeune femme*.

Owen haussa un sourcil.

— Merci bien, ajouta Amber.

Craig échangea un regard avec Owen. Son demi-frère avait sans aucun doute reconnu l'accent. Tout le monde se tourna pour étudier Amber.

Owen se racla la gorge.

— Voici Amber. Nous avons été enlevés ensemble par Sir de Bourgh pendant le siège d'Inverlochy. Il nous a emmenés à Stirling. Nous sommes parvenus à nous échapper, mais avons dû nous déguiser en Anglais.

— Nous avons craint que vous ayez péri, dit Craig. Lorsque nous avons repris le château, vous n'y étiez point. Personne ne vous a vu tomber, et il n'y avait pas de corps. C'était comme si vous aviez disparu.

Owen se dit que son frère devait avoir soupçonné qu'il ait traversé le temps. L'idée sembla amusante au début, mais il se rendit compte que c'était une véritable possibilité.

— Je savais que vous n'aviez point péri, déclara leur père. Vous êtes trop rusé pour laisser la mort vous prendre si tôt.

— Je n'en avais guère l'impression alors, répondit Owen.

Son père pâlit, et la pomme d'Adam d'Owen tressauta alors qu'il tentait de déglutir. Cette situation était trop similaire à ce qui était arrivé à Ian. Bien des années auparavant, pendant une bataille contre les MacDougall, tout le monde avait pensé que Ian avait été tué et que les MacDougall avaient pris son corps. Les Cambel l'avaient cru mort, mais il avait été vendu comme esclave et n'était revenu du califat que cette année.

Owen savait très bien que sa famille ne voulait pas revivre cette horreur.

— Et qui êtes-vous, jeune femme ? demanda Craig.

Amber échangea un regard avec Owen et il hocha la tête, l'encourageant à raconter l'histoire dont ils avaient convenu.

— Je viens du califat. Kenneth Mackenzie m'a engagée.

Craig fronça les sourcils en observant Amber. Leur père et les autres la regardaient d'un air méfiant.

— Et comment vous êtes-vous fait ravir ensemble ? demanda le père Cambel, son regard allant et venant entre eux.

— Owen m'a aidée, répondit Amber d'une voix chargée de gratitude. Il m'a sauvé la vie.

Owen serra les dents. Il aurait préféré qu'ils ne sachent pas cela.

— Vous avez aidé une femme, dit son père. Et de Bourgh vous a pris le château. Et vous vous êtes fait enlever.

Sa lèvre supérieure se souleva avec le même dégoût qu'Owen avait vu à maintes reprises. Cela avait seulement poussé le jeune Owen à vouloir se rebeller encore plus, pour montrer à son père qu'il n'avait pas besoin de son approbation, qu'il s'en fichait.

Mais il ne pouvait pas se permettre un tel comportement maintenant. Il avait une mission importante, un message à transmettre.

— Non, vous ne comprenez pas, déclara Amber. Il nous a sauvés. Il a été torturé et il n'a pas dit un mot à propos de Robert Bruce. Il...

Owen tenait à Amber et il était reconnaissant qu'elle le défende, mais elle ne faisait qu'empirer les choses. L'expression consternée de son père s'assombrit. Il pensait sans aucun doute qu'Owen se cachait derrière une femme, qu'il la laissait se battre pour lui.

— Amber, l'interrompit Owen. Laissez-moi expliquer, *aye* ?

Elle ferma la bouche, hocha la tête et recula.

Owen fixa ses regards sur son père.

— *Aye*. Je me suis fait ravir. Et je n'ai point réussi à garder Inverlochy quand Kenneth Mackenzie est tombé. Mais j'ai vu John MacDougall à Stirling.

Dougal croisa les bras sur sa poitrine.

— *Aye* ? Et qu'a-t-il dit ?

— Ils projettent de tendre une embuscade à Robert Bruce lorsqu'il ira à Lorne pour les attaquer.

Dougal soupira.

— A-t-il dit cela ?

— *Aye*.

Dougal darda un regard lourd sur Amber.

— L'avez-vous ouï aussi, jeune femme ?

— Non. Je n'étais pas là. Mais...

Dougal secoua une fois la tête, l'interrompant.

— Avez-vous d'autres preuves, mon fils ?

Un sentiment d'impuissance pesa sur les épaules d'Owen, ainsi qu'une douloureuse solitude, l'impression d'être un étranger parmi son propre clan. Un profond pli barrait le front de Craig, et son visage transpirait le doute. Owen l'avait déçu à Inverlochy l'année passée, il ne pouvait donc pas lui reprocher de douter de lui. Domhnall le regardait comme si tous les mots qui sortaient de sa bouche n'étaient que de la merde.

— Je n'ai pas d'autre preuve que ma parole, père, répondit Owen.

— *Aye*. Eh bien, votre parole n'est guère sûre. Et sachant combien vous aimez impressionner les jeunes femmes... Cela semble si opportun que vous ayez cette information maintenant.

— Vous pensez que je mens ?

— Nenni. J'ignore si vous mentez. Mais je sais que quand John MacDougall est impliqué, il faut se méfier des ruses. John et vous avez cela en commun.

— Ne me comparez pas à ce maraud.

Dougal soupira.

— *Aye*. C'était trop. Oublions cela. Venez, allons manger et boire pour célébrer votre retour et écouter des histoires du califat et de Stirling. Maintenant que vous êtes rentrés, nous serons bien divertis.

Il passa un bras sur les épaules d'Owen et le guida vers la grande salle. Owen lança un regard à Amber qui signifiait « je vous l'avais dit », et elle le considéra avec inquiétude.

Peu importe à quel point il essayait d'aider son clan, ils avaient tous cette même image de lui. Il savait qu'ils ne lui feraient pas confiance. Mais même s'ils ne le croyaient pas, il devait prévenir Robert Bruce. C'était sa mission, et il n'échouerait pas cette fois.

CHAPITRE 18

ILS S'INSTALLÈRENT À TABLE, la tension pesant sur les épaules d'Owen. Même en sachant qu'il avait besoin de s'expliquer et d'essayer de convaincre sa famille qu'il avait dit la vérité à propos de De Bourgh, il ne s'éloigna pas un instant d'Amber.

Il se sentait protecteur envers elle. Non pas que qui que ce soit ici lui veuille du mal. Tout de même. Elle faisait partie de lui. Elle le faisait se sentir mieux à propos de lui-même. Dans la cour, elle l'avait défendu comme une mère lynx en colère. Personne ne l'avait jamais défendu ainsi.

Non pas qu'il ait besoin qu'on le défende.

Mais quand même, c'était un sentiment nouveau et rafraîchissant de savoir que cette femme le soutenait.

Et il adorait cela. Beaucoup trop.

Il étudia le profil marron doré d'Amber un moment pendant qu'elle mâchait un morceau de pain, ses lèvres pulpeuses bougeant de façon séduisante. Elles étaient si délicieuses. Si délicieuses qu'il ne voulait jamais arrêter de l'embrasser.

Des gens la remarquèrent et la fixèrent. La couleur de sa peau était inhabituelle, mais ils observaient aussi sa beauté. Comment ne le pourraient-ils pas ? Comment qui que ce soit pourrait-il ne pas être captivé par ces yeux, ces lèvres, ce genre de féminité enveloppée dans de la force et de la puissance ? Elle possédait la grâce et l'assurance d'un prédateur, pourtant, elle pouvait être aussi douce qu'un chat domestique.

— Owen, dit son père, interrompant ses pensées et le faisant se tourner vers lui. Vous lorgnez une autre femme, je vois.

Le rouge monta aux joues d'Owen. Il supposait qu'il le méritait, mais il aurait voulu que son père voie le guerrier en lui pour une fois, et pas un bouffon.

Son père haussa un sourcil et versa de l'*uisge* dans leurs coupes.

— Je ne puis vous en vouloir, cependant, mon fils. Elle est bien jolie. Je n'avais encore jamais vu quelqu'un comme elle. Une beauté sombre, eh ?

Owen jeta un coup d'œil à Amber pour s'assurer qu'elle ne pouvait pas les entendre.

— Elle est bien plus que cela, répondit Owen, son instinct protecteur se réveillant. C'est une bonne guerrière avec des compétences dont vous ne sauriez rêver. Et elle est brave et forte.

Il serra le poing sur sa coupe d'*uisge*.

— De Bourgh l'a torturée — une douzaine de coups de fouet — et elle n'a dit mot, ajouta-t-il.

Dougal arqua un sourcil.

— Je ne vous avais encore jamais ouï parler de quelqu'un ainsi. Celle-ci vous a touché en plein cœur.

Entendait-il de la compassion dans la voix de son père ?

— Nenni.

Le mensonge écorcha la gorge d'Owen. Elle ne l'avait pas seulement touché en plein cœur, il l'avait aussi dans le sang.

— J'admire simplement la bravoure et la force, en particulier chez une femme. C'est bien rare.

— Hmm, répondit Dougal, se perdant dans la contemplation de sa coupe d'*uisge,* avant d'en avaler le contenu. Alors, parlez-moi de John MacDougall. Comment vous a-t-il parlé de leur dessein d'embusquer Robert Bruce ?

Le cœur d'Owen s'emballa. C'était sa chance de convaincre son père qu'il n'avait pas tort. Qu'il n'essayait pas d'impressionner Amber et qu'il possédait bel et bien des informations qui pourraient mener à une victoire face aux MacDougall et aux Anglais.

— Ils me croyaient inconscient. MacDougall et de Bourgh conversaient à propos de leurs desseins et ignoraient que j'écoutais.

— Et comment savez-vous que ce n'était point une ruse ? Il est assez sournois pour faire une telle chose.

Le ventre d'Owen se serra douloureusement.

— Je le sais, c'est tout, père. Il m'avait assommé. J'étais sur le sol, inconscient...

Dougal secoua la tête.

— Mon fils, je sais que vous ne mentez point, mais cela ne signifie pas qu'ils ignoraient que vous vous étiez éveillé.

De l'acide s'éleva dans l'estomac d'Owen. Il se rappela la terrible nuit où il avait été face à son père, Craig, Domhnall, son oncle Neil, et ses cousins, honteux et impuissant, à répéter qu'il était innocent, que c'était un stratagème de MacDougall, que l'or avait été volé par une femme et que quelqu'un l'avait caché dans sa chambre. Rien n'y avait fait.

— Il m'a dupé avec l'or, mais point cette fois. Ils savent que Robert Bruce va les attaquer, et ils vont tendre une embuscade à la passe de Brander. Ils veulent répéter la bataille de Dalrigh.

— L'or...

— Fort bien ! cracha Owen, ces mots laissant un goût amer sur sa langue. Votre fils a volé l'or du roi. C'est ce que vous pensez, *aye* ?

— Le vieux roi pensait cela, *aye*, répondit Dougal. Et ce que je pense n'a guère d'importance. L'important, c'est que nous ne décevions point *ce* roi. Parce que la liberté de notre pays dépend de Robert Bruce. Tout ce que pour quoi nous nous battons depuis William Wallace. Nous n'en avons jamais été si proches. Si MacDougall vous a laissé ouïr cette information pour tendre un piège et que le roi tombe dedans, ce sera la fin. Nous serons tous finis. Je ne puis prendre ce risque, Owen. Je ne puis faire cela.

Owen secoua la tête, de l'amertume se répandant douloureusement dans sa poitrine. Toutes ces années à essayer de prouver sa valeur à son clan, et il possédait enfin une information qui pourrait aider, qui pourrait mettre fin à la guerre.

— Et si j'ai raison ? Et si Robert Bruce tombe dans un piège et qu'il le tue ?

— Nenni, je ne crois point que cela se produira.

— Vous ne le croyez point parce que c'est moi qui ai apporté cette information. Si Craig avait dit la même chose, vous seriez en route pour prévenir Robert Bruce en cet instant.

Dougal blêmit.

— Je sais ce que vous pensez. N'osez pas parler au roi de ceci. Promettez-moi.

— Père…

— Savez-vous ce qui arrivera quand Robert Bruce gagnera la guerre ?

— La paix.

— *Aye*. La paix. Et nous obtiendrons enfin vengeance pour ce qu'*ils* nous ont fait. À Marjorie. À Ian. À votre grand-père. Nous récupérerons notre bastion à Innis Chonnel. Neil a dit que Robert Bruce lui a promis toutes les terres MacDougall. Il envisage de marier sa sœur Mary à Neil. Nous ferons partie de la famille royale. Cela signifie que nous recevrons fortune et pouvoir en récompense. Quelque chose que nous aurions dû avoir il y a bien longtemps, mais que les MacDougall nous ont pris.

— Père, moi aussi, je veux tout cela pour notre clan, et c'est pour cela que le roi devrait être prévenu…

— Nenni, si vous lui racontez votre histoire et que vous vous trompez, nous perdrons tout. Il ne nous fera plus jamais confiance.

Un grognement silencieux vibra dans la gorge d'Owen.

Comment son père pouvait-il être si entêté ? Malgré toutes les erreurs d'Owen, son père devrait avoir foi en son fils.

Mais ce n'était pas le cas. Essayer de convaincre Dougal Cambel après qu'il avait pris une décision était inutile.

Owen ne savait pas quoi faire à présent. Devrait-il faire comme son père voulait et garder cette information pour lui ? Ou devrait-il envoyer un messager à Robert Bruce et risquer les grâces du roi à nouveau ?

S'il choisissait cette deuxième option, il ne pourrait pas se permettre d'être distrait.

Amber ne pourrait pas être dans sa vie. Peu importe à quel point cela serait difficile, il devrait garder ses distances. Sa famille ne le prendrait pas au sérieux s'ils pensaient qu'elle le distrayait. Il ne pouvait pas permettre que son jugement soit obscurci. S'il laissait une femme le distraire à nouveau, il pourrait tout perdre. Pire. Son clan pourrait tout perdre.

L'Écosse pourrait tout perdre.

Il sirota son *uisge* et considéra les options qui s'offraient à lui. Il savait sans l'ombre d'un doute qu'il *voulait* des responsabilités. Il *voulait* être un meneur comme ses frères et son père.

Il *voulait* voir le respect et l'admiration dans les yeux malachite durs de son père. Même si le prix à payer était de laisser Amber partir, de s'éloigner d'elle autant que possible.

— *Aye*, père, dit Owen, levant sa coupe d'*uisge*. Vous avez raison. Buvons à cela.

CHAPITRE 19

Owen n'avait pas laissé Amber s'éloigner depuis qu'ils étaient arrivés au château de Glenkeld. Après avoir étreint son père, il s'était tourné vers elle et lui avait tenu la main. Ce contact avait envoyé un éclair en elle et avait mis le feu à son sang. C'était comme si des rayons de soleil passaient à travers leurs mains.

Ils étaient assis à une longue table avec le reste des Cambel. Owen avait lâché sa main, mais leurs hanches se touchaient toujours, lui faisant tourner la tête comme si elle avait bu un verre de vin le ventre vide.

Le plafond de la grande salle était haut, et les petites fenêtres laissaient entrer peu de lumière. De longues tables et des bancs étaient installés en deux rangées. Au fond, il y avait un grand fauteuil et un légèrement plus petit à côté. La pièce lui faisait penser à une salle paroissiale, sauf qu'elle sentait la bière et la nourriture.

Owen était en train de parler à voix basse avec son père lorsque quelque chose changea en lui. Il s'écarta d'elle. Sa cuisse devint dure comme la pierre. Il évita de la regarder, et un nœud glacial lui enserra le ventre.

Non, ce devait être son imagination. Elle devait simplement lui parler.

Amber jeta un coup d'œil au grand fauteuil vide.

— Votre père est le chef, ou quelque chose comme ça ?

Owen suivit son regard.

— Nenni. Mon oncle Neil, le frère aîné de mon père, est le chef de notre clan. Mon oncle et ses fils sont avec Robert Bruce. Il est le bras droit du roi, mon père doit donc gouverner ici.

Amber observa Dougal tandis qu'il arrachait un morceau de viande d'une cuisse de volaille. Il était en train discuter avec Domhnall, le frère d'Owen, qui était assis en face de lui. Sa barbe blanche bougeait alors qu'il mâchait, et ses cheveux blancs étaient coupés court dans un style militaire. Elle vit d'où Owen tenait ses yeux verts, sa mâchoire droite et son nez parfait. Étrangement, il lui faisait penser à son père à elle. Il émanait d'eux la même rigueur militaire. Son visage affichait peu d'émotions, et son dos était droit comme un « i ». Il arborait l'air méfiant de quelqu'un qui avait l'habitude d'être face à des ennemis.

Son père aurait-il cru en son innocence s'il avait été en vie ? Serait-elle allée le voir pour lui demander de l'aide ? Probablement pas. Il faisait partie du système militaire qui l'avait laissée tomber. Aurait-il mis cela de côté et aurait-il fait confiance à sa fille. Toute sa vie, la seule chose qu'elle avait voulue, c'était qu'il soit fier d'elle. Que ses frères l'aiment et la respectent.

Elle aurait dû se défendre. Peut-être qu'ils l'auraient plus respectée. Mais elle chassa cette pensée. Cela l'aurait rendue plus comme eux, se dit-elle. Cela n'aurait fait qu'empirer les conflits.

Se sentant déjà grisée par le fait d'être assise si proche d'Owen, elle ignora donc la coupe devant elle et se concentra sur la main tannée d'Owen sur la table. Elle voyait de fins poils blonds sur son poignet. Elle brûlait d'envie de toucher sa main, de sentir à nouveau cette décharge électrique.

Owen posa son regard sur elle, et soudain, il n'y eut plus assez d'air dans la grande salle. Bon sang, elle espérait qu'il ne voyait pas à quel point il l'affectait. Les muscles de la cuisse d'Owen se raidirent et durcirent. Elle s'écarta, rompant ce contact chaleureux. Cependant, Craig était assis à sa droite, et elle dut donc se rapprocher de nouveau d'Owen afin de ne pas se coller à son frère.

— Alors, le califat..., dit Craig.

Ses yeux verts étaient similaires à ceux d'Owen. Les deux frères étaient tout aussi grands et forts, mais Craig avait les cheveux foncés. Tandis que le visage d'Owen était léger et insouciant, Craig darda son regard perçant sur elle et sembla la prendre dans un étau. Il avait le visage d'un détective.

Elle se sentait accablée par le sentiment qu'il savait déjà qu'elle mentait. Elle lui fit un sourire nerveux.

— Ouaip, répondit-elle, avant de se racler la gorge. Le califat.

Craig parcourut la tablée du regard avant de se pencher vers elle.

— Se pourrait-il que vous vouliez dire les États-Unis d'Amérique ?

Qu'est-ce qu'il venait de dire ?

— Comment vous le savez, bon sang ?

Un petit rire échappa à Craig et il regarda en direction de l'entrée. Une belle rousse entra, une main posée sur son ventre rond. Elle portait des vêtements typiques pour une femme du Moyen Âge : une longue robe à manches longues au décolleté décoré de motifs celtiques brodés. Ses cheveux étaient attachés en deux chignons au niveau des oreilles avec des rubans blancs. Lorsqu'elle vit Craig, un grand sourire illumina son visage et elle rejoignit leur table.

— Mon épouse, Amy, vous dira comment.

Le visage de Craig se transforma alors que la femme rousse s'approchait. Le détective en lui avait disparu, et son visage brillait soudain d'amour, de fierté et d'une pointe de possessivité. Il tendit les bras vers elle, et elle le rejoignit et posa une main sur son épaule, avant de prendre place en face de lui. Elle considéra Craig un moment, puis elle regarda Amber.

— Bonjour.

Amber était-elle victime d'hallucinations, ou cette femme

avait un accent américain ?

— S... salut.

Owen avait mentionné qu'il y avait d'autres voyageurs temporels...

Amber et Amy continuèrent à se fixer, aucune d'elles n'osant dire un mot. Il y avait trop de gens qui pourraient les entendre.

Craig se pencha vers elles et leur lança un regard espiègle.

— Les États-Unis d'Amérique. Conversez.

Amber cligna des yeux.

— Tu viens des...

Amy échangea un regard prudent avec Craig, et il hocha la tête.

— Ouais, répondit doucement Amy. De la Caroline du Nord. Et toi ?

Amber expira et regarda vers le plafond. Elle avait voyagé dans le temps, elle aussi !

— De Chicago.

Un sourire étira lentement les lèvres d'Amy.

— Oh là là !

Elle tendit les bras au-dessus de la table, et Amber saisit ses mains.

— C'est si bon de te voir. Non pas que je me sente seule ici, dit Amy, faisant un clin d'œil à Craig. Mais personne ne comprend comment c'est de vivre dans le passé, tu sais, pour les gens comme toi et moi. Mais comment tu as fait ? Pourquoi ?

Amber se tendit et lâcha ses mains. Peu importe combien elle était contente de voir une femme de son époque, elle ne pouvait pas dire à une parfaite inconnue que le gouvernement la recherchait pour meurtre.

— C'est une longue histoire. Et tu es mariée à Craig et vous avez un bébé en route ? Tu as décidé de rester ?

Amy pouffa.

— C'est une longue histoire aussi. Je suis rentrée au XXIe siècle au début, mais je me suis rendu compte que je ne pouvais pas vivre sans cet homme.

— Et tu ne le regrettes pas ?

— Non. C'était la meilleure décision de ma vie.

Amber regarda de nouveau autour d'elle, juste pour s'assurer que personne ne les écoutait.

— Je voudrais peut-être rester, moi aussi.

— Oh !

Amy sourit et haussa les sourcils.

— Pour Owen ?

La mâchoire de celui-ci se contracta, et Amber devint écarlate. Craig rit bruyamment et de nombreuses têtes se tournèrent vers lui.

— Non, répondit Amber. Pas pour Owen. Pour moi. C'est mieux pour moi ici.

Amy fronça les sourcils, déconcertée.

— Qu'est-ce que tu veux dire, c'est mieux pour toi ? Quelle personne saine d'esprit pourrait bien décider volontairement de rester au Moyen Âge quand il y a la médecine, les toilettes, les douches et les micro-ondes au XXIe siècle ?

Amber serra les dents.

— Dans ce cas, je suppose que je ne suis pas saine d'esprit.

Amy secoua la tête et lui fit un sourire d'excuses.

— Je suis désolée. Je ne voulais pas te vexer. Mais qu'est-ce que tu vas faire ici ?

— Je ne sais pas encore. Mais je ne peux pas retourner à mon époque.

Amy fronça les sourcils, grimaça et inspira.

Craig se redressa.

— Que se passe-t-il ?

Amy secoua la tête.

— Rien. Seulement des contractions de Braxton Hicks... Je pense.

— Quoi ? demanda Craig.

— Des contractions de préparation. Ce n'est rien. Ça ne fait même pas mal, c'est juste bizarre.

Craig se leva.

— Tu dois aller t'allonger. Je viendrai avec toi.

— Non, je vais bien. Sérieusement.

— Ne proteste pas, femme. Sois tu y vas, soit je te porte. Le choix t'appartient.

Amy leva les yeux au ciel puis regarda Amber dans les yeux.

— Tu sais qu'il m'a retenue prisonnière pendant des semaines quand on s'est rencontrés ? Je suppose que certaines habitudes ne changent jamais.

— Amy Cambel ! dit Craig sur un ton d'avertissement.

— Très bien, très bien. J'y vais, répondit Amy, se levant. Amber, s'il te plaît, viens discuter tout à l'heure. S'il te plaît ? Je ne te poserai pas de questions auxquelles tu ne veux répondre. Je veux seulement te parler.

Amber sourit.

— Bien sûr.

Amy fit un petit mouvement comme pour embrasser Craig, mais elle s'arrêta et parcourut rapidement les alentours du regard.

— On n'est pas censés faire preuve d'affection en public, expliqua-t-elle. Je sais, c'est quoi le problème, hein ? On s'y habitue.

Après son départ, Amber regarda Owen.

— Personne d'autre ne sait à son sujet ? demanda-t-elle doucement.

— Seulement Craig, notre cousin Ian, et moi ; et quelques hommes de confiance qui préféreraient mourir plutôt que de trahir son secret.

Qui préféreraient mourir plutôt que de trahir son secret…

Et ce n'était même pas la famille d'Amy. Les liens du clan étaient-ils si forts, même quand les gens n'étaient pas de la même famille ? Si c'était vrai, elle aimait vraiment l'époque médiévale. La loyauté et la communauté avant tout. Elle pourrait bien accepter. C'était l'une des choses qu'elle cherchait quand elle avait rejoint l'armée.

Mais, et pour Owen ? Comment sa famille pouvait-elle ne pas

le croire ? Ils devraient. Comment était-il possible qu'ils protègent Amy sans condition, tout en refusant d'accorder le bénéfice du doute à Owen ? S'il expliquait mieux, ils devraient voir les choses différemment.

Amber se tourna vers Owen. Même si en cet instant, il était comme une statue de glace et ne voulait manifestement pas lui parler, elle devait lui faire comprendre.

— Vous devriez leur parler à nouveau, dit-elle doucement. Si vous pensez qu'ils vous croiront, ce sera le cas.

Le visage d'Owen était figé en un masque froid. Il regardait fixement la table et les coins de sa bouche retombaient.

— Ce ne sont point vos affaires. Vous ne savez rien.

— Si, je sais. Je vois beaucoup plus de confiance dans votre famille que dans la mienne.

— Amber, ne me forcez pas à...

— Owen, je vous en prie, si vous preniez sur vous...

— Si je prenais sur moi ? cria-t-il.

Des têtes se tournèrent. Son père le foudroya du regard.

— Owen..., dit Craig d'un ton menaçant.

Owen regarda autour de lui, sa poitrine se soulevant et s'abaissant rapidement, ses mains tremblant. Il se leva du banc.

— Restez en dehors de tout cela, Amber. Vous avez déjà fait assez de mal.

Il quitta la grande salle, et Amber sentit le regard de Dougal sur elle.

Peut-être qu'elle s'en mordrait les doigts, peut-être qu'Owen ne lui parlerait plus jamais, mais elle releva le menton et soutint le regard de son père.

— Vous devriez lui faire confiance, vous savez. Vous êtes sa famille. Ouvrez les yeux. Votre fils est bien plus que ce que vous reconnaissez.

La mâchoire de Dougal se décrocha, et il la fixa avec incrédulité, mais avant qu'il ne puisse répondre, elle se leva et sortit.

CHAPITRE 20

OWEN FOURRA un morceau de parchemin roulé dans du cuir dans la main de Malcolm.

— Soyez prudent, dit Owen. Il n'y a que vous à qui je puis confier ceci.

Malcolm hocha solennellement la tête et cacha le parchemin dans son manteau. C'était l'un des hommes les plus loyaux du clan, l'un de ceux sur qui l'on pouvait le plus compter. C'était aussi celui qui était parvenu à voir au-delà des sottises d'Owen et à voir qui il était réellement : un jeune homme malchanceux avec des frères aînés qu'il admirait.

Malcolm plaça son poing ganté sur son cœur.

— Plutôt mourir que laisser quiconque voler ce parchemin.

Owen regarda la claymore de Malcolm avec le petit blason du clan Cambel sur le manche.

— Vous feriez mieux de prendre cette épée, déclara-t-il, lui tendant l'épée anglaise qu'il avait prise au garde à Stirling. Vous avez intérêt à ne pas porter d'autres signes montrant que vous appartenez à notre clan. Si qui que ce soit vous arrête ; vous n'êtes qu'un voyageur.

Malcolm prit l'épée.

— Prenez soin de ma claymore.

— *Aye*.

Owen prit l'épée de Malcolm, et l'homme hocha la tête et se hissa sur son cheval.

— Bon voyage, dit Owen avant de mettre une tape sur le flanc de l'animal.

Il poussa un long soupir alors que Malcolm quittait le château au galop. C'était fait. Maintenant, il ne pouvait que prier Dieu que Malcolm atteigne Inverlochy sans problème. Owen y serait allé lui-même, mais il savait que son père ne le laisserait jamais sortir du château. Il pourrait même renier Owen et le bannir du clan s'il essayait.

Owen parcourut la cour du regard. La plupart des membres du clan étaient encore en train de manger dans la grande salle. Malcolm ignorait que Dougal ne voulait pas que Robert Bruce ait ce message. S'il l'avait su, aurait-il quand même cru Owen et emporté le message au roi ?

Il y avait une personne debout près de la grande salle, elle le fixait de ses yeux sombres perçants. Owen eut le souffle coupé à la vue d'Amber.

Il était encore furieux contre elle. Principalement parce qu'il se pourrait qu'elle ait raison. Il devait parler de nouveau à son père. C'était non seulement mal d'envoyer un message dans son dos, mais c'était également de la trahison d'aller à l'encontre des ordres de son chef. Enfin, son père n'était pas le chef, mais c'était lui qui dirigeait en l'absence de son oncle Neil.

Amber marcha vers lui.

— Qu'est-ce que vous avez fait ?

Elle mit les mains sur les hanches et le foudroya du regard comme un chat en colère. Elle était assez proche pour qu'il l'embrasse.

Mais il ne pouvait pas.

— Vous devriez aller vous reposer après notre long voyage, dit-il.

— Vous venez d'envoyer cet homme livrer un message à Robert Bruce ?

Il mit la claymore de Malcolm dans son fourreau et se dirigea vers la grande tour.

— Ne vous inquiétez pas pour cela, Amber.

Elle le suivit.

— C'est ce que vous avez fait, hein ? Pourquoi n'êtes-vous pas allé parler à votre père ? J'ai entendu qu'il vous a interdit d'envoyer ce message. Il sera furieux.

— *Aye*. Mais il ne le découvrira que quand Robert Bruce arrivera.

— Vous l'avez *invité* ici ?

Owen entra dans la tour et monta les marches. Sa chambre à coucher était au dernier étage.

— *Aye*. Nous devons nous préparer pour l'embuscade de la passe de Brander.

L'inquiétude assombrit le visage d'Amber.

— Owen, il se peut que vous vous soyez mis dans un sacré pétrin.

Il secoua la tête.

— Cela n'a point d'importance. Je sais que j'ai raison. Je connais bien la passe de Brander, et ce que John MacDougall a décrit fonctionnerait parfaitement.

— Je vous crois. Je voudrais seulement que votre entêté de père vous croie, lui aussi.

— Vous venez du futur. Ne savez-vous point ce qui se passera ?

— Malheureusement, je n'ai pas beaucoup étudié l'histoire. Mais je me rappelle que Robert Bruce est censé être un grand guerrier et chef de guerre. Je crois qu'il a gagné.

Owen soupira de soulagement.

— Bien.

Ils avaient atteint la porte de sa chambre ; il l'ouvrit et entra. Amber le suivit.

— Mais je ne sais pas si vous pouvez changer l'avenir avec vos actions. Notre présence, à Amy et moi, pourrait changer le cours de l'histoire.

Cette perspective glaça le sang d'Owen.

— *Aye*, je ne tiendrai pas cet avenir pour acquis. Je dois veiller à ce qu'il se produise, quoi qu'il en coûte.

Amber observa sa chambre, ses yeux s'attardant sur les épées, les boucliers et les arcs suspendus au mur.

— Si je reste plus longtemps avec votre clan, je veux gagner mon pain.

— Vous n'en avez point besoin, Amber. Vous êtes mon invitée, sous ma protection.

Elle ne répondit pas immédiatement, se contentant de le regarder en fronçant les sourcils.

— Écoutez, vous n'avez pas besoin de vous sentir responsable de moi, OK ? Vous nous avez tirés du pétrin à Stirling. Vous m'avez sauvé la vie et je vous en serai toujours reconnaissante. Mais ça ne veut pas dire que vous devez me protéger ou un truc du genre.

Elle avait raison, bien sûr. Cependant, elle ignorait qu'il ne pourrait plus respirer s'il lui arrivait quoi que ce soit. Savoir qu'elle était vivante et en bonne santé était plus important que la nourriture et l'eau.

— *Aye*. Si. À vrai dire, je veux que vous restiez dans cette chambre à coucher. Le voyage a été rude pour votre dos. Vous devez encore guérir.

— Quoi ? Vous voulez que je prenne votre chambre ?

— *Aye*.

— Et...

Elle déglutit.

— Vous dormirez ici aussi ?

— Nenni. J'irai dormir dans la grande salle avec les guerriers du clan. Cela ne pose pas de problème, ne vous inquiétez point. J'ai l'habitude de dormir n'importe où.

— Où est-ce que j'aurais dormi, sinon ?

— Probablement avec les bonnes, quelque part avec un matelas sur le sol. Permettez que je prenne une tunique propre, et je vous laisserai.

Il retira la tunique anglaise et se dirigea torse nu vers l'un des coffres. Il en sortit une tunique et se figea en remarquant qu'elle le regardait. Sans le quitter des yeux, elle s'approcha. Sa délicieuse odeur le caressa, et tous ses sens s'éveillèrent. Les cils d'Amber tremblèrent alors qu'ils se regardaient dans les yeux.

Prends-moi dans tes bras, suppliait son regard. *Embrasse-moi...*

Ô combien il en avait envie ! Son corps réagit avant que son esprit ne puisse l'arrêter. Il la prit dans ses bras. Sa poitrine se pressa contre lui chaque fois qu'elle prenait une profonde inspiration.

Ses lèvres étaient juste là. *Tu n'as qu'à te pencher pour goûter à nouveau cette délicieuse douceur, pour te perdre dans son odeur. Touche son visage, sens sa peau lisse.*

Son lit était juste là, lui aussi. La pièce sembla rapetisser autour d'eux. Combien il serait facile de la soulever, de faire deux pas et de l'allonger sur le matelas. De se coucher à côté d'elle, de la déshabiller, de vénérer son corps.

Les paroles de son père lui revinrent. *« Si vous vous trompez, nous perdrons tout. »*

Céder à ses désirs maintenant pourrait obscurcir son jugement. Il aurait plus de chances de faire une erreur et de compromettre sa mission.

Il raidit ses bras afin de les empêcher de remonter le long de ses épaules et de son cou pour qu'il enfouisse ses doigts dans ses cheveux. Il voulait prendre son visage dans ses mains et l'embrasser si fort qu'elle en oublierait son nom.

Elle posa une main sur son torse, sa paume brûlant sa peau nue. Il retint son souffle, incapable de bouger. S'il levait un doigt, sa maîtrise volerait en éclats. En parfaite séductrice, elle fit courir sa main sur son torse, faisant descendre son sang dans sa verge. Il jura intérieurement ; un geste aussi simple suffisait à ce qu'il soit prêt.

Elle atteignit son cou, là où sa blessure le faisait souffrir. Sans la toucher, elle remonta sa main et la posa sur sa joue. Ses lèvres étaient si proches, et elle s'apprêta à l'embrasser.

Il le voulait tellement. Mais si ses lèvres touchaient les siennes, il serait perdu. Il écarta doucement sa main de son visage, détestant devoir la repousser. Il la lâcha et recula.

— Vous ne devriez pas m'approcher, Amber. Je ne suis guère bon pour vous.

La douleur voila le regard d'Amber. Le cœur serré de la voir ainsi, il prit une tunique propre et l'enfila.

— Vous êtes impossible, siffla-t-elle.

Comme un lâche, il sortit de la chambre sans la regarder. Il ne décevrait pas son clan et son roi en cédant à la tentation qu'offrait une belle femme. Il resterait concentré et se rachèterait, même si cela signifiait perdre Amber pour toujours.

CHAPITRE 21

— EST-CE QUE JE PEUX ENTRER ? demanda Amber.

Amy était allongée sur son lit et une femme âgée touchait son ventre. La chambre était ronde et plutôt spacieuse. Il y avait une fenêtre étroite avec des volets ouverts qui laissaient entrer la lumière, et des flammes dansaient dans l'âtre. La chambre contenait également des coffres ainsi que plusieurs fauteuils.

Amy leva la tête et fit un grand sourire.

— Coucou ! Oui, bien sûr.

Amber entra et s'arrêta à côté du lit. Des rideaux lavande étaient suspendus au ciel du lit, et une colonne se dressait à chaque coin.

La femme âgée se redressa et regarda Amber, ses yeux clairs brillant de curiosité. Elle était petite et portait une robe marron simple et un foulard blanc sur la tête. Son visage était tanné et ridé.

Amy s'assit.

— Amber, je te présente Isbeil. C'est la médecin du château de Glenkeld.

Isbeil se pencha sur le lit et récupéra son panier.

— Une autre de votre époque ? demanda-t-elle d'un ton désinvolte.

Amber fut pétrifiée, pas sûre d'avoir bien entendu. Amy pouffa.

— Ouais. Elle sait. Rien n'échappe à Isbeil.

La femme âgée émit un petit rire dénué d'humour.

— Je peux presque sentir la magie des fées autour de vous.

— Vous savez pour les fées ? demanda Amber. Sìneag en est une ?

— Oh, *aye*. C'est la fée qui joue avec les destins, répondit Isbeil, avant de regarder Amy, son regard s'adoucissant. Votre enfant se porte bien, et vous aussi. Il est un peu tôt pour que votre matrice se serre ainsi, mais vous êtes encore fermée. Ne vous inquiétez point.

— Merci.

Sans un mot de plus, Isbeil quitta la pièce. Amber la regarda avec fascination. La femme avait l'air très vieille, pourtant elle semblait pleine d'énergie et se déplaçait rapidement.

— Comment est-ce qu'elle sait ? demanda Amber lorsque la porte se ferma derrière Isbeil.

— À cause de ton accent. Mais elle tiendra sa langue. Je lui fais confiance. Le truc avec le Moyen Âge, c'est que les gens vivent si près les uns des autres que tout le monde se mêle des affaires de tout le monde. Ils me trouvent bizarre, mais ce sont des gens bien et ils m'ont acceptée.

Amber sourit et secoua la tête.

— Oui, cette époque est très différente de ce à quoi je suis habituée. Ça permet de mieux apprécier ce qu'on avait, la liberté, les commodités, hein ?

— Eh bien, oui. Mais aucune commodité au monde ne me ferait abandonner Craig. Ce qu'on a, le bonheur ; aucune commodité moderne ne pourrait jamais le surpasser.

Amber laissa échapper un petit rire poli. Quelle chanceuse ! Follement heureuse avec Craig, fondant une famille avec lui. La jalousie la piqua. Amber était en train de tomber amoureuse d'Owen, mais contrairement à Amy, elle ne serait jamais avec l'homme qu'elle aimait ; elle ne serait jamais avec qui que ce soit.

Elle ne pouvait tout simplement pas dépendre d'un homme. Ou lui faire confiance. En particulier un homme comme Owen.

En outre, il avait dit qu'elle devait garder ses distances. Le rouge lui monta aux joues au souvenir de sa tentative pathétique de l'embrasser. Elle secoua la tête pour chasser cette pensée.

— En parlant de commodités, est-ce que tu aurais par hasard des vêtements de rechange ? Je porte encore mon uniforme anglais puant et on a passé des jours sur la route.

— Ouais, bien sûr. Je te donnerai quelques robes.

Amy se leva et la détailla rapidement du regard.

— Cependant, je pense qu'elles seront peut-être un peu courtes pour toi. Mais je peux demander à ma bonne de faire une robe à ta taille, pas de soucis. Tu veux essayer quelque chose ?

Amy se pencha sur l'un des coffres et Amber retira sa tunique.

— Tu as une bonne ?

Amy soupira.

— Je sais. J'ai une bonne. Ça fait bourge. Mais on s'y habitue. Je refusais au début, mais avec le temps, je me suis rendu compte que je ne pouvais pas tisser, faire des robes, faire la lessive — et ne te méprends pas, il faut tout laver à la main dans de l'eau froide. Il faut aussi gérer la cuisine, faire le ménage... C'est beaucoup de travail. En plus, c'est bien de savoir que j'offre un travail honnête à une bonne fille. Tiens.

Elle lui tendit une robe bleue, une rouge pâle et quelques chemises.

— Merci.

Amber se tourna pour poser les robes sur un fauteuil afin d'en essayer une, et elle entendit un petit cri.

— Amber, qu'est-ce qui est arrivé à ton dos ?

Elle se figea.

— J'ai été fouettée à Stirling.

— Fouettée ? Attends, laisse-moi voir.

Amy s'approcha et Amber sentit des doigts légers sur l'un de ses points de suture.

— Les blessures ont l'air bien, même si les points de suture sont grossiers. Mais il va falloir retirer les fils pour que ça ne s'infecte pas. Tu veux que je le fasse ? J'ai apporté du matériel médical quand je suis revenue.

— Tu peux les enlever ?

— Bien sûr. Viens, allonge-toi.

Amber s'exécuta, et Amy se dirigea vers l'un des coffres et se mit à fouiller dedans.

— Tu as toujours tes chaussures modernes, je vois ? Garde-les précieusement. Elles sont bien plus chaudes que celles-ci, dit Amy, lui montrant une chaussure en cuir avec une semelle plate. Je demanderai à ma bonne de t'en commander au village. Tu en auras besoin plus tôt que tu ne le crois.

— Merci beaucoup.

Amy trouva une gourde en métal, qui venait sans aucun doute du XXIe siècle, et quelque chose qui ressemblait à une trousse de secours.

— J'aurais voulu avoir quelqu'un qui m'aide avec tout ça au début.

Elle revint près du lit et posa ses outils sur les couvertures. Elle sortit des ciseaux bien coupants, une pince à épiler, des cotons-tiges et des pansements. Waouh, cette femme était un miracle !

— Alors, c'est ce que tu fais en tant qu'épouse ? Tu gères la maison ?

Amber entendit un bruit de liquide, de l'alcool d'après l'odeur. Amy frotta un coton humide sur ses blessures, et cela la piqua.

— Oui. On a notre propre domaine, Craig et moi, mais on est venus ici parce que c'est plus sûr. Il doit souvent partir avec Robert Bruce, et il préfère qu'on reste au château, le bébé et moi. On n'a pas autant d'hommes que Neil et Dougal.

— Qu'est-ce que tu faisais avant, aux US ?

Amy prit les ciseaux et la pince à épiler, et Amber sentit une pression dans son dos, puis un tiraillement et une piqûre.

— J'étais secouriste.

— J'étais dans l'armée. J'étais officier, j'ai servi en Afghanistan.

Amy posa un morceau du fil en boyau dans un bol en bois.

— Oh waouh ! Une guerrière...

— Plus maintenant.

Elle sentit un autre tiraillement et entendit les ciseaux.

— Si je demande pourquoi, tu ne vas pas me le dire, si ?

Amber poussa un grand soupir.

— Je ne pense pas que tu veuilles le savoir.

Elle était quasi certaine qu'Amy ne voudrait pas que quelqu'un qui était accusé de meurtre s'approche de sa famille.

— Alors, si je ne suis plus soldat — ou guerrière, ou peu importe comment ça s'appelle ici —, qu'est-ce que je peux faire pour gagner ma vie ?

Amy pouffa.

— Bonne question. La plupart des femmes se marient et s'occupent du ménage. Mais je suppose que tu ne veux pas faire ça ?

— Certainement pas.

— Certaines femmes font de la cervoise et la vendent aux tavernes. On appelle ça des brasseuses, et elles gagnent très bien leur vie. Certaines possèdent et gèrent des tavernes et des auberges. L'agriculture est essentielle, cependant, tu ne peux probablement pas t'occuper seule d'une ferme. Tu peux aussi travailler au château. Il y a beaucoup à faire ici. Les femmes travaillent pour la dame du château en tant que bonnes, en tant que nourrices, et cetera. Tu t'y connais en médecine ?

— Seulement les trucs de base. Arrêter une hémorragie, stabiliser les os brisés, tout ça. Juste ce que comporte la formation de sauvetage militaire.

— D'accord, alors, tu ne peux pas être médecin ?

— Quoi, administrer des herbes et prescrire des sangsues ? demanda Amber avec un petit rire. Non. Et je n'en ai pas envie.

— Et je suppose que tu ne veux pas être nonne ?

Amber rit à nouveau.

— Je préférerais brasser de la cervoise.

Les doigts d'Amy allaient plus vite à présent. Le bruit sec des ciseaux retentit plusieurs fois.

— Reste avec moi en attendant, le temps que tu t'habitues à cette vie, que tu saches ce que tu veux faire.

Amber poussa un long soupir, une douleur sourde enserrant sa poitrine. Elle était à des milliers de kilomètres et des centaines d'années de chez elle, et pourtant, elle avait rencontré des gens chaleureux et généreux qui se souciaient d'elle.

Il serait quand même idiot de sa part de faire confiance à des inconnus. Et elle ne voulait pas s'imposer. Son premier instinct était de partir et de faire fortune seule. Mais Owen avait raison. Plus de dangers semblaient menacer les femmes seules à cette époque, en particulier avec son physique si inhabituel ici, et les Anglais la cherchaient toujours. Elle pourrait partir plus tard, quand elle saurait comment gagner sa vie et éviter les dangers.

— Merci, Amy. J'apprécie vraiment ta gentillesse. Owen a aussi insisté pour que je reste en tant que son invitée jusqu'à ce qu'il n'y ait plus de dangers.

Amy tira trop fort sur un nœud, et Amber se mordit la lèvre.

— OK, c'est réglé. Tu restes avec nous. Je suis tellement contente d'avoir rencontré quelqu'un d'autre qui a voyagé dans le temps.

— Je resterai, mais seulement si je peux te remercier pour ta gentillesse un jour.

— Oh, je t'en prie, ne t'inquiète pas, répondit Amy en continuant de retirer les fils. Au fait, qu'est-ce qui se passe entre Owen et toi ?

Amber sentit le rouge lui monter aux joues.

— Rien. On a eu la malchance de se faire enlever ensemble, et il m'a sauvé la vie après que j'ai été fouettée. Maintenant, il soutient que je suis son invitée et que je suis sous sa protection.

— Sous sa protection ? Vraiment...

— Je ne veux pas. C'est de la surprotection. Il m'a même

donné sa chambre. J'apprécie vraiment son geste, mais en toute franchise, j'ai juste envie qu'on me laisse tranquille.

Correction. Ce qu'elle voulait, c'était lui. Mais c'était impossible, peu importe combien il lui coupait le souffle, combien elle se sentait vivante avec lui ; comme si elle pouvait enfin se détendre et être elle-même sans plus avoir besoin de justifier son existence.

Elle pouvait être elle-même avec lui.

Amy haussa un sourcil.

— Ça ne lui ressemble pas d'être aussi protecteur.

— Qu'est-ce qui lui ressemble, alors ?

— Je ne crois pas l'avoir déjà vu deux fois avec la même femme. Pourtant, il te donne sa chambre et te prend sous son aile.

Amber secoua la tête, mais son cœur s'emballa.

— Il se sent seulement responsable de moi.

— Owen est peut-être un pitre, et il fait peut-être des erreurs, mais il a bon fond. Et je sais que si besoin, il défendrait son clan jusqu'à son dernier souffle. C'est peut-être un play-boy, mais quand il tombera amoureux, je pense que ce sera pour de bon. Je te le dis, ce sera pour toujours.

Amber se mâcha l'intérieur de la joue. Tomber amoureux... Elle se souvint de ses lèvres sur les siennes, de la façon dont il prononçait son nom. Dans sa bouche, son nom semblait chargé de purs rayons de soleil. Mais il n'était pas amoureux d'elle. Bien sûr que non. Peut-être un peu entiché, mais rien de plus.

Pourtant, une minuscule partie de son cœur aurait voulu qu'il soit amoureux d'elle. C'était un homme merveilleux, le meilleur homme qu'elle ait jamais rencontré. Il n'était pas parfait — et c'était exactement pour cela qu'elle l'aimait.

L'aimait ?

Non, elle ne l'aimait pas. Comment le pourrait-elle après si peu de temps passé ensemble ? Peut-être qu'elle s'était entichée de lui. Elle ressentait assurément une forte attirance pour lui. Comment ne le pourrait-elle pas ? Il était absolument magnifique. Le simple fait d'être dans la même pièce qu'Owen lui apportait un profond sentiment de paix, comme si elle avait enfin trouvé un morceau de son âme qu'elle avait perdu voilà bien longtemps. Comme si le dur périple était enfin fini et qu'elle était arrivée chez elle.

Seulement, comment pouvait-elle faire confiance à ce sentiment ?

CHAPITRE 22

Trois jours plus tard…

Owen claqua la porte de l'écurie derrière lui. L'odeur chaude des chevaux, du foin et du fumier l'enveloppa, éloignant la discussion tendue qu'il venait d'avoir avec son père. Il semblait que tout ce qu'il faisait exaspérait Dougal.

Owen avait suggéré qu'il pourrait entraîner les jeunes guerriers et, étonnamment, son père l'avait autorisé. Craig et Domhnall avaient regardé pendant qu'il enseignait à plus d'une vingtaine d'hommes dans la cour et leur montrait les mouvements de combat rapproché dont il s'était servi à Stirling. Certains hommes avaient été surpris ; ils ne l'avaient jamais vu faire preuve d'initiative.

Pendant que les hommes profitaient d'une brève pause, Owen avait demandé à son père s'il pouvait les entraîner régulièrement. Dougal avait répondu que cette tâche avait déjà été confiée à Craig et à Domhnall. Il ne pensait pas Owen capable de s'y tenir. Son refus et son manque de confiance avaient été comme une gifle.

Le premier instinct d'Owen avait été de se rebeller et de s'enfuir, comme il l'avait fait tant de fois par le passé, mais sa nouvelle personnalité responsable protesta. Il resterait et prouverait à tous qu'ils se trompaient. Il leur montrerait qu'il avait changé, qu'il pouvait prendre des responsabilités et que l'on pouvait avoir confiance en lui.

Son second instinct avait été de trouver Amber et de l'embrasser. De lui parler. De lui faire l'amour. De la laisser le distraire.

Mais cela aurait été une erreur. Il s'était si bien tenu ces trois derniers jours, l'évitant, même si c'était aussi agréable que s'arracher les dents.

Il se dirigea vers une stalle pour prendre un cheval et aller au nord, à une petite crique sur le loch où il s'échappait toujours quand il se sentait comme maintenant : comme un étranger parmi son propre clan.

Lorsque ses yeux se furent habitués à la pénombre, il remarqua qu'il n'était pas seul. Amber se tenait près d'un cheval que l'un des palefreniers sellait pour elle.

— Salut, dit-elle.

Elle était si belle que le ventre d'Owen se serra. Il l'avait vue aller et venir dans le château, le plus souvent avec Amy. Tout s'illuminait et se colorait quand il la voyait. Il brûlait d'envie de la rejoindre, de savourer sa présence comme des rayons de soleil.

Il n'avait nulle part où s'enfuir.

— Amber, dit-il avec un signe de tête.

Il s'approcha d'un autre cheval et se mit à le seller.

Arrête de penser à elle.

Elle le rejoignit.

— Vous allez quelque part ? demanda-t-elle.

Sa mâchoire se contracta.

— *Aye*, répondit-il sans la regarder.

Il posa la selle sur le dos de l'animal et le sangla.

— Et vous ?

— Ouais. J'en ai marre de rester assise à rien faire. Je veux juste aller faire une balade.

Il se figea.

— Seule ?

— Ouais.

Les narines d'Owen se dilatèrent.

— Nous en avons parlé. Vous ne devriez point sortir seule. C'est trop dangereux.

— Ça ira. Ce n'est pas comme si vous auriez envie de venir avec moi, dit-elle, se détournant puis lui lançant un regard noir par-dessus son épaule. Vous vous comportez comme un con depuis qu'on est arrivés ici.

Un rire nasal échappa au palefrenier, et Owen ravala un grognement. Il savait que la distance qu'il maintenait entre eux la blessait, mais il ne voulait pas qu'ils se disputent devant quelqu'un d'autre.

Elle ne lui laissait pas le choix.

— Vous n'irez nulle part.

Elle émit un rire nasal.

— Vous n'avez pas le droit de me donner des ordres, mon pote.

Que lui arrivait-il ? Il n'était jamais aussi autoritaire avec les femmes. C'était parce qu'il n'avait jamais tenu à quelqu'un comme il tenait à elle.

— J'en ai le droit quand c'est dans votre intérêt.

— Mon intérêt ne vous regarde pas.

Il sortit de la stalle et la fixa du regard.

— Si vous insistez pour partir seule, je vous prendrai sur mon épaule et je vous enfermerai. Vous pouvez soit venir avec moi soit rester ici. C'est votre choix.

Elle croisa les bras.

— Venir avec vous ? Je croyais que vous m'évitiez comme la peste.

Owen pinça fermement les lèvres.

— J'étais occupé.

Elle haussa un sourcil.

— C'est ça. Occupé à faire demi-tour dès que vous me voyiez.

— Allez-vous venir ou non ?

— Seulement si vous promettez de ne pas jouer les crétins.

— Comment ?

— Je crois que la jeune femme vous a appelé un maraud, dit le palefrenier. Votre cheval est prêt, madame.

— Merci.

— Veuillez attendre dehors pendant que je converse avec la dame, dit Owen, tout en foudroyant Amber du regard.

Une fois que le palefrenier fut parti, il soupira.

— Fort bien, je ne « jouerai pas les crétins ».

— Très bien.

Peu après, ils étaient en selle et sortaient du château. Avec Amber à ses côtés, il avait besoin de se distraire de *cette* distraction. Il fit partir sa monture au galop, savourant le sifflement du vent à ses oreilles et le rythme dur du cheval sous lui. Le loch était à leur gauche, houleux et gris sous le ciel couleur fumée. À leur droite, il y avait des bois et des rochers, les arbres et les buissons se balançant dans le vent.

L'endroit n'était pas loin, et ils arrivèrent vite. La petite crique formait un bassin ovale. Le rivage devenait pentu et il y avait une grotte à moitié cachée par les buissons et le sous-bois.

La vue lui coupait le souffle. Le loch s'étirait vers la gauche et la droite devant eux. Sur le rivage en face de la crique, les collines vertes et les montagnes étaient partiellement recouvertes de champs de bruyère violette. Derrière la grotte, le rivage continuait de monter pour former une falaise rocheuse.

— Pourquoi est-ce que vous vouliez venir ici ? demanda Amber.

Owen attacha son cheval à un arbre, resta sur le rivage et prit une profonde inspiration purifiante, sentant la tension et la colère fondre dans son ventre.

— C'est là que je venais enfant quand tout le monde semblait m'avoir oublié. Et quand même mes farces n'attiraient point l'attention de mon père, dit-il, avec un petit rire pour lui-même.

Amber s'approcha et s'arrêta à côté de lui, face au loch.

— C'est un bel endroit où s'enfuir.

— J'ai parfois dormi dans cette grotte, dit-il en désignant la falaise. Il y a un peu de magie là-bas. Je l'ai découverte quand ma mère est morte. Je n'avais que douze ans. Elle est tombée malade très vite et a péri.

— Je suis tellement désolée, Owen. J'ai perdu ma mère, moi aussi. Rien ne s'approche de ce genre de perte.

Il soupira. La tristesse lui enserrait le cœur, mais curieusement, il se sentait mieux en sachant qu'Amber avait vécu la même chose.

— Ma mère était la belle-mère de Craig et Marjorie, mais elle nous traitait tous pareil. Comme s'ils étaient ses enfants.

Amber pouffa.

— On dirait que c'était une femme incroyable.

— *Aye*. Je pense qu'elle veille sur moi. Je m'en suis rendu compte la première fois que je suis venu ici. C'est pour cela que je ne cesse de revenir.

— Vraiment ? Pourquoi ici ?

Il l'étudia, se demandant s'il devait lui raconter. C'était la première femme qu'il ait jamais aimée, et son âme voulait lui confier tout ce qui lui était cher. Il y avait du vent, le ciel était couvert de nuages gris, mais le soleil brillait vivement entre eux. Oui, elle veillait sur lui. C'était un signe.

— Venez, dans ce cas. Je vais vous montrer.

Il lui prit la main et monta la pente avec elle. Ils passèrent devant les buissons et le sous-bois et entrèrent dans la grotte. Il y régnait une odeur de feuilles pourries et quelque chose de terrestre, d'animal même. La grotte était petite et profonde, et bien que le soleil soit haut dans le ciel, il était difficile de voir ce qui se trouvait dans ces profondeurs noires.

Des cristaux aussi brillants qu'une nuit étoilée scintillaient à l'entrée de la grotte. Il vit dans les yeux d'Amber le même émerveillement que dans son cœur. Dieu tout puissant, même cette création divine ne se rapprochait pas de la beauté de cette femme.

Leurs regards se croisèrent, et il oublia de dissimuler sa fascination. C'était comme cette nuit à l'auberge ; ils avaient été nus l'un en face de l'autre, protégés du monde comme s'il n'existait rien d'autre qu'eux deux.

Il vit la décision dans ses yeux. Elle franchit la distance qui les séparait, l'attrapa par le col de sa tunique et rapprocha son visage du sien.

Ce baiser fut comme plonger dans les eaux du loch : frais et délicieux. Il se laissa aller contre elle avec la sensation inéluctable d'un rocher qui coule vers le fond.

Son odeur enveloppa son corps. Les lèvres d'Amber le caressèrent, sa langue le taquina, animées par le désir, et elle se pressa tout contre son torse.

Lâche-la. Dis-lui non. Lâche-la. Arrête.

En vain. Elle était l'eau, et il était assoiffé depuis toujours. Rien ne pourrait l'empêcher de boire. Ici, dans cette grotte qui lui apportait de la force dans les moments de besoin, il l'aurait. Il la ferait sienne.

Il l'embrassa de plus belle, dévorant sa bouche. La revendiquant. La possédant.

Instantanément, sa verge durcit et se mit à le lancer ; son sang était en feu. Elle se frotta contre lui, tout aussi impatiente. Il prit son visage dans ses mains, puis fit courir ses doigts sur son corps. Il empoigna l'un de ses seins à travers sa tunique, et il était chaud et plein contre sa peau. Il fit tourner son pouce sur son mamelon, et elle inspira vivement et s'arqua contre lui. Il glissa ses mains sous sa tunique pour toucher ses seins. Ils étaient si doux et chauds. Il les massa, faisant rouler ses tétons durs entre ses pouces et ses index.

Le plus petit gémissement de plaisir jaillit de la gorge d'Amber. Il l'imagina faisant le même bruit la première fois qu'il la pénétrerait. Il mit fin au baiser et l'allongea par terre. Il regarda les chausses que portait Amber et s'aperçut que c'étaient les siennes. Pourquoi voir une femme vêtue de chausses enflammait encore plus son sang ?

Il les baissa et fixa le triangle de poils noirs qu'il désirait ardemment depuis qu'il l'avait vue nue à l'auberge.

— Si belle, murmura-t-il.

Il écarta ses lèvres et posa sa bouche sur elle, le sang lui battant les oreilles.

Un grognement se fit entendre non loin.

Owen était si ivre de son goût succulent et licencieux qu'il ne fit pas tout de suite le rapprochement, mais Amber se raidit et bougea.

Un autre grognement retentit, plus proche, plus fort, plus pressant.

Tout sembla se passer lentement. Le sang d'Owen se glaça, comme si on lui avait jeté un seau d'eau froide sur la tête.

Un ours.

Son esprit savait qu'il devait réagir, mais son corps refusait toujours de bouger. Il se rappela vaguement que les ours aimaient faire la sieste la journée et chasser la nuit en été.

Comme dans un cauchemar, son corps lui parut lent et aussi lourd qu'un rocher. Il se leva et poussa Amber derrière lui tout en brandissant son épée. La bête émergea des ténèbres, rugissant comme un monstre des vieilles légendes. Il était grand, gros et marron, et il se tenait devant Owen sous les rayons du soleil, sa gueule ouverte révélant ses crocs jaunâtres.

Owen n'arrivait à penser qu'à Amber. *Ne laisse rien lui arriver. Fais tout pour la protéger.*

Son épée brilla dans les rayons du soleil lorsqu'il l'agita pour mettre la bête en garde. Elle rugit à nouveau, un son terrifiant, et se jeta sur Owen.

Il rugit, lui aussi. L'ours le prit dans une étreinte mortelle, ses griffes lacérant la peau de son dos, mais avant qu'il ne puisse enfoncer ses dents dans son épaule, Owen leva son épée, transperça la mâchoire de l'animal et l'enfonça dans son crâne. L'ours tomba sur lui en un tas de fourrure puante incroyablement lourd.

— Owen ! cria Amber.

Il écarta une lourde patte d'un coup de pied, et Amber l'aida à se lever et l'éloigna. Ils restèrent debout à l'entrée de la grotte, fixant l'animal mort, une mare de sang se formant autour de sa tête.

— Est-ce que ça va ? demanda-t-elle. Laissez-moi voir.

Elle toucha son épaule pour le tourner et voir ses blessures, mais il s'écarta vivement.

C'était sa faute à lui. Elle l'avait tenté de nouveau. Et après toutes les promesses qu'il avait faites de garder ses distances et de ne pas se laisser distraire, il l'avait refait. Il s'était laissé distraire et ils auraient pu mourir.

Elle fronça les sourcils, surprise et blessée.

— Nous avons failli périr à cause de moi.

Amber eut l'air sous le choc.

— Quoi ?

— *Aye*. Si vous ne m'aviez point embrassé, si je n'avais pas cédé à vos charmes...

Ce n'était plus une question de décevoir son roi et sa famille, c'était une question de décevoir *Amber*. Elle avait failli être blessée, car il était incapable d'être responsable et de se concentrer.

C'était une bonne gifle, un rappel qu'il ne pouvait pas céder à la tentation.

La prochaine fois, ce ne serait peut-être pas un ours, ce serait peut-être une épée anglaise qui mettrait fin à tout ce pour quoi il se battait.

CHAPITRE 23

UNE SEMAINE PLUS TARD...

Les veilleurs sur les remparts crièrent et coururent, et Owen, qui se rendait dans la grande salle, s'arrêta au milieu de la cour.

Quelqu'un arrivait.

Son cœur tambourina dans sa poitrine. Il vit Amber dans la cour et brûla d'envie de lui parler. C'était la seule à savoir qu'il avait envoyé un messager à Robert Bruce.

Avec sa robe bleu foncé et ses deux tresses qui se rejoignaient derrière sa tête, elle ressemblait à une noble de son époque. Depuis qu'Amy lui avait donné des vêtements et l'avait aidée à moins ressembler à une femme du futur, il l'avait imaginée ainsi avec lui tous les jours, et sa poitrine était habitée d'une douce douleur.

Cela n'arriverait jamais.

— C'est Robert Bruce ! cria l'une des sentinelles. Et son armée.

L'homme courut vers la grande salle pour prévenir le reste du clan.

Le ventre d'Owen se serra. Son père était sur le point de découvrir qu'il lui avait désobéi.

— Pardieu..., marmonna-t-il.

Que le roi ait choisi de le croire ou non, il aurait quand même des ennuis. Plutôt que d'affronter son père, il monta en courant sur les remparts pour assister à l'arrivée de Robert Bruce.

Il contempla la foule d'hommes qui progressaient sur les collines vertes depuis le nord. Un porte-drapeau chevauchait devant eux, montrant les couleurs du clan de Robert Bruce : deux lignes rouges formant un X sur un fond jaune.

Une voix furieuse se fit entendre dans la cour.

— Owen !

Il serra les dents et descendit les marches sous le regard noir de son père.

— Pardieu, qu'avez-vous fait ? grogna Dougal. Lui avez-vous envoyé un messager ?

Owen s'arrêta devant son père, une partie de lui tremblant comme un petit garçon, mais il leva le menton. Il n'avait rien à prouver et aucune excuse à faire. Il n'avait pas commis d'erreur cette fois.

— *Aye*. Je lui ai envoyé un messager.

— Pauvre sot, pauvre sot ! Et si vous apportez de nouveau la honte sur notre famille ?

— Ce ne sera point le cas. Si la honte vient, elle sera mienne et seulement mienne. Je jure que si je me trompe — et je sais que je ne me trompe pas —, je partirai pour toujours, et vous ne me reverrez plus jamais.

— Cela ne pourra être changé. Et il y a plus en jeu que de la honte. La vie de tant de gens, la destinée de notre pays...

Craig les rejoignit, manifestement aussi en colère que leur père.

— Il est trop tard pour se disputer. Nous devons décider quoi dire au roi. Suivons-nous la suggestion d'Owen d'attaquer la passe de Brander ? Convainquons-nous le roi de ne point le faire ?

Leur père foudroya Owen du regard, puis il cracha par terre.

— Je ne veux pas avoir une nouvelle fois honte de mon fils devant un roi.

Le martèlement des sabots emplit l'air et fit trembler le sol. Le roi, entouré d'hommes, pénétra dans l'enceinte du château. L'oncle Neil était à ses côtés, ainsi que les cousins d'Owen, Goiridh et Colin. Il reconnut James Douglas le Noir, l'un des officiers favoris de Robert Bruce. Malcolm entra lui aussi dans la cour, mettant pied à terre assez loin de la procession.

Le roi descendit de cheval, ainsi que Neil et les autres. Owen prit une profonde inspiration. Il regarda son oncle Neil dans les yeux, mais l'expression du vieil homme était indéchiffrable. Que pensait-il de tout cela ?

— Bienvenue, Votre Majesté, dit Dougal. J'espère que vous avez fait bon voyage. Nous ignorions que vous veniez.

— *Aye*, répondit Robert Bruce. Mais le message envoyé par votre fils était très important. Nous devons agir. Où est Owen ?

Owen s'avança.

— *Aye*, Votre Majesté, je suis ici.

Grand, puissant, avec le cou d'un guerrier chevronné, d'énormes épaules et bras, le roi affichait un air intensément grave. Owen n'avait jamais parlé directement au roi, et sa peau le gratta sous son regard pénétrant. Et s'il se trompait ? Et s'il mettait le destin de son roi et de l'Écosse en danger ?

— Venez, dit Robert Bruce. Nous devons converser dans un endroit calme et décider quoi faire.

— Dans la grande salle ? demanda Neil à Dougal.

— *Aye*, bien sûr. Owen, veillez à ce que seuls ceux censés être là entrent, et personne d'autre. Craig, Domhnall, venez.

Owen serra les dents. Il n'était même pas convié ?

— Père, dit doucement Craig tandis que l'oncle Neil emmenait le roi à la grande salle. Owen devrait être là. C'est lui qui a entendu la nouvelle.

Dougal considéra longuement Owen et secoua la tête.

— *Aye*. Il n'y a plus de retour en arrière possible, de toute façon.

Owen était sur le point de leur emboîter le pas quand Amber

lui attrapa le bras et l'arrêta. Sa délicieuse odeur atteignit ses narines, et ses lèvres pulpeuses étaient proches de lui.

— Ne faiblissez pas, Owen. Ne les laissez pas vous intimider. Vous pouvez le faire.

Même s'il gardait ses distances depuis plusieurs jours, elle ne lui en voulait pas et le soutenait toujours. La gratitude envahit ses membres en picotements chaleureux. Puis il eut une idée.

— Venez avec moi. Vous venez du futur. Vous aurez peut-être de bonnes idées.

— Moi ?

— *Aye*. Je vous en prie. Amy a aidé Craig avec ses talents du futur pour trouver les gens. Elle fait bouillir le lait, l'eau et le linge ; elle nous dit que cela tue des maladies invisibles. On dirait de la sorcellerie à mes yeux, mais cela fonctionne. Vous êtes une guerrière du futur. Vous saurez peut-être quelque chose que nous ignorons.

Amber darda un regard noir sur lui.

— Vous n'avez pas dit que je vous distrayais ?

La culpabilité le pinça.

— J'essayerai de me maîtriser, dit-il, les dents serrées. Si vous pouvez nous aider, c'est plus important.

Elle tapa nerveusement des pieds et soutint son regard alors qu'elle réfléchissait.

— OK. Allons-y.

— *Aye*.

Ils se rendirent dans la grande salle. Elle était en train d'être vidée pour la discussion. Robert Bruce avait confié à ses hommes la garde de l'entrée et ils empêchèrent Owen et Amber d'aller plus loin.

— Le roi veut que je sois présent, déclara Owen.

— Ce n'est point vous, le problème. Elle ne peut pas entrer.

Amber recula d'un pas.

— Sérieusement, Owen, je ne pense pas que je doive être là.

— Que nenni, vous devez être là. Elle est avec moi. C'est une célèbre commandante militaire du califat.

Les gardes échangèrent un regard, mais l'un d'eux secoua la tête.

— Robert Bruce sera courroucé, dit Owen.

— Je n'ai rien entendu à propos de quelqu'un venant du califat.

Craig apparut à la porte.

— Qu'est-ce qui prend si longtemps, Owen ? Le roi demande à vous voir.

— Ces bonshommes ne veulent pas laisser Amber entrer.

Craig fronça les sourcils, visiblement déconcerté.

— Amber ? Pourquoi devrait-elle...

— *Aye*, c'est une illustre commandante militaire du califat. Et le roi apprécierait grandement son conseil.

Le pli disparut du front de Craig.

— Oh, *aye*. Laissez-la entrer. Le roi veut qu'elle soit présente.

Le garde soupira et s'effaça pour laisser passer Owen et Amber.

Des hommes étaient debout autour d'une table ; les bancs avaient été écartés. Le roi en personne, l'oncle Neil, Dougal, Craig, James Douglas, Édouard, le frère de Robert Bruce, et plusieurs autres étaient là. Tant de pouvoir émanait d'eux que la grande salle semblait vibrer.

— Owen Cambel, dit Robert Bruce en levant la tête. Enfin ! Pourquoi cette femme est-elle ici ? demanda-t-il en regardant Amber, les sourcils froncés.

— Dame Amber est un mercenaire itinérant du califat, répondit Owen. Elle a été engagée par Kenneth Mackenzie.

— Du califat ? répéta Robert Bruce, son regard se faisant plus perçant. Les femmes ne restent-elles pas dans les harems pour faire des enfants, là-bas ? C'est ce que j'ai ouï dire.

Amber releva le menton.

— Pas toutes. Les plus fortes bâtissent leur propre vie. Du moins, c'est ce que je leur souhaite.

Sa femme forte. Cependant, Robert Bruce la croirait-il ?

— Pourquoi êtes-vous ici ? demanda le roi. Une femme n'a pas sa place à mon conseil militaire.

Si la colère du roi tombait sur Amber, ce serait la faute d'Owen. Il devait la protéger.

— Je crois que ses connaissances uniques du califat pourraient nous être bénéfiques. Je l'ai vue se battre et elle possède des talents militaires qui m'étaient inconnus. Elle est un atout, Votre Majesté.

Robert Bruce le considéra, puis Amber.

— C'est des plus inhabituel, mais ces temps-ci sont inhabituels. Je le permettrai. Mais sachez que si je soupçonne quoi que ce soit d'étrange, vous serez retenue prisonnière, dame Amber.

Owen refoula une violente envie de protéger Amber des paroles du roi. Une autre menace d'emprisonnement... Ce devait être difficile pour elle.

— Dites-moi ce qui s'est passé, Owen. Comment avez-vous ouï ces informations à propos des MacDougall et de l'embuscade ?

Owen s'approcha de la table, sentant les yeux de chaque homme sur lui. Le regard de son père était particulièrement pesant. Owen le sentait sur sa peau. Mais il ne s'inquiétait pas pour son père en cet instant. Il s'arrêta devant la table et regarda le roi dans les yeux. Ils étaient sombres et perçants, les yeux d'un homme qui savait ce qu'il voulait et qui en attendait beaucoup de lui-même et des hommes qui l'entouraient.

Un homme qui s'était fait roi.

Il ne pardonnerait pas une faiblesse ou une erreur.

— Lorsque de Bourgh a pris Inverlochy, il m'a fait prisonnier.

Il lança un regard à Amber, qui était derrière lui. Robert Bruce les étudiait tous les deux.

— Amber aussi. De Bourgh l'a torturée pour essayer de découvrir quoi que ce soit qui pourrait vous compromettre ou compromettre la campagne. Et lorsque ce fut mon tour d'être interrogé, John MacDougall est arrivé.

Le regard de Robert Bruce transperça Owen.

— *Aye*, et ?

Owen serra les poings au souvenir de la rage qui avait grondé en lui.

— Nous avons parlé. Comme vous le savez, nos clans ont déjà eu affaire l'un à l'autre par le passé.

Robert Bruce secoua brièvement la tête.

— Le mien et le sien aussi.

— *Aye*. Il m'a frappé jusqu'à ce que je perde connaissance. Lorsque je me suis réveillé, de Bourgh et MacDougall ignoraient que j'écoutais et ils ont discuté de leurs desseins. Votre traité de paix avec MacDougall prendra fin dans une semaine. Il sait que vous viendrez l'affronter, car il dirige le dernier clan d'Écosse puissant à être contre vous. Et il sait qu'il vous faudra emprunter la passe de Brander pour rejoindre ses terres.

— *Aye*.

— Il veut répéter la bataille de Dalrigh. Il vous tendra une embuscade là-bas.

Robert Bruce le fixa longuement, et Owen se sentit cloué sur place. L'attente de la réponse du roi était comme du fer froid solidifiant la moelle de ses os. Serait-ce la honte ou la victoire ? Perdrait-il tout à cause de cela ? Déshonorerait-il sa famille devant un autre roi ?

— Et vous en êtes certain ?

Owen redevint capable de parler.

— *Aye*, Votre Majesté. Je l'ai ouï de mes propres oreilles. Vous savez que je n'ai aucune raison de vous mentir ou de vous tromper, et je jure que c'est la vérité.

Robert Bruce regarda Dougal.

— Vous semblez dubitatif. Dites-moi ce que vous pensez.

Owen regarda son père dans les yeux. Ses traits se durcirent et sa bouche se tordit en une grimace amère. Si son père s'élevait contre lui, Owen serait fini. Sa poitrine se contracta si fort qu'il arrêta de respirer. Une goutte de sueur descendit le long de son échine.

Dougal soupira et regarda le roi.

— Si mon fils dit que c'est la vérité, déclara-t-il, avant de tapoter du pouce sur la table, c'est la vérité. Le clan Cambel vous a toujours été loyal. Et nous le serons toujours.

Le soulagement envahit Owen, et un énorme poids lui fut retiré. Son père lui fit un signe de tête presque imperceptible. Qu'il croie Owen ou non, il était de son côté devant le roi, et c'était cela qui comptait. De la chaleur se répandit en lui, et respirer devint plus facile.

— Je soutiens les dires de mon frère et de mon neveu, Votre Majesté, ajouta l'oncle Neil.

La gorge d'Owen se noua. Si le chef de clan donnait sa parole, le clan entier le soutenait.

Robert Bruce fit un signe de tête raide.

— *Aye*. Maintenant, à propos de la passe de Brander. L'un d'entre vous la connaît-il ?

— *Aye*, répondit Owen. J'y suis passé moult fois en allant et revenant de chez les MacDougall quand je vivais là-bas.

Le roi opina du chef.

— Bien. Maintenant, dites-moi comment vous pensez qu'ils nous attaqueront et ce que nous pouvons faire pour y parer.

CHAPITRE 24

AMBER SENTIT le soulagement d'Owen dans ses os. Les épaules et le visage d'Owen se détendirent, et elle savait à quel point il devait être reconnaissant que sa famille le soutienne. Elle aurait voulu la même chose. Que ses frères la soutiennent dans les moments difficiles, mais elle doutait que cela se produise un jour.

Sa tante Christel était la seule vers qui elle avait pu se tourner, mais malheureusement, elle avait mis des membres de sa famille innocents en danger en cachant une criminelle. La police avait-elle interrogé sa tante et son cousin ? La police avait-elle porté plainte ? Bon sang, elle espérait que non.

Elle était fière qu'Owen se soit imposé et soit resté campé sur ses positions. Robert Bruce était intimidant, et elle imaginait qu'il devait être effrayant pour ceux qui n'étaient pas de son côté. Mais Owen n'avait pas faibli. Il s'était défendu et avait tenu parole.

Une chose qu'elle n'avait pas faite. Une chose qu'elle n'aurait jamais le courage de faire à son époque. Elle s'imagina se défendant, elle aussi. Restant campée sur ses positions, engageant un avocat, affrontant Jackson.

Mais ce serait inutile. Elle perdrait. Il n'y avait rien qu'elle puisse faire pour se défendre. Toutes les preuves étaient contre elle. Tant de personnes avaient été témoins de sa dispute avec Bryan au bar. Bryan ne lui avait rien donné pour prouver que Jackson faisait du trafic de drogue, seulement ce nom : Aman Safar. Alors, même si elle pouvait l'accuser sans preuve du meurtre de Bryan, elle ne pouvait pas prouver qu'il avait un mobile.

Et elle avait fui les autorités, ce qui donnait encore plus l'impression qu'elle était coupable.

Owen prit de la suie dans la cheminée éteinte et la versa sur la table.

— La passe de Brander est étroite et dangereuse, déclara-t-il en traçant une ligne dans la suie avec son doigt. Elle ne fait que quelques toises de large. Sur la droite, elle borde le flanc escarpé de la montagne Ben Cruachan.

Il passa une main sur le petit tas de suie et forma une sorte de cône large à côté de la ligne qu'il avait tracée.

— Et à gauche, elle donne sur les eaux du loch Awe, continua Owen, dessinant des vagues de l'autre côté de la ligne.

Robert Bruce gratta son menton barbu.

— Il n'y point de meilleur endroit pour une embuscade.

— *Aye*, répondit Owen en traçant une ligne en travers de la première. MacDougall bloquera le passage et aura des hommes sur la droite de la passe.

Il tapota ensuite plusieurs fois le tas de suie représentant Ben Cruachan.

— Ici, sur le flanc de la montagne, il aura des hommes qui pousseront des pierres et des rochers sur vos gens en contrebas.

Neil Cambel posa ses mains sur la table et se pencha sur le dessin.

— C'est exactement comme à Dalrigh.

— Je n'étais point à Dalrigh, dit Domhnall. Que s'est-il passé ?

Les yeux de Robert Bruce s'assombrirent, ainsi que ceux de la plupart des hommes autour de la table. Owen se frotta l'épaule.

— C'était il y a deux ans, répondit le roi. Après la bataille de

Methven, quand les Anglais nous ont anéantis. Nous avons fui vers l'ouest, avec seulement cinq cents hommes et femmes. Les MacDougall ont bloqué le passage devant nous et nous n'avions pas d'autres choix que de nous battre. Ils étaient mille, tous des guerriers entraînés. Nous avions les restes de mon armée épuisée, des femmes, des personnes âgées et des enfants.

Amber déglutit difficilement tandis que des images de sang, de chair transpercée et de gens en train de mourir envahissaient son esprit. Elle avait vu son lot de corps déchiquetés et de sol trempé de sang. La guerre, c'était la guerre.

Elle étudia le visage affligé de Robert Bruce, ses yeux sombres emplis de regret et de douleur. Décevrait-il son peuple, ces highlanders qui avaient tout risqué pour leur roi ?

— Comme vous le voyez, nous nous sommes échappés, continua-t-il. Votre oncle, votre père et vos frères aussi. James Douglas et Gilbert de la Haye ont été blessés, parmi d'autres, et nous les avons embarqués sur des bateaux pour qu'ils s'échappent. Puis nous avons connu le pire hiver de ma vie, cachés dans les îles, croyant que la guerre était finie.

— Elle n'est pas finie, dit Owen en tapant du poing sur la table. Elle est loin d'être finie. Nous savons ce qu'ils projettent. Nous pouvons riposter.

— *Aye*, répondirent les hommes.

— Et nous pouvons en finir avec les MacDougall pour toujours, déclara Craig, regardant Owen dans les yeux. Je sais qui d'autre aimerait prendre part à cette bataille.

— Ian, dirent-ils tous les deux.

— *Aye*, Ian, acquiesça Dougal.

— C'est mon neveu que les MacDougall ont vendu comme esclave au califat, expliqua Neil à Robert Bruce.

— *Aye*, répondit le roi. Tous les Cambel peuvent venir se battre contre notre ennemi commun.

— Alors, que voulez-vous faire, Votre Majesté ? demanda Owen.

Le roi soupira et étudia pensivement le dessin.

— La pente est-elle très raide ?

— *Aye*, répondit Owen. Il existe quelques endroits où l'on peut grimper. Je les connais.

— *Aye*. Bien. Nous devons tirer profit de ces connaissances. La plus grande menace, bien sûr, ce sera les hommes cachés sur le flanc de la montagne. Owen, vous avez bonne connaissance de ce terrain. Que suggérez-vous ?

Amber se mordit la lèvre, nerveuse pour Owen. C'était le moment où il brillerait ou échouerait.

— Je suggère que vous empruntiez la passe comme si vous ignoriez qu'ils vous tendent une embuscade. Cela aveuglera les MacDougall et leur fera croire que leur dessein fonctionne. Pendant ce temps, envoyez des hommes attaquer les ennemis qui vous attendront sur le flanc de la montagne, peut-être par le côté.

— *Aye*, répondit Robert Bruce. C'est ce que nous ferons.

Amber se remémora une situation similaire en Afghanistan. Ils étaient arrivés dans une ville avec six Humvees. Ils avaient tourné à un angle et avaient découvert une rue barricadée avec de vieilles voitures et des débris. Des balles et des grenades avaient plu sur eux depuis le dessus et l'arrière.

Sans l'autre unité arrivée par l'est et le soutien aérien, ils n'auraient pas survécu.

Ils étaient parvenus à abattre les snipers depuis les airs. Robert Bruce ne pouvait évidemment pas se servir d'hélicoptères, mais ses hommes pouvaient grimper encore plus haut et tendre une embuscade aux embusqués.

— Il y a autre chose que vous pouvez faire, dit-elle.

Tout le monde la regarda et elle se mordit la langue, regrettant immédiatement son interruption.

— Restez à votre place, femme ! aboya Dougal.

Des hommes rirent.

— Laissez-la parler, père, dit Owen. Avec votre permission, Votre Majesté.

Robert Bruce darda ses yeux perçants sur Amber, et elle

recula. Que savait-elle sur les tactiques médiévales et le terrain écossais ?

Robert Bruce secoua la tête.

— Nous n'avons point le temps d'écouter l'opinion d'une femme. Nous avons permis votre présence par politesse envers Owen Cambel. Rien de plus, déclara-t-il, avant de se tourner vers les hommes. Bon, je pense que nos chevaliers devraient attaquer les hommes qui bloquent le chemin. Et les highlanders...

— Veuillez m'excuser, Votre Majesté, mais vous devriez écouter ce qu'a à dire Amber, dit Owen.

Robert Bruce lui lança un regard assassin.

— Owen, vous savez que je respecte votre opinion, mais pourquoi devrais-je accorder ma confiance à une femme ?

— Si vous avez confiance en mes informations, vous devez lui faire confiance.

— Owen..., commença Dougal.

— Je vous en supplie, écoutez-la avant de prendre votre décision, insista Owen. Elle possède une grande expérience militaire. Vous *devez* lui donner l'occasion de parler.

Robert Bruce considéra longuement Owen. De nouveaux mondes durent naître, vivre et mourir avant que le roi ne parle à nouveau.

— Fort bien, dit-il, se tournant vers Amber, qui était toujours clouée sur place. Parlez. Vite.

Tous les hommes dardèrent un regard noir, lourd et évaluateur sur elle. Bon sang ! Elle pourrait se tromper, et que se passerait-il ? Condamnerait-elle la bataille et toute la guerre ?

Les jambes tremblantes et le dos droit, elle s'approcha de la table. Elle donnerait les meilleurs conseils possibles et les laisserait décider si c'était une bonne idée.

— Vous devriez tendre votre propre embuscade.

Elle se pencha sur le dessin d'Owen et traça une ligne à deux centimètres des points qu'il avait faits sur le flanc de la montagne.

— Positionnez une ligne d'archers ici. Autant que possible, et laissez-les attaquer ces hommes par-derrière et par le dessus. En même temps, envoyez vos highlanders les attaquer par le côté, comme l'a suggéré Owen.

Owen hocha la tête, le visage rayonnant de fierté. Robert Bruce posa les mains sur la table et étudia le dessin de plus près.

— La menace principale sera trop occupée à se battre sur deux fronts. Et les chevaliers en finiront avec ceux qui bloquent la passe.

Il regarda de nouveau Amber, de la surprise et une pointe de respect dans les yeux.

— *Aye*. Cela fonctionnera, dit-il, avant de se tourner vers un bel homme aux longs cheveux foncés et à la barbe la plus longue de la pièce. Douglas, vos hommes seront sur le flanc de la montagne. Vous savez vous mouvoir aussi silencieusement qu'un chat.

Il regarda ensuite Owen.

— Comme vous connaissez ces terres, je veux que vous meniez les highlanders qui attaqueront par le côté, déclara-t-il en désignant les points.

Owen bomba le torse. Amber pensa qu'il avait arrêté de respirer. Un sourire menaça de se dessiner sur les lèvres d'Owen, mais il pinça les lèvres et un éclair illumina son regard.

Robert Bruce regarda Neil Cambel dans les yeux.

— Je dirigerai les chevaliers.

Owen serra la main d'Amber sous la table. Elle lui rendit son geste et entrelaça ses doigts aux siens. Leurs mains jointes envoyèrent une décharge électrique en elle, un mélange bizarre de désir et de confiance. Son corps entier se détendit à ce contact, de la chaleur et une douce et discrète vibration l'envahissant. C'était comme si toutes les fibres de son être avaient pris vie.

Robert Bruce la considéra.

— Je veux que vous vous battiez avec nous.

Pouvait-elle servir un autre chef qui pourrait si facilement l'utiliser dans ses manipulations ? Un homme qui avait les pleins pouvoirs ? Elle ne pouvait pas le refaire.

— Non.

L'air s'épaissit. Tous les hommes la fixèrent avec incrédulité. Les yeux de Robert Bruce se firent aussi perçants et dangereux que ceux d'un serpent.

Mais le pire, ce fut la réaction d'Owen. Il était bouche bée et la regardait avec l'expression de quelqu'un qui venait d'être trahi.

CHAPITRE 25

OWEN SENTIT ses narines se dilater. Amber avait la tête haute, le dos droit, et l'air impassible sous les regards lourds d'une dizaine de guerriers chevronnés. Comment pouvait-elle refuser quand son peuple avait si manifestement besoin d'elle, quand le roi en personne lui demandait de se joindre à eux ? Si Owen voulait réussir en tant que meneur, il avait besoin d'avoir les meilleurs à ses côtés.

— Non ? demanda le roi, la voix basse chargée du calme inquiet de l'air avant la tempête.

Aussi énervé qu'il soit contre elle, Owen se rendit compte qu'Amber était peut-être en danger, et toutes les fibres de son être voulurent la protéger. Il se positionna entre Robert Bruce et Amber.

Robert Bruce était un bon dirigeant, un guerrier fort, et le roi pour lequel Owen était prêt à mourir. Mais Amber ne devait pas s'y tromper. Il était impitoyable. Il était puissant. Il pouvait aussi être cruel.

Après tout, il avait assassiné son opposant, John Comyn le Rouge, dans une église et s'était proclamé roi. Il avait pillé et brûlé toutes les terres Comyn à l'est. C'était un homme qui ne faisait preuve d'aucune pitié envers ses ennemis.

Owen espérait qu'Amber n'en deviendrait pas une. Et qu'il n'aurait pas besoin de choisir entre la femme qu'il aimait et son roi.

— Non, répéta-t-elle.

Pardieu...

Du coin de l'œil, Owen vit le visage de son père se crisper et devenir aussi dur que la pierre. Les yeux de l'oncle Neil gonflèrent, allant et venant entre Amber et le roi. Le reste des hommes restèrent figés comme des statues. Seul Craig bougea ; il secoua la tête.

— Vous savez vous battre, *aye* ? dit Robert Bruce, la voix toujours basse. Vous êtes un mercenaire et vous vous êtes battue pour Mackenzie, *aye* ? Et si vous vous êtes battue pour Mackenzie à Inverlochy, vous vous êtes battue pour moi.

Amber hocha la tête, déglutissant.

— Dois-je comprendre que vous n'honorez point votre engagement ? Comment puis-je savoir que vous n'êtes pas un espion envoyé par mes ennemis ?

— Amber n'est pas un espion, dit Owen.

Robert Bruce le regarda comme s'il était une mouche bruyante.

— Répondez-moi, jeune femme, ordonna le roi, ses narines se dilatant.

— Si vous me l'aviez demandé il y a un mois, j'aurais accepté, répondit Amber, sa voix résonnant dans la grande salle silencieuse. Mais pas parce que j'en avais envie. Parce que j'aurais eu peur de vous, de votre autorité, de votre pouvoir. Je me suis faite toute petite et j'ai obéi aux ordres de mes commandants toute ma vie. Mon père. Mes frères. Mes supérieurs dans l'armée. Mais ces mêmes supérieurs en qui j'avais confiance et pour qui je me suis battue m'ont trahie.

Elle inspira vivement.

— Je ne permettrai donc à plus personne d'influer sur mon destin. Vous vous battez pour l'indépendance de l'Écosse, Votre

Majesté. Je me battrai uniquement pour la mienne. Ce n'est pas ma guerre. Et vous n'êtes pas mon roi. Je n'ai pas de roi.

Robert Bruce la considéra longuement. La pièce était si silencieuse qu'Owen imagina pouvoir entendre des souris gratter dans les coins.

Le roi croisa les bras.

— Pourquoi avez-vous accepté de servir Mackenzie à Inverlochy ?

L'épaule d'Amber tressaillit.

— J'avais besoin d'être protégée contre ceux qui me pourchassaient.

— Qui vous pourchassait ? demanda Robert Bruce, un pli lui barrant le front.

Owen le regretterait peut-être, mais il ne pouvait pas laisser Amber en péril, se battre seule. Même si cela pourrait lui coûter les bonnes grâces de son roi.

— Les Anglais, dit Owen.

Robert Bruce haussa un sourcil, son regard pesant comme un rocher sur Owen.

— Les Anglais sont vos ennemis ? demanda-t-il à Amber.

— *Aye*, répondit Owen pour elle.

Amber hocha la tête. C'était au moins partiellement vrai, après ce que de Bourgh lui avait fait.

— Si les Anglais sont vos ennemis, vous joindrez-vous à moi contre eux ? demanda le roi avant de laisser échapper un petit rire, la bouche de travers. Même si je ne suis point votre roi ?

Elle secoua la tête.

— Veuillez m'excuser, Votre Majesté, mais non. Je me suis battue contre assez d'ennemis. J'en ai assez de me battre.

Robert Bruce hocha une fois la tête, les lèvres pincées dans sa barbe.

— Je ne suis guère habitué au fait d'être rejeté trois fois, madame. Cependant, c'est votre droit et j'apprécie l'honnêteté. Il faut du courage pour dire « non » à un roi, et vous n'en manquez point. Je suivrai vos précieux conseils et vous laisserai partir. Mais si vous ne montrez pas votre loyauté en vous battant à mes côtés, vous devez quitter ce conseil immédiatement.

Amber lâcha la main d'Owen.

— Bien sûr.

Elle regarda Owen dans les yeux, et son ventre se noua d'admiration. Ce fut seulement bref, mais il eut l'impression que cela dura une éternité. C'était comme si Amber et lui étaient les deux dernières personnes au monde, qu'il n'y avait pas d'hier ni de demain. Pas d'ennemis, personne pour les juger, personne à qui répondre. Elle n'était pas une distraction. Elle était la seule chose à avoir du sens.

Lorsqu'elle sortit, elle laissa sa poitrine vide et ouverte.

Oh, il était en fort mauvaise posture !

— Owen ! Owen !

Il entendit une voix l'appeler et se concentra sur les hommes autour de la table, Amber toujours dans la tête.

Robert Bruce, Neil, Douglas et tout le reste le fixaient, attendant. Il remarqua seulement maintenant que son père était venu se tenir à côté de lui.

— Qu'y a-t-il ? demanda Owen.

Robert Bruce haussa les sourcils, le regard agacé.

— Y a-t-il une route permettant de monter sur le flanc de la montagne ?

Owen se racla la gorge. Il devait chasser ses sentiments pour Amber et se concentrer sur ce qu'il avait à faire. Si seulement c'était aussi simple.

— Mon fils, lui murmura Dougal à l'oreille, vous devez vous concentrer. Vous dirigerez un tiers de l'armée de Robert Bruce durant cette bataille. Vous ne pouvez laisser une jeune femme vous distraire cette fois.

Owen opina de la tête. Pour la première fois de sa vie, il était entièrement d'accord avec son père.

— *Aye*, répondit-il à Dougal.

Il se pencha ensuite sur le dessin sur la table et traça un fin chemin tortueux qui montait sur le côté droit de la montagne.

— Ici.

Alors que la ligne se rapprochait des points représentant les MacDougall, il se rendit compte que tout ce qu'il avait toujours voulu s'était enfin produit. On lui confiait une grande responsabilité. Il dirigerait des hommes. Il pouvait enfin rendre son clan fier.

Il ne pouvait pas laisser son amour pour Amber interférer.

CHAPITRE 26

OWEN ÉTAIT ASSIS dans la cour et contemplait les flammes du feu de camp, perdu dans ses pensées. Il aimait entendre le murmure des voix autour de lui. De nombreux feux de camp brûlaient dans la cour, et des guerriers mangeaient et buvaient.

Craig était là, ainsi que plusieurs autres hommes, dont deux frères Mackenzie, des cousins de Kenneth. La culpabilité noua le ventre d'Owen : il était responsable de sa mort.— Je suis désolé pour la mort de votre cousin, dit-il.

— Ce n'est pas votre faute, Cambel, répondit Angus, manifestement l'aîné, qui avait les cheveux et les yeux noirs. C'est la guerre. Les gens meurent.

Raghnall, le cadet, qui avait les mêmes cheveux couleur corbeau, mais qui était plus grand et plus mince, soupira. Son nez était crochu et il avait une cicatrice à l'un de ses sourcils. Il ressemblait à quelqu'un qui avait connu son lot de combats.

— *Aye*. Nous mourrons tous, déclara-t-il, levant sa coupe d'*uisge*. Alors, autant savourer les joies de la vie tant que nous le pouvons.

Il avala le contenu de sa coupe et grogna.

— Je ne suis guère surpris de vous ouïr dire une telle chose, mon frère, dit Angus. Point d'épouse, point d'enfants, et point de terres.

Raghnall lui lança un regard noir.

— Point de terres ? Je ne suis plus un Mackenzie, *aye* ?

Craig fronça les sourcils.

— N'êtes-vous pas frères ?

Angus et Raghnall échangèrent un regard lourd.

— Notre père m'a déshérité, expliqua Raghnall. Il a dit que je ne devrais point prendre la peine de retourner sur les terres Mackenzie ni de me considérer comme faisant partie du clan.

Un poids glacial pesa dans les entrailles d'Owen. Serait-ce son destin s'il échouait ? Et s'ils se rendaient à la passe de Brander le lendemain et qu'aucun ennemi n'arrivait ? Et si un autre piège les attendait ?

— Père a péri, dit Raghnall. Notre frère est chef de clan à présent. Et je rentrerai après cette bataille. Il pourrait revenir sur la décision de notre père et me laisser revenir.

— Qu'avez-vous fait pour que votre père vous déshérite ? demanda Owen.

Angus contempla les flammes. Les deux n'étaient même pas assis l'un à côté de l'autre, et Owen se demanda si les Mackenzie étaient aussi proches que les frères Cambel.

— Moult choses que je regrette, répondit Raghnall.

Angus haussa les sourcils.

— Vous les regrettez ? s'étonna-t-il, sa voix faisant penser au tonnerre.

Raghnall haussa les épaules.

— Je vis en solitaire, sans foyer depuis des années. Tout ce que je désire, c'est un lit chaud et du ragoût fumant tous les soirs. Il est temps de vivre à nouveau comme un homme.

Le visage d'Angus s'assombrit. Il se pencha en avant et appuya ses coudes sur ses genoux, les muscles de ses larges épaules gonflant sous sa tunique. Pour rien au monde, Owen n'oserait l'énerver. Ses yeux gris étaient tels des nuages noirs avant que l'orage n'éclate. L'espace d'un instant, Owen y vit une douleur infinie, la douleur dont parlent les chansons les plus tristes.

— Le lit chaud est froid lorsque l'on s'y couche seul, et le ragoût fumant n'a pas de goût si ce n'est point la femme que l'on aime qui l'a préparé.

Sa voix se brisa sur le mot « femme ».

Un petit rire échappa à Raghnall.

— Je sais que vous ne voulez point vous marier, mais croyez-moi, mon frère, n'importe quels lit et ragoût valent mieux que ne pas en avoir.

Le silence pesa autour du feu. Angus prit un bâton et piqua les bûches en train de brûler, faisant s'envoler des étincelles.

— Vous ne voulez point vous marier ? demanda Craig.

— Seulement si je le dois pour protéger mon clan, répondit Angus.

Raghnall fouilla dans ses affaires et sortit un luth. Il effleura une fois les cordes, produisant un joli son triste.

— Vous avez protégé votre clan toute votre vie, dit-il. Vous vous sentez manifestement seul. Ne souhaitez-vous pas trouver quelqu'un que vous aimerez ?

Angus le foudroya du regard.

— Peu importe. Pourquoi ne vous mariez-vous point si vous voulez un lit chaud ?

Raghnall éclata de rire et joua un air joyeux.

— Un homme n'a pas besoin d'épouse pour avoir un lit chaud. *Aye*, Owen ? dit-il avec un clin d'œil.

Owen détourna le regard. Il n'arrivait pas à imaginer qui que ce soit dans son lit à part une belle femme du futur.

Craig arqua un sourcil.

— J'imagine que par le passé, il aurait été d'accord. Maintenant, j'en doute.

— Taisez-vous, grogna Owen.

Les quelques accords occasionnels joués par Raghnall se transformèrent en mélodie, et il se mit à chanter.

« Ô chemin devant moi, apporte-moi des vents favorables,

Ô grande mer bleue, je t'en prie, soit douce,
Emmène-moi, las, malade et solitaire,
Emmène-moi à la jeune femme qui n'attend que moi... »

Sa voix était agréable et mélodieuse, et Owen était reconnaissant à cet homme d'apporter une distraction temporaire. Owen ne savait pas si Craig soupçonnait qu'il avait des sentiments pour Amber, mais il n'avait pas besoin qu'on lui fasse encore penser à elle quand il faisait tout ce qui était en son pouvoir pour rester concentré sur sa mission.

— Auriez-vous une coupe d'*uisge* ? demanda une voix familière.

Owen se tourna. Ian se tenait devant lui, aussi grand et imposant que dans ses souvenirs. Craig et Owen se levèrent pour l'étreindre sincèrement.

— Mon messager a été rapide, déclara Owen.

Il avait envoyé un garçon à Dundail pour demander à Ian de se joindre à la bataille.

— Je ne vous attendais point avant le matin.

Ian leva les yeux vers le ciel.

— Le matin sera là d'ici peu. Je me suis hâté, je ne voulais point rater cette chance.

— Comment vont vos blessures ? demanda Craig.

— Je vivrai. Si MacDougall est là, ce sera ma chance de me venger de ce qu'il m'a fait.

Les trois Cambel échangèrent un regard. Cette bataille comptait plus que tout pour le clan. Owen pouvait y arriver. Si seulement il arrivait à contrôler son cœur et sa verge, et à ne pas s'approcher de la première femme à l'avoir fait se sentir vivant.

CHAPITRE 27

Le lendemain...

Amber regardait la cour où Owen aboyait des instructions aux hommes en train de s'entraîner. Son expression affable et son demi-sourire facile avaient disparu, remplacés par le froncement de sourcils déterminés d'un homme qui savait ce qu'il voulait et qui allait l'obtenir. Son dos était plus droit et il paraissait plus imposant, comme s'il avait pris du muscle depuis qu'elle l'avait vu au conseil de Robert Bruce la veille.

La grâce de son corps restait inchangée ; la façon dont il maniait l'épée, dont il se baissait, s'élançait et évitait les coups comme un prédateur en chasse. Calme. Au contrôle. Mortellement dangereux.

Elle était soulagée que Robert Bruce l'ait laissée partir la veille. Le fait qu'elle se soit défendue devant l'homme le plus puissant d'Écosse montrait qu'elle avait changé, elle aussi. Owen l'avait tout de même soutenue et avait été prêt à se porter garant d'elle et à potentiellement perdre tout ce pour quoi il se battait, et cela lui avait changé la vie.

C'était magique.

Et cela l'avait touchée en plein cœur.

Le monde s'était arrêté. Il n'y avait plus que lui dans l'univers.

Ce brave highlander beau et fort avec le cœur le plus généreux et le corps le plus magnifique qu'elle ait jamais vus. L'homme qui l'avait soutenue plus de fois que quiconque dans sa vie au XXIe siècle.

De l'électricité dansait sur sa peau simplement parce qu'elle le regardait. Il avait plus de courage dans une goutte de son sang qu'elle dans son corps entier, même si elle avait passé plusieurs années à la guerre.

L'homme qu'elle aimait.

Oui, elle l'aimait. Cette pensée la frappa, et elle se figea alors qu'elle s'efforçait de l'assimiler. C'était comme si un petit soleil était né dans sa poitrine et baignait jusqu'à la moindre fibre de son être de chaleur et de lumière. Comme si elle avait passé sa vie dans l'obscurité et qu'elle voyait la lumière pour la première fois.

Elle avait enfin trouvé ce qui manquait dans sa vie.

Lui.

Tout son être criait qu'elle l'aimait.

Elle voulait le lui dire. Il devait le savoir. Elle voulait qu'il le sache.

Pour la première fois de sa vie, elle voulait être vulnérable, se confier, lui dire. Même s'il ne voudrait peut-être pas l'entendre. Amber marcha vers lui, déterminée. On ne l'arrêterait pas.

Elle le ferait écouter.

— Owen ! l'appela-t-elle en traversant la cour boueuse.

Des hommes la regardèrent. Des serviteurs la fixèrent. Seul Owen ne réagit pas.

— Owen !

Elle s'arrêta près de lui et le prit par le biceps, le faisant se tourner vers elle. La bouche pincée, il la fusilla du regard, ce qui lui noua l'estomac. Se trompait-elle complètement à son sujet ? Se trompait-elle en pensant qu'il avait des sentiments pour elle, lui aussi ?

Non, se rappela-t-elle. *Ne te laisse pas décourager. Contente-toi de lui dire ce que tu ressens.*

— Qu'y a-t-il ? demanda-t-il d'un ton agacé.

L'homme qu'il entraînait lança un regard curieux à Amber.

Mêle-toi de tes affaires, pensa-t-elle.

— Est-ce que je peux vous parler ?

Visiblement irrité, Owen se retourna vers son élève.

— Cela peut-il attendre, Amber ?

Elle creusait sa propre tombe. Mais elle ne pouvait pas s'arrêter.

— Non.

Sa main était toujours sur son bras ; ce contact était agréable, comme lécher une cuillère de chocolat presque fondu.

Le tonnerre gronda au loin. Le ciel s'assombrit. Une bourrasque froide joua avec les cheveux d'Owen. Ils étaient mouillés à cause de l'effort, mais pas d'une façon dégoûtante. D'une façon sexy, masculine, qui semblait l'inviter à se doucher avec lui. Elle mourait d'envie de glisser cette mèche derrière son oreille et de révéler ses beaux yeux de la couleur de la mousse au printemps.

— *Aye*, répondit-il, se tournant vers les hommes qu'il entraînait. Continuez jusqu'à ce qu'il pleuve.

Il retira doucement la main d'Amber de son biceps, ce qui lui noua le ventre.

C'est pas bon ! Oh là là ! Elle était mal barrée, hein ?

Il désigna le donjon de la main. Il était si froid, si distant, comme s'ils n'avaient pas frôlé la mort ensemble, comme s'ils ne s'étaient pas embrassés et confié les pires choses qui leur soient arrivées.

Elle avait un très mauvais pressentiment.

Ils traversèrent la cour pour rejoindre la tour. Au rez-de-chaussée, il y avait une réserve avec des caisses, des sacs et des tonneaux. La seule lumière provenait des trois torches sur les murs. Amber et Owen étaient face à face.

Deux inconnus.

Une bonne descendit l'escalier. Oh là là ! Amber allait-elle réellement lui dire ce qu'elle avait sur le cœur pendant que des gens se baladaient autour ?

— Est-ce qu'on peut parler en privé ? Dans votre chambre ?

— Ce ne serait point correct, Amber. Nous ne sommes pas mariés. Vous ne pouvez être seule avec moi dans une chambre à coucher.

Amber ricana.

— Premièrement, on a été dans des situations bien plus compromettantes. Il n'y a pas grand-chose que vous n'ayez pas vu, et pareil pour moi.

Les yeux d'Owen s'enflammèrent, et le muscle de sa mâchoire tressaillit. Enfin, une sorte de réaction !

— Deuxièmement, je me fiche de ma réputation. Je ne suis pas vierge, et je n'ai pas l'intention de me marier ou peu importe ce pour quoi vous protégez la réputation de vos femmes ici.

Owen afficha une expression d'une intensité qu'elle n'avait encore jamais vue.

— Je ne peux pas vous parler avec des gens autour comme ça. S'il vous plaît.

— *Aye*.

Ils montèrent les marches menant à la chambre d'Owen, où Amber dormait depuis leur arrivée au château. Lorsqu'ils entrèrent, le vent hurla et envoya un courant d'air froid par la fenêtre. La bourrasque ferma les volets. Le tonnerre gronda de nouveau, et l'éclair fut visible par les fentes des volets.

Owen parcourut la pièce du regard.

— Il fait sombre. Je vais allumer le feu.

Il s'approcha de la cheminée, y mit du bois et souffla sur les braises en train de mourir. Les mains d'Amber tremblaient. Comment pouvait-elle le lui dire ? Cela avait-il de l'importance ? Bon sang, y avait-il un moyen de lui avouer sans qu'il la rejette ?

— Owen ?

— Hmm ?

Il prit un tisonnier et bougea le bois. Des étincelles jaillirent des braises. Elles s'embrasèrent et les flammes se mirent à brûler vivement.

Sois courageuse. Sois forte.

— S'il vous plaît, regardez-moi.

Owen soupira et se tourna vers elle, mais il ne s'approcha pas.

Pouvait-elle le dire ? *Accouche !*

Son cœur tambourinait dans sa poitrine, et elle frotta ses paumes tremblantes et moites sur sa robe. Son corps était trempé de sueur.

— Je...

Elle fit un pas vers lui et le regarda dans les yeux. Son regard était si indifférent, comme s'il regardait un arbre.

— Je pense que j'aimerais fabriquer des horloges. J'en ai réparé une avec ma mère quand j'étais adolescente, et l'ingénierie m'a plu. Et ça me rend folle de ne pas savoir quelle heure il est. Alors, dès que je saurai que vous êtes sain et sauf après la bataille, je partirai. Je me ferai engager quelque part en tant qu'apprentie. Ensuite, on verra.

Il hocha la tête, son visage toujours figé en un masque de pierre. Seules les ombres de la tristesse apparurent dans ses yeux.

— Bien. C'est un métier utile, Amber. Je comprends que cela semble normal pour une femme du futur, mais j'ignore si un homme acceptera de prendre une femme pour apprentie. En outre, vous devrez aller dans une grande ville ou dans un monastère. Les horloges sont un trésor rare.

Ce serait une profession, quelque chose à faire au Moyen Âge, et pourtant, elle fuyait toujours les ombres de son passé. Elle avait affronté Robert Bruce la veille, et elle avait commencé à passer en revue différentes façons qui lui permettraient potentiellement d'affronter le monstre au XXIe siècle.

— Quand sera la bataille ? demanda-t-elle.

— Nous partons demain.

— Demain.

Sa gorge se serra. Un nouvel éclair frappa, le vent secoua les volets et le tonnerre se fit entendre au-dessus de leurs têtes.

Il pourrait mourir le lendemain...

Elle fit un autre pas vers lui et remarqua douloureusement

qu'il se tendait. Il aurait peut-être même reculé si la cheminée n'avait pas été juste derrière lui.

— Owen, je...

Contemplant l'abysse, le vent soufflant dans sa jupe, la mort partout dans les eaux qui déferlaient contre les rudes falaises noires, il n'y avait qu'un endroit dans cet océan où elle pouvait débarquer et être en sécurité.

Son ventre fit un bond, elle eut le souffle coupé, puis elle fit le grand saut.

— Je t'aime.

Les yeux d'Owen s'écarquillèrent et son visage se tordit en une grimace de désir et de douleur physique, comme si elle venait de le poignarder dans le ventre.

— Vous...

— Je t'aime. Je suis tombée amoureuse de toi.

Il prit une inspiration rapide et tremblante, ferma les yeux un long moment, puis il déglutit, sa pomme d'Adam bougeant.

— Jésus, Marie, Joseph..., marmonna-t-il avant de la regarder. Amber, je ne sais quoi dire.

— Tu pars pour la bataille demain, et je ne pouvais pas te laisser partir sans le savoir. Je suppose que je veux savoir ce que tu ressens pour moi.

Bon sang, c'était vraiment galère, cette déclaration. C'était censé être comme ça, une déclaration d'amour ? N'était-ce pas censé n'être que passion, larmes de joies, et baisers brûlants promettant une vie ensemble ?

Il resta silencieux, respirant lourdement et l'observant comme s'il était un lion et elle une antilope.

— Parce que si tu ressens la même chose pour moi, je ne partirai pas. J'aimerais rester.

Elle marqua une pause. N'allait-il vraiment rien dire ? La poitrine d'Owen se soulevait et s'abaissait rapidement, sa bouche était fermement pincée, et les tendons dans son cou étaient gonflés. On aurait dit qu'il faisait un AVC.

— Rester avec toi, je veux dire. Si tu veux, dit-elle, inspirant et expirant bruyamment. Dis quelque chose. J'ai l'impression d'être en train de mourir.

— Amber...

Sa voix était comme du papier de verre. Il secoua la tête.

— Je ne puis. Je dois me concentrer sur la bataille. Je dirigerai ces hommes demain. Leurs vies sont ma responsabilité. Je ne puis échouer.

Déconcertée, Amber fronça les sourcils.

— Qu'est-ce que ça a à voir avec ce que j'ai dit ? Je te demande juste ce que tu ressens...

Il combla la distance entre eux en trois grandes enjambées et la domina de sa hauteur. Un éclair illumina la pièce et la moitié de son visage. Ses yeux brûlaient, la dévorant, assombris par un mélange de désir ardent et de douleur.

Il prit son visage dans ses mains, et ce fut comme si la foudre l'avait frappée.

— Si vous voulez partir et fabriquer des horloges, vous devriez préparer vos affaires.

Ces mots la fouettèrent plus violemment que Jerold Baker.

— Il n'y a point d'avenir pour nous.

Le tonnerre gronda de nouveau, l'assourdissant. À moins que ses oreilles ne refusent de fonctionner pour ne pas l'entendre ?

— Je ne puis être avec vous.

Elle arrêta de respirer, le chagrin l'étouffant. Mais pourquoi tenait-il toujours son visage dans ses mains, pourquoi la regardait-il comme s'il voulait l'embrasser ? Pourquoi la torturait-il ?

Une bataille entre le désir et la retenue faisait rage derrière les yeux d'Owen. Puis, à sa grande surprise, il se pencha et l'embrassa. Ce n'était pas un baiser passionné. C'était un baiser empli de désespoir et de douceur. Il ne mit pas la langue, mais leurs lèvres fusionnèrent. Puis il s'arrêta, tomba à genoux et lui enlaça la taille. Il pressa son front contre son ventre et resta là, figé. Elle ne pouvait pas bouger, craignant de l'effrayer, de perdre cet étrange et inexplicable moment de tendresse.

La pluie frappa les volets. Un éclair aveugla Amber, et le tonnerre fit trembler la terre.

Owen se leva et la regarda.

— Ce baiser était un adieu, déclara-t-il, avant de lui faire un bref signe de tête. Bon voyage, Amber.

Puis il partit, emportant son cœur brisé avec lui.

CHAPITRE 28

ELLE L'AIMAIT ?

Elle l'aimait...

Elle l'aimait !

Ces mots résonnaient dans les oreilles d'Owen, plus forts que l'orage qui grondait dehors. La grande salle était remplie de guerriers ; Owen ne se rappelait pas l'avoir déjà vue si pleine. Le roi, ses chevaliers, et ses highlanders qui avaient pu rentrer s'y abritaient de la pluie. Le reste de l'armée campait dans les tentes près de l'enceinte du château et recevait autant de nourriture que les cuisiniers pouvaient en servir.

Owen fixa le bol de ragoût devant lui. Il le remua distraitement avec sa cuillère. Il n'avait pas faim du tout. Des dizaines de voix parlant, riant et chantant se faisaient entendre autour de lui.

Il dirigerait ces hommes le lendemain. Mais il n'arrivait à penser qu'à Amber.

Amber qui l'aimait.

Owen avait quitté sa chambre aussi vite que le pouvaient ses pieds.

Il s'était enfui. Il avait fui le bonheur. La femme qu'il aimait ; la femme la plus parfaite, belle et forte au monde.

La tête baissée, Owen tendit la main vers une coupe d'*uisge*.

Il s'était enfui afin de pouvoir rester concentré et remporter la bataille le lendemain.

Parce qu'il s'était comporté comme un idiot par le passé. S'était entiché de belles femmes. Guidé par sa verge excitée. Il avait choisi la facilité.

Il ne prenait rien au sérieux.

Il avait enfin obtenu ce qu'il voulait. Il menait des hommes contre les pires ennemis de son clan, les MacDougall, dans une bataille qui pourrait décider du destin de l'Écosse.

Une bataille durant laquelle il pourrait mourir.

Cela ne le dérangeait pas de mourir pour sa famille et pour ce en quoi il croyait. Mais pouvait-il mourir sans dire à Amber ce qu'il ressentait réellement ?

Pouvait-il mourir paisiblement après l'avoir tant blessée ? Il avait vu la douleur qu'il lui avait infligée en disant non. Il l'avait tant fait souffrir qu'il voulait se mettre un coup de poing dans le visage.

Mais c'était mieux ainsi, non ? Il avait promis qu'il ne se laisserait pas distraire, et il tenait parole.

Ce qu'il voulait le plus, c'était la prendre dans ses bras, l'allonger sur son lit et lui montrer à quel point il l'aimait. Il voulait lui crier : « Reste avec moi ! Épouse-moi ! Sois avec moi ! Sois mienne ! Pour toujours ! »

Au lieu de cela, il était assis dans la grande salle et faisait appel à toute sa volonté pour se retenir. Il se détestait de l'avoir blessée. Elle ne méritait pas la douleur qu'il lui avait infligée.

Il avait besoin de le lui dire. Il avait besoin de lui expliquer. Si elle partait bientôt et qu'il ne la revoyait jamais, il devait lui dire qu'il ne pouvait être avec personne.

Pas seulement elle.

Owen se leva du banc et sortit à la hâte dans la cour orageuse parfois illuminée par les éclairs. Le vent lui jeta une vague de pluie glaciale. Le tonnerre grondait au-dessus de sa tête tandis qu'il traversait en courant la cour boueuse en direction du donjon. Il monta les marches quatre à quatre. Il ouvrit la porte sans prendre la peine de frapper et s'immobilisa, pétrifié.

Amber avait la poitrine nue. Elle était penchée sur une bassine, figée avec une aiguière dans la main, de l'eau coulant toujours sur son bras. Sa peau brillait dans la lueur de la cheminée, marron doré contre le linge blanc.

Si douce, si attirante, si belle.

Sa verge durcit immédiatement et il se sentit attiré vers Amber comme si elle lui avait jeté un sort. Leurs regards se croisèrent. Ses douces lèvres pulpeuses s'entrouvrirent. Des flammes dansèrent dans ses yeux sombres.

Elle l'aimait. Il allait partir pour une bataille. Il devait lui expliquer pourquoi il ne pouvait pas être avec elle.

Seulement, il n'avait pas à trouver ne serait-ce qu'une raison.

Un éclair dehors le tira de sa torpeur. Il combla la distance qui les séparait et s'arrêta devant elle. Elle lâcha l'aiguière et de l'eau les éclaboussa tous les deux.

Il s'en fichait. Il contempla chaque détail de son beau visage. Ses longs cils, la fine cicatrice au-dessus de son sourcil, ses lèvres si pulpeuses et désirables ; il ne pensait pas avoir déjà vu quoi que ce soit de plus beau.

— Que Dieu me vienne en aide, murmura-t-il.

Oubliant tout, il passa ses mains dans les cheveux d'Amber et l'embrassa. Au moment où leurs lèvres se touchèrent, le tonnerre émit un grondement assourdissant. Le sang d'Owen s'embrasa. Amber laissa échapper un petit gémissement féminin, un mélange de surprise et de plaisir, l'enlaça et se pressa tout contre lui.

Il l'embrassa plus vigoureusement, s'apercevant seulement maintenant à quel point il avait besoin d'elle. À quel point elle avait manqué à son âme, à son corps et à son cœur.

Elle fondit contre lui et arqua le dos, passant une main dans ses cheveux derrière sa tête pour le rapprocher.

Il la désirait tellement qu'il était prêt à se battre contre le monde entier pour l'avoir. Sa bouche était délicieuse et licencieuse, répondant à ses baisers avec la même passion. Les mains d'Owen tremblaient et il avait du mal à respirer.

Il voulait la prendre comme un animal. La faire sienne. Il la souleva et la porta jusqu'à son lit. Il l'allongea avant de s'installer près d'elle.

L'observant à travers ses cils, elle demanda :

— Je croyais que tu n'étais pas l'homme pour moi ? Que tu ne pourrais jamais être...

— Que des mensonges ! Je ne pense qu'à toi. Je brûle pour toi. Je vis pour toi. Je ne vivais pas vraiment avant toi. Je commence seulement à vivre.

Il se mit à lui embrasser le cou, respirant l'odeur propre et féminine de sa peau. Il la mordilla et elle le récompensa avec un gémissement guttural qui l'embrasa.

Il descendit, ses lèvres effleurant sa peau parfaite et soyeuse. Lorsqu'il atteignit sa poitrine, il dut s'arrêter pour admirer ses mamelons foncés, ses beaux globes pleins et ronds. Il se pencha et mordit un téton.

— Oooh !

— Mes excuses, était-ce trop ?

— Non. Oh non ! Recommence.

Il s'exécuta, prenant le mamelon entier dans sa bouche et le suçant. Elle arqua le dos vers lui et ses yeux roulèrent dans leur orbite. Il posa une main sur son autre sein et tordit tendrement son téton entre ses doigts.

— Owen..., gémit-elle, le souffle court.

— *Aye*, ma douce.

— Ah...

Ce bruit guttural envoya une décharge de plaisir dans son aine. Il n'avait jamais rien entendu d'aussi beau et séduisant. Il voulait s'enfouir en elle. La toucher partout. Se dissoudre avec elle.

Se perdre en elle.

Amber était au paradis. Un grand bonheur croissait en elle. Elle avait l'impression d'être une créature sauvage, sans pensée pour la veille ni inquiétude pour le lendemain. Son corps était libre, suivait ses instincts.

Parce qu'elle faisait confiance à Owen.

Parce qu'elle ne craignait pas qu'il lui fasse du mal. Elle ne s'inquiétait pas qu'il s'excite trop et lui fasse mal si elle bougeait d'une façon qu'il ne fallait pas.

Elle le voulait. Partout. Sa bouche sur ses seins, sa peau contre sa peau, lui profondément enfoncé en elle. Elle se leva devant lui. Les yeux d'Owen s'emplirent d'admiration, et une agréable douleur enserra la poitrine d'Amber. Elle baissa son jupon de nuit.

— Dieu tout puissant, il n'existe point de femme plus belle que toi, murmura-t-il, des flammes dansant dans son regard sombre et intense.

Ses mots étaient telles des caresses sur sa peau.

— T'es pas mal non plus.

Elle le laissa la parcourir du regard ; pour la première fois de sa vie, elle voulait se montrer ainsi. Elle voulait qu'il la voie.

Elle remonta sur le lit et s'installa à califourchon sur Owen. Il se redressa et la prit dans ses bras. Elle grimaça lorsqu'il toucha ses cicatrices sensibles.

— Pardonne-moi, chuchota-t-il, déposant un baiser au-dessus de ses seins.

— Ce n'est rien, répondit-elle, avant de prendre son visage dans ses mains. Tes caresses me guérissent.

Ses yeux prirent la sombre intensité de la malachite.

— Personne ne m'avait encore jamais dit cela. Je ne suis qu'une source de problèmes.

— Pour moi, tu es une bénédiction.

Il l'embrassa tendrement, prenant son temps, comme si l'embrasser était son seul but dans la vie. Lorsqu'elle eut le souffle coupé, il mit fin au baiser et se reconcentra sur ses seins. Il suça son téton dur, envoyant une décharge de plaisir en elle. Il suça plus fort, avidement, prit son sein plus en bouche, et fit des merveilles avec sa langue autour de son mamelon.

Il se tourna ensuite vers son autre téton et le mordit très légèrement, lui tirant un gémissement guttural. Il glissa une main entre ses jambes et fit courir ses doigts sur sa féminité. Un tremblement de plaisir la traversa.

— Cela te procure-t-il du plaisir ? murmura-t-il.

— Oui…

Il émit un bruit satisfait masculin et glissa ses doigts entre ses lèvres. Il trouva son bourgeon gonflé et sensible, et se mit à le frotter tendrement, de haut en bas et en cercle. Amber haleta alors qu'une petite convulsion la traversait.

Il l'allongea délicatement sur le dos, puis se positionna entre ses cuisses et posa sa bouche sur son sexe. De la sueur perla sur la peau d'Amber. Un gémissement tremblant jaillit de sa bouche. Elle expira vivement lorsqu'il écarta ses lèvres et lécha entre elles. Les mouvements de sa langue la taquinaient, la rendaient folle. Elle enfonça ses doigts dans ses cheveux, mettant des coups de bassin en rythme avec les mouvements de sa bouche.

Il lui procura un plaisir fou et aveuglant, et fit des bruits comme si c'était lui qui était sur le point de jouir et non elle. Il enfonça un doigt en elle et le tourna, l'emmenant encore plus haut.

Un plaisir intense et formidable croissait en elle et, avec un grand gémissement, elle explosa et vola en éclats comme de la poussière d'étoiles. Une puissante convulsion, une éruption brûlante la contracta. L'orgasme déferla en elle en une vague ardente.

Owen remonta et s'allongea à côté d'elle, la prenant dans ses bras.

— Tu es si jolie quand tu jouis. Je n'avais encore jamais rien vu d'aussi beau que toi, dit-il d'une voix éraillée.

Le souffle court, Amber ouvrit les yeux et rencontra son regard. Son amour pour lui se déversait en elle, et elle se dit qu'elle n'avait jamais vu qui que ce soit d'aussi beau que lui. Il la contemplait avec une fierté masculine et un sentiment de possessivité. Il fit courir un doigt sur sa joue, dans son cou et vers son sein, le faisant doucement tourner autour de son mamelon. Ce délicieux plaisir fit durcir son téton. La sensation descendit immédiatement au creux de ses reins.

Amber se mordit la lèvre, surprise par sa réaction. Elle venait de jouir et, pourtant, elle était prête à remettre le couvert.

Oui, pensa-t-elle avec surprise, oui. Elle le désirait. Elle le voulait en elle, la pénétrant, la possédant, la faisant sienne.

Elle l'embrassa et fit glisser ses doigts sur son corps ferme, sur les poils rêches de son torse, sur ses abdos durs, puis sur son érection. Elle empoigna la base de sa verge, et il inspira vivement.

— Amber..., grogna-t-il, la voix chargée d'avertissement.

— Hmm.

Elle se mit à caresser sa longueur. Un grognement bas et animal jaillit des lèvres d'Owen.

— Seigneur, ces douces mains...

Il la regarda avec une faim insatiable.

— Je ne puis tenir bien plus longtemps, Amber..., dit-il d'une voix épaisse et rocailleuse. Je te désire... Acceptes-tu d'être mienne ?

Être sienne...

— Oui.

Il se mit à genoux et, à la vitesse de l'éclair, il la tira vers lui. C'était trop rapide. Trop fort. L'espace d'un instant, cela lui fit penser à Bryan.

— Non ! s'écria-t-elle en se redressant, la peur lui serrant le ventre. Pas trop brutalement.

— Amber, tu peux me faire confiance. Je ne te ferai jamais de mal.

C'était quelque chose qu'elle savait sans l'ombre d'un doute. Owen l'avait protégée farouchement et lui avait sauvé la vie à maintes reprises.

— Mais tu verras mes cicatrices... Elles sont laides et elles ne partiront jamais...

Il l'embrassa et pressa son front contre le sien.

— Il n'y a rien de laid chez toi. Tu es la femme la plus parfaite à avoir jamais existé.

— Mais...

— Je te veux. Avec tes cicatrices et tout le reste.

Il la tourna de façon qu'elle soit à quatre pattes, et se mit à embrasser ses cicatrices si tendrement que ce fut comme si des plumes fraîches caressaient sa peau brûlante. L'assaut d'émotions lui mit les larmes aux yeux. Owen tourna le visage d'Amber vers lui et l'embrassa sur la bouche. Elle glissa une main entre ses jambes et attrapa sa verge. Elle la dirigea vers son entrée et arqua le dos pour l'accueillir en elle.

Il poussa et la pénétra, l'emplissant.

— Si douce et chaude, gémit-il.

Chaque centimètre de son érection l'étirait. Elle s'étendit dans toutes les directions, chaude et flexible, comme de l'argile dans ses mains. Il posa ses mains sur ses seins et joua avec ses tétons, les faisant rouler entre ses pouces et ses index, ce qui envoya des vagues de pur plaisir dans son corps.

Il fit des va-et-vient en elle, sa bouche sur la sienne, ses mains sur ses seins, le désir animant chaque caresse de sa langue. Il poussait de profonds grognements, comme s'il ne pouvait se lasser d'elle. Et lorsqu'elle pensa ne plus pouvoir encaisser, il passa une main entre ses jambes et pinça son clitoris. Elle frissonna et cria alors que de glorieuses vagues de plaisir la submergeaient de tous côtés.

Elle pencha la tête en arrière tandis qu'il la pénétrait avec de longs coups de bassin fermes tout en continuant à caresser son clitoris gonflé. Pantelante, elle rua en rythme avec ses mouvements.

Owen continua de murmurer à quel point elle était parfaite dans ses bras, à quel point elle était belle, à quel point il la désirait, et qu'il ne pourrait jamais se lasser d'elle. Le temps ralentit, et Amber eut la folle impression de tomber au centre de la Terre.

De la sueur perla sur sa peau, et son corps trembla, aux portes de l'orgasme. D'intenses spasmes incontrôlables s'intensifièrent en elle. Une vague de plaisir déferla et ses muscles se contractèrent. Les spasmes ébranlèrent son corps, et elle convulsa dans un pur bonheur ardent et aveuglant.

Owen se raidit, grogna comme un animal et mit un coup de reins tout en soufflant son nom. Ils s'effondrèrent sur le matelas, chauds, détendus, enlacés.

Alors qu'Amber regardait Owen dans les yeux, le brouillard du désir se dissipa, et son cœur se remit à lui faire mal. L'avait-il simplement désirée, ou ces ébats avaient-ils une plus grande signification ?

Elle avait besoin de savoir.

Cependant, lorsqu'elle ouvrit la bouche pour lui poser la question, il se détourna, du regret sur le visage.

CHAPITRE 29

Qu'ai-je fait ?

Alors que la chaleur et la lourdeur commençaient à quitter son corps satisfait, une prise de conscience froide l'envahit.

Il venait de faire ce qu'il s'était promis de ne pas faire. Perdre la tête. Céder à la distraction. Il s'assit, quittant le corps magnifique et chaud de la femme qu'il aimait. Son cœur fit un bond lorsqu'il s'écarta, et sa peau se glaça.

— Je n'aurais point dû..., dit-il.

Elle s'assit, elle aussi, tirant la couverture sur sa poitrine. Il ne supporterait pas de la regarder dans les yeux. La peur saisit son cœur. Cette distraction pourrait gâcher ses chances de remporter la bataille du lendemain. Maintenant qu'il avait goûté cette femme, qu'il savait comment c'était de coucher avec elle, comment c'était quand elle tremblait de plaisir autour de lui, il ne voulait jamais que cela s'arrête.

Il savait qu'il ne pouvait pas se permettre de laisser ses sentiments guider ses décisions. Il ne pouvait pas se faire confiance. Son cœur et sa tête l'avaient toujours mené dans deux directions différentes.

— Pourquoi ? demanda-t-elle, blessée. Ce n'était pas bien ?

Il se tourna vers elle.

— Pas bien ? Je ne m'étais jamais senti aussi près de Dieu.

L'expression d'Amber fut un mélange de surprise, de compréhension et d'émerveillement.

— Alors, pourquoi ? souffla-t-elle.

— Parce que maintenant je sais, aussi sûrement que je sais que le soleil se lèvera, qu'une seule fois avec toi ne suffira jamais.

Amber prit une inspiration tremblante.

— Alors, c'est quoi le problème ? Je ne veux pas qu'on s'arrête à une fois non plus.

Owen s'avachit et se passa les doigts dans les cheveux.

— Toute ma vie, toutes les erreurs que j'ai commises, c'était parce que j'ai laissé ma verge me guider. Je ne puis le permettre à présent, pas quand le roi en personne m'a confié des troupes.

— C'est tout ce que je suis pour toi ? demanda-t-elle, la voix éraillée par la douleur. Une distraction ? Une chose à laquelle ta queue ne peut pas résister ?

Elle aurait pu tout aussi bien le poignarder en plein cœur.

— Nenni, *mo chridhe*[1]. Tu es bien plus. Tu es tout.

Les yeux d'Amber s'écarquillèrent. Elle prit une autre inspiration tremblante et se rapprocha très légèrement.

— Mais c'est bien cela le problème. Tu emplis mon cœur. Et quand mon cœur est plein et que ma verge me lance, ma tête ne fonctionne plus. Je dois être capable de réfléchir demain.

Elle grogna.

— Mais ce n'est pas obligé d'être comme ça. Les gens aiment. On peut être heureux avec quelqu'un et rester concentrer.

— Amber...

Elle posa une main sur son avant-bras.

— Je peux t'aider à te concentrer. On peut se soutenir mutuellement.

Le cœur d'Owen se serra. Ô combien il aurait voulu croire que c'était possible. Ô combien il aurait voulu pouvoir tout avoir : avoir Amber et être l'homme qu'il voulait. Il posa une main sur son visage, sa jolie peau parfaite tels des pétales de fleur sous ses doigts.

Mais c'était tout simplement impossible pour lui. La vie où il pourrait être un meneur responsable et avoir la femme qu'il aimait dans ses bras n'était qu'un rêve.

— C'est bien que tu partes demain. Et je suis désolé si je t'ai blessée. Mais nous ne pouvons être ensemble. Si je veux être un meneur digne de la confiance de mon roi, un meneur que mon clan mérite, je ne puis laisser mes sentiments pour toi obscurcir mon jugement, déclara-t-il, avant de secouer la tête. D'après mes erreurs passées, cela peut être fatal.

Il pensa à Kenneth, à Lachlan, à son grand-père. À toutes les autres vies perdues dans la querelle avec les MacDougall.

— Owen...

Mais avant qu'elle ne puisse dire quoi que ce soit pour le faire changer d'avis, il se leva, puis enfila ses chausses, sa tunique et ses chaussures.

— Il y a bien trop de choses en jeu, Amber. La vie du roi, la vie des membres de mon clan. Ta vie.

Amber se leva et enroula la couverture autour d'elle, ses épaules et ses bras toujours nus. Seigneur, elle avait les plus belles épaules sculptées, et les muscles de ses bras étaient bien définis d'une façon féminine. Il mourait d'envie de les lécher.

C'était pour cette raison qu'il ne pouvait pas rester.

Les yeux d'Amber s'emplirent de douleur.

— Tu sais quoi, Owen ? Va-t'en. Peu importe. Je n'aurais jamais dû dire que je t'aime. T'as l'impression d'avoir gagné maintenant, hein ?

Owen fronça les sourcils.

— Gagné ?

— Ouais. T'as gagné. T'as eu la fille. Parce que tu n'as que des excuses de merde. T'as toujours été un séducteur, n'est-ce pas ? Tu voulais seulement t'amuser avec une femme d'une autre époque, je me trompe ?

Elle se trompait complètement. Ce n'était pas vrai. Mais c'était mieux ainsi, de toute façon. Mieux qu'elle croie cela et qu'elle parte pour ne jamais revenir. Il se dirigea vers la porte et l'ouvrit, mais il se tourna pour la regarder une dernière fois.

— Si je ne te revois jamais...

L'émotion faillit lui nouer la gorge.

— Je veux que tu saches que tu es la meilleure partie de toute ma vie.

Il partit, souffrant comme s'il venait de s'arracher le cœur et de le laisser avec elle.

1. « Mon cœur ».

CHAPITRE 30

ILS PARTIRENT TÔT LE LENDEMAIN. Alors que le château devenait de plus en plus petit au loin, Owen se permit enfin de lancer un regard vers la tour où se trouvait sa chambre à coucher, espérant voir Amber une dernière fois. La fenêtre était tristement vide.

Partir sans lui dire au revoir était l'une des choses les plus difficiles qu'il ait faites.

Le dos de son cheval se balançait alors qu'il marchait. Le vent bruissait dans les arbres à sa droite. À sa gauche, les flots gris et houleux du loch Awe se heurtaient en vagues énervées. Ils partirent au nord-est pour longer le nord du loch.

Robert Bruce s'inquiétait à l'idée que MacDougall ait envoyé des éclaireurs qui remarqueraient l'armée, James Douglas était donc parti en premier avec ses archers pour les positionner au-dessus de l'embuscade.

Owen chevauchait avec son père, Craig, Ian et Domhnall. Le clan entier les suivait, ainsi que les Mackenzie, les Cameron, les Maclean, les Mackintosh, les MacKinnon et d'autres. Le roi, l'oncle Neil et le reste des chevaliers étaient devant eux.

Le voyage était venteux et froid après l'orage de la veille. Même la petite armée qui le suivait ne suffisait pas pour qu'Owen se concentre sur ce qu'il avait à faire. Même avec le vent qui soufflait sur son visage et la beauté époustouflante du loch Awe devant lui, il ne voyait que la beauté de la femme qu'il aimait.

Le temps passa rapidement, même s'ils durent s'arrêter brièvement pour se reposer. Plus ils se rapprochaient de la passe de Brander, plus les hommes étaient nerveux, et plus leur visage était las.

Ils arrivèrent en début d'après-midi le même jour. Entre les branches et les feuilles, Owen vit trois birlinns, des bateaux des Highlands de l'Ouest, sur la rivière.

— Les MacDougall, marmonna-t-il en les désignant à son père et à ses frères.

Il échangea un regard avec Ian et Craig.

La tension dans les épaules d'Owen se dissipa. L'ennemi était là, comme il le savait. Il n'avait pas déçu son roi et son clan.

— Vous aviez raison, mon fils, dit Dougal, plissant les yeux en regardant la rivière.

— *Aye*, ajouta Craig. Bon travail, mon frère.

Ils atteignirent l'entrée de la passe. À droite s'élevait le flanc escarpé de Ben Cruachan. Owen vit un petit sentier entre les rares buissons et arbres. Il l'emprunterait avec ses hommes dès que le roi lui donnerait le signal.

À leur gauche, derrière les buissons et le sous-bois, la pente menant à la rivière était presque verticale. Le chemin devant eux devint de plus en plus étroit et ne ferait bientôt que quelques toises de large. Les gens à bord des birlinns ne pouvaient pas les voir à travers les buissons.

Robert Bruce arrêta la procession, et ils attendirent qu'une silhouette descende la pente raide de Ben Cruachan : le messager envoyé par Douglas pour annoncer que ses hommes et lui étaient en position.

Owen s'approcha du roi.

— C'est bien vrai, dit Robert Bruce en le voyant. Il y a une embuscade. La route est bloquée. Douglas est en position. Êtes-vous prêts, vos hommes et vous ?

Le cœur d'Owen martela dans sa poitrine. Était-il prêt ? Était-il concentré ? Mènerait-il ses hommes à la victoire ?

Il inspira profondément, sa poitrine s'élevant, les épaules droites, la tête haute. Le visage d'Amber lui apparut, et sa douce voix résonna dans sa tête. Mais étonnamment, ce n'était pas une distraction. Elle lui apportait de la force et de la puissance.

Elle lui apportait de l'amour.

Maintenant, il savait pour qui il voulait se battre. Il voulait se battre pour lui revenir. Pour lui dire qu'il l'aimait.

Il espérait seulement qu'il n'était pas trop tard.

— *Aye*, Votre Majesté. Je suis prêt. Vos highlanders aussi.

Une sombre détermination et une farouche volonté de sortir victorieux brillèrent dans les yeux de Robert Bruce.

— Finissons-en avec ces maudits MacDougall.

— *Aye*, répondit Owen.

Il aurait rugi, mais ils devaient rester discrets.

— Allez-y. Comme nous en avons discuté.

— Je vous verrai sur le champ de bataille, Votre Majesté.

Ils échangèrent un signe de tête, et Owen retourna auprès de ses hommes. Il s'arrêta face à ses troupes. Certains étaient à cheval, eux aussi, mais la plupart étaient à pied.

— Il est temps, dit-il, essayant de parler aussi bas que possible. Allons-y. Cavaliers, laissez vos chevaux ici. Nous monterons à pied.

Ils mirent pied à terre et attachèrent les rênes des montures à des buissons et à des arbres. Les troupes de Robert Bruce avancèrent, et Owen, son père, Craig, Ian, Domhnall et le reste des highlanders empruntèrent le chemin tortueux à peine visible sur le flanc de la montagne.

Owen s'accroupit en avançant. De petites pierres et des galets glissèrent sous ses pieds. Les buissons et le sous-bois étaient de plus en plus rares alors qu'ils montaient. Il voyait Robert Bruce et ses troupes en contrebas. Il voyait aussi que la route devant le roi était bloquée par au moins cinq cents hommes.

Cinq cents Anglais. Il vit les drapeaux rouges avec les lions dorés. Oh, qu'il espérait que de Bourgh soit là, quelque part ! Il espérait que ce serait le jour où cet homme paierait pour ce qu'il avait fait à Amber. Il aimerait être celui qui transpercerait son cœur de son épée.

Si Robert Bruce se rapprochait, les hommes cachés au-dessus tireraient des flèches et lanceraient des pierres. Pourquoi Douglas n'attaquait-il pas ?

Puis des flèches jaillirent quelque part au-dessus d'eux, et des cris et gémissements de douleur se firent entendre dans les buissons. Lorsque les dernières flèches de Douglas le Noir atterrirent et que le cri de guerre de ses hommes retentit, Owen sut qu'ils chargeaient les MacDougall.

C'était le moment. Le moment qu'il s'illustre. Qu'il montre à tout le monde qu'il n'était pas qu'un pitre et un rebelle. Qu'il n'était pas qu'une épée. C'était un meneur. Il méritait d'être pris au sérieux. Il pourrait être le meneur que son clan avait besoin qu'il soit.

— *Cruachan* ! s'écria Owen, se redressant complètement et levant son épée en l'air.

— *Cruachan* ! répétèrent les hommes Cambel.

Quelque part derrière eux, d'autres clans poussèrent leur cri de guerre, et ils se mélangèrent tous en un rugissement des Highlands tandis qu'ils s'élançaient.

Le temps que les MacDougall paient était venu. Il se battrait pour Amber. Pour Marjorie. Pour Ian.

Il se battrait comme le meneur qu'il aurait toujours dû être.

Les voilà, les MacDougall ; ils étaient au moins mille. Ils étaient désorientés et affrontaient déjà les hommes de Douglas, qui les avaient attaqués par le dessus.

Un homme courut vers Owen. Sa claymore fendit l'air et heurta la hache de l'ennemi. D'autres hommes se heurtèrent, et le tintement du métal contre du métal emplit l'air. Des cris de douleur se firent entendre en contrebas. L'opposant d'Owen dévia son épée et lui mit un coup de bouclier dans le visage. Owen se baissa, mais le bouclier le toucha quand même et lui entailla la pommette. Il mit un coup d'épée dans la tête de l'homme et l'ennemi s'effondra, du sang éclaboussant partout.

Owen se dirigea vers un autre homme, puis un autre, se frayant un chemin à travers l'armée ennemie. Une rage guerrière ardente rugissait dans son sang.

Deux hommes l'attaquèrent par les côtés. L'un brandissait une hache, l'autre une épée. Owen dévia l'épée avec un grognement et parvint à éviter la hache de justesse lorsqu'elle frôla sa tête. Son adversaire leva son épée pour le frapper au flanc, mais avant qu'il ne puisse attaquer, une lance lui transperça la poitrine. L'homme se figea et tomba, sans vie. Non loin, Angus Mackenzie se leva et adressa un signe de tête à Owen.

L'homme à la hache fixa le cadavre un moment, les yeux écarquillés. Raghnall Mackenzie apparut derrière lui et lui tapa sur l'épaule. L'homme se tourna et Raghnall lui mit un coup de poing dans le visage, envoyant sa tête en arrière.

Il rugit et se jeta sur Raghnall en mettant des coups de hache comme s'il voulait couper une bûche. Raghnall dévia la hache, mais l'homme tourna son arme très légèrement et accrocha la claymore de Raghnall entre la lame et le manche de sa hache. Il tira l'épée de Raghnall de ses mains et leva son arme pour porter le coup fatal. Owen s'élança et enfonça sa claymore dans le flanc de l'homme. Il grogna et s'effondra en tenant sa plaie béante.

Owen se pencha, ramassa l'épée de Raghnall et la lui lança.

Raghnall l'attrapa et sourit.

— Merci.

D'autres ennemis les attaquèrent, et la bataille continua. À un moment, Owen remarqua que Ian, Craig et son père se battaient à ses côtés, eux aussi. Au milieu du spectacle de métal, de sang et de visages tordus, il ignorait combien de temps s'était écoulé.

La bataille descendit lentement le long du flanc de la

montagne alors que les MacDougall perdaient, pris des deux côtés dans l'étau de Robert Bruce. Puis il le vit. Les yeux sombres et froids. Vêtu d'une armure anglaise.

De Bourgh.

Un grognement bas jaillit de la gorge d'Owen. Il lui appartenait.

Owen descendit la pente en glissant à moitié, ses poumons le brûlant, ses muscles hurlant d'épuisement.

Cela n'avait pas d'importance. L'homme paierait pour tout ce qu'il avait fait à Amber. Sans parler de ce qu'il avait sans aucun doute fait à Muireach.

De Bourgh venait de transpercer le cou de l'un des chevaliers de Robert Bruce lorsqu'il vit Owen s'approcher de lui. Quand Owen atteignit le sol plat, l'homme le reconnut et écarquilla les yeux. Il portait une bonne armure coûteuse. Owen avait seulement sa *léine croich*[1], une coiffe en cotte de mailles et son heaume. Mais de Bourgh ne quitterait pas ce champ de bataille vivant.

Ils se jetèrent l'un sur l'autre en rugissant, leurs épées se heurtant. De Bourgh était plus petit, mais plus rapide qu'Owen. Il attaqua par le haut et par le côté. Owen dévia la lame, mais l'impact résonna dans sa moelle osseuse. Un nouveau coup arriva de l'autre côté, et Owen eut à peine le temps de le parer.

Il devait passer à l'attaque. Il mit un coup d'épée vers le visage de De Bourgh, mais l'homme le dévia et le frappa violemment au visage avec le manche de son épée. Owen entendit le craquement de l'os, et une douleur brûlante et aveuglante envahit sa tête, des étoiles dansant devant ses yeux. Il chancela un moment, ses bras cherchant un endroit où se rattraper.

De Bourgh attrapa la coiffe d'Owen et le tira en avant. Il voulut lui mettre un coup de heaume, mais Owen se baissa et lui mit un coup d'épée dans le ventre. De Bourgh sauta sur le côté, cependant Owen l'avait touché. La cotte de mailles avait empêché son épée de traverser de Bourgh, mais l'homme était blessé, et il hurla tout en titubant.

Rugissant de rage, de Bourgh frappa bas et ouvrit la cuisse d'Owen. Une douleur brûlante lui traversa la jambe et il mit un genou à terre. De Bourgh leva son épée pour lui porter le coup fatal, et la vie d'Owen défila devant ses yeux alors qu'il fixait la lame. Il se rendit compte à quel point ses conquêtes amoureuses avaient été inutiles. À quel point il avait été bête de se rebeller contre son père pour prouver des choses et attirer l'attention. Du temps qu'il avait perdu à se disputer et à plaisanter, quand il aurait pu profiter des moments précieux avec ses frères et son père.

Par-dessus tout, il se rendit compte que la nuit passée avec Amber avait été la meilleure nuit de toute sa vie. Chaque erreur, chaque doute, chaque querelle en valaient la peine, car ils l'avaient mené à elle.

L'amour de sa vie.

Et alors que l'épée était sur le point d'atteindre sa tête, il ferma les yeux, sa dernière pensée dédiée à Amber et à l'amour qu'il lui portait.

---

1. Chemise de guerre arrivant aux genoux et matelassée pour protéger son porteur.

CHAPITRE 31

AMBER COURUT, l'épée dans sa main tel un jouet lourd et inutile dont elle ne savait pas se servir. Tandis qu'elle évitait les hommes qui se battaient avec des épées et des haches, elle chercha Owen et regretta de ne pas avoir de fusil. Owen ne lui avait jamais montré comment se battre à l'épée, et elle n'était pas à sa place ici.

La bataille faisait rage. L'air était chargé de l'odeur ferreuse du sang, et le bruit du métal frappant du métal résonnait à ses oreilles. Les hommes se battaient, se blessaient et mouraient. Tout autour d'elle, il y avait des boyaux, des blessures béantes et des cris de douleur.

La guerre, c'était la guerre, même à un autre siècle.

Elle parcourut les visages du regard, cherchant les beaux traits, les cheveux blonds, les pommettes finement ciselées et la barbe courte d'Owen.

Au moins, elle ne l'avait pas vu parmi les morts.

Bien. Bien.

Plus tôt ce matin-là, elle avait regardé l'armée partir vers le nord, et toutes les fibres de son être étaient devenues folles. Son ventre l'avait brûlée, et sa respiration était devenue pantelante.

Alors, elle avait su qu'elle devait se joindre à cette bataille.

Pas pour se battre pour Robert Bruce, mais pour protéger Owen. Elle avait eu ce pressentiment, cette prémonition froide et sombre. Elle devait y aller.

Elle avait couru voir Amy et lui avait demandé une épée et un cheval. Puis elle avait suivi l'armée au galop. Cela n'avait pas été difficile. Elle avait simplement eu peur d'arriver trop tard.

Tout à coup, quelqu'un attrapa sa tresse et la tira en arrière. La douleur se répandit dans son cuir chevelu. L'homme passa un bras fort autour de ses épaules pour la coincer.

— Pourquoi avez-vous une épée, femme ?

Il la tourna face à lui et elle vit un jeune homme d'environ vingt ans, blond, la mâchoire carrée. De la surprise et du désir s'affichèrent sur son visage alors qu'il la parcourait du regard.

— Les Écossais ont des femmes à la peau foncée maintenant ?

Avec son autre main, il pressa la lame d'une hache ensanglantée contre sa gorge, et le métal froid lui glaça le sang.

— Vous n'allez point vous battre contre moi, n'est-ce pas ?

La peur agrippant ses membres dans ses griffes froides, Amber s'agita et se débattit.

Puis elle vit Owen.

Et de Bourgh.

Ils se battaient, leurs épées fendant l'air.

Dieu merci, il était vivant ! Elle devait seulement le rejoindre. L'aider.

— Va te faire voir, connard ! cria-t-elle, levant la jambe et lui écrasant le pied aussi fort que possible.

Il hurla et la lâcha, mais il lui attrapa de nouveau le bras. Se battre contre ce mec l'empêcherait de rejoindre Owen rapidement.

Puis un visage familier apparut à côté de l'homme. Le nouveau venu était grand, avait les cheveux noirs et des cicatrices de bataille sur le visage.

— Hamish..., murmura-t-elle.

Des éclaboussures de sang tachaient son visage et sa coiffe, et une rage guerrière glaciale illumina son regard, comme si la mort la regardait. La dernière fois qu'elle l'avait vu, il les avait aidés et avait sauvé la vie d'Owen. De quel côté était-il à présent ?

— Hamish, aidez-moi à m'occuper d'elle, dit le blond.

L'œil de Hamish tressauta et ses narines se dilatèrent. Il écarta Amber sans ménagement et attaqua le blond. L'homme para le coup, ébahi.

— Allez-y, Amber ! aboya Hamish. Immédiatement !

Amber se tourna et courut vers Owen. De Bourgh venait de lever son épée au-dessus de sa tête et était sur le point de le tuer.

— Non !

Son cri suffit à distraire l'homme.

Avec toute sa force, elle mit un coup d'épée à de Bourgh, mais la lame se contenta de rebondir sur son armure en fer. Elle avait au moins arrêté le coup visant la tête d'Owen. De Bourgh avança en chancelant et la considéra, de la surprise et de l'agacement tordant ses traits.

Owen la fixa, les yeux écarquillés.

Bon sang, la blessure à sa cuisse n'était pas belle du tout.

— Vous ne me le prendrez pas, grogna-t-elle à de Bourgh avant de lancer son épée.

Cette arme était inutile dans ses mains.

Amber se jeta sur lui. Lorsqu'elle fut juste devant lui, elle pivota et lui mit un coup de pied dans la poitrine. Le coup fut assez fort pour le faire tomber sur le dos.

Il lui était difficile de se relever avec sa lourde armure, et elle s'approcha, posant son pied sur sa gorge.

— Je peux facilement vous écraser la gorge, dit-elle. Votre trachée va gonfler et vous ne pourrez pas respirer. Ce n'est pas une mort agréable.

— Vous ne le ferez point, rétorqua-t-il, ses menaces ne semblant pas le déranger. Vous êtes bien trop noble pour tuer un homme sans lui donner la chance de se battre.

— Elle l'est, mais moi non, déclara Owen en s'arrêtant de l'autre côté de De Bourgh.

Il mit la pointe de sa claymore sur la gorge de l'homme, à côté du pied d'Amber.

Il regarda brièvement Amber dans les yeux, et pour la première fois, elle eut un peu peur de lui. C'était le regard d'un tueur.

— C'est pour Amber, grommela-t-il, transperçant la gorge de l'homme.

De Bourgh émit un gargouillis, et ses yeux gonflèrent de peur tandis qu'il mourait.

Amber ferma brièvement les yeux jusqu'à ce qu'elle sente Owen s'effondrer à côté de De Bourgh.

— Owen !

Il était blême. Comment ne l'avait-elle pas remarqué dès le début ? Il perdait trop de sang.

— Tu es venue..., murmura-t-il. Pourquoi es-tu venue ? Tu devrais être loin d'ici.

— Tais-toi.

Elle prit la dague à la ceinture d'Owen et coupa plusieurs longs morceaux de sa cape. Le tissu était loin d'être stérile, mais cela devrait convenir.

— Je dois arrêter l'hémorragie ou tu...

Elle ne finit pas sa phrase. Elle ne pouvait pas se permettre d'y penser. Il n'avait pas dit qu'il l'aimait, mais elle l'aimait. C'était pour cela qu'elle était venue. Elle l'aimait et elle ne supportait pas qu'il puisse mourir. Elle devait le protéger.

On pouvait dire qu'elle était arrivée pile au bon moment.

Elle pressa fermement le tissu contre la blessure, mais le sang passa rapidement à travers. Elle plia le genou d'Owen et leva sa cuisse. Elle plaqua d'autres morceaux de tissu contre la plaie, mais il saignait toujours. Oh non ! Le seul moyen d'arrêter l'hémorragie serait de trouver le point de compression de l'artère fémorale. Elle attacha un long morceau de tissu autour de sa cuisse pour maintenir autant de pression que possible sur la blessure, puis elle appuya sur l'artère dans son aine et regarda fixement le tissu sous ses doigts.

Un petit rire échappa à Owen.

— Amber, je te désire également, mais que dirais-tu que l'on attende la fin de la bataille ?

Sa voix était faible et lente, comme s'il était saoul. Elle aurait aimé cette plaisanterie si elle n'avait pas été rigide et glacée par la peur.

Elle continua de regarder la compresse.

— T'as pas intérêt à mourir, tu comprends ?

— Pourquoi mourrais-je ? Je détesterais partir alors que je viens seulement de trouver la femme que j'aime.

— Quoi ?

— Je détesterais partir...

— Pas ça.

Son cœur s'arrêta de battre, puis repartit au galop.

— Tu m'aimes ?

Il sourit faiblement et leva une main pour toucher son visage. Autour d'eux, le chaos continuait, mais tout ralentit et devint flou, comme si un dôme protecteur invisible avait atterri au-dessus d'eux.

— *Aye*, répondit-il, ses yeux d'un vert profond, de la couleur de l'océan brillant. Je t'aime.

La vue d'Amber se brouilla, les larmes lui brûlant les yeux.

— Espèce d'idiot ! Tu ne pouvais pas me le dire avant ?

— Tu l'ignorais ?

— Évidemment. J'avais peur que tu m'utilises seulement pour coucher avec moi. Que je n'étais qu'une conquête. Que tu faisais semblant de tenir à moi.

— Peux-tu m'embrasser, s'il te plaît ? J'ai des difficultés à bouger.

— Je ne peux pas bouger ou tu vas te remettre à saigner.

Elle le regarda dans les yeux ; ils étaient si beaux et précieux. Les yeux les plus précieux au monde.

— Je t'aime plus que la vie elle-même, dit Owen d'une voix éraillée. J'ai besoin de toi, plus que de respirer. Garder mes distances tout ce temps était aussi douloureux que m'arracher les dents. Je détestais cela. Mais j'avais besoin de garder la tête froide pour accomplir cette mission.

Il désigna le champ de bataille d'un signe de tête.

Amber secoua la tête, des larmes de bonheur coulant sur ses joues.

— Et ça a marché. Regarde. Les MacDougall s'enfuient dans tous les sens.

Owen regarda autour de lui et fronça les sourcils lorsque son regard s'arrêta sur quelque chose.

— Est-ce Ian et John MacDougall ?

Owen retint son souffle, regardant son imposant cousin roux se battre contre le perfide MacDougall à environ cinquante pieds de là. Ian était immense, le plus grand de tous les Cambel, mais MacDougall n'était pas petit non plus.

MacDougall portait une armure en fer tandis que Ian, comme beaucoup de highlanders, avait seulement une *léine croich* et une coiffe en cotte de mailles.

Ils échangèrent des coups, MacDougall attaquant Ian avec de puissants coups vers le bas, comme un forgeron. Reculant, Ian utilisa son épée pour parer la pluie de coups. L'impact dut résonner dans sa moelle osseuse.

— Allez, mon frère, marmonna Owen.

Il n'était pas son frère, mais c'était tout comme. Et c'était la seule occasion que Ian avait de se venger de ce que lui avaient fait les MacDougall. Owen avait juré de venger Amber, et il se sentait bien après l'avoir fait. Il souhaitait la même chose à Ian.

L'un des bras de MacDougall était manifestement plus faible que l'autre, et Owen se rappela qu'il avait eu l'air blessé à Stirling. MacDougall baissa son épée un moment, et Ian se servit de cette pause pour lui mettre un coup de claymore à l'épaule, mais MacDougall le dévia. Ian le frappa à nouveau sur le côté, et MacDougall para également ce coup.

Ian s'énervait à présent. Owen avait vu son cousin se battre à la bataille de la ferme MacFilib, et il pouvait être un animal. Un prédateur mortellement dangereux. Il était ainsi à présent. Il rugit comme un ours que l'on avait trop frappé. Il saisit le plastron de MacDougall et le tira en avant.

Le mouvement fit tomber le heaume de MacDougall, et Ian lui mit un grand coup de poing dans la mâchoire, le faisant tomber. Ian ramassa une hache par terre, et dans un grand mouvement, il l'abattit sur le coude de MacDougall, entre deux morceaux de son armure.

Le cri retentissant de MacDougall fit tourner la tête d'horreur à de nombreux hommes, et les derniers MacDougall se dispersèrent rapidement. Seuls quelques-uns coururent vers Ian, prêts à se battre pour leur seigneur, qui agrippait le moignon de son bras.

Ian leva la hache pour porter le coup fatal lorsque l'un des MacDougall leva la main en signe de reddition.

— Pitié ! Pitié !

Ian s'immobilisa et regarda l'homme, déconcerté. Puis son expression devint neutre, et il laissa tomber la hache. Il considéra de nouveau le MacDougall.

— Prenez-le. Fuyez comme les rats que vous êtes.

Les hommes saisirent John MacDougall sous les bras au moment même où Robert Bruce rejoignait Ian. Les hommes essayèrent de se dépêcher, mais il était impossible de porter leur seigneur presque inerte.

— Attendez, dit le roi.

Ils se tournèrent et MacDougall ouvrit les yeux.

— C'en est fini de vous, John, vous le savez ? Je suis le roi des Écossais.

MacDougall parvint à prendre un air dégoûté.

— Votre règne ne sera jamais juste. Vous avez le sang de milliers de vos compatriotes sur les mains, dit-il, crachant de la salive sanglante aux pieds de Robert Bruce. Vous avez tué les miens.

— Tous les membres de votre famille ne sont que de perfides bâtards. John Comyn en était un, et vous en êtes un aussi. Maintenant, partez. Soit vous vous viderez de votre sang, soit vous passerez le restant de vos jours infirme, impuissant, à embrasser des culs anglais et à supplier d'être protégé. Ces deux possibilités représentent un châtiment approprié. Quoi qu'il en soit, je donnerai vos terres à vos pires ennemis, les Cambel. Il en est fini de vous et de votre clan.

John pinça fermement les lèvres, et une rage silencieuse fit trembler sa barbe. Robert Bruce leur indiqua de partir d'un signe de tête, et les hommes qui portaient MacDougall s'éloignèrent à la hâte.

Owen était certain qu'ils rejoindraient les birlinns qu'il avait vus plus tôt.

Robert Bruce observa les derniers ennemis qui s'enfuyaient.

— Saisissez-les ! rugit-il. Et prenons Dunstaffnage !

C'était là que le vieux MacDougall, le père malade de John MacDougall, résidait. Les hommes autour du roi levèrent le poing. Ceux qui avaient des chevaux se mirent en selle, et ceux à pied rassemblèrent les armes et les boucliers. Bientôt, ils chargèrent en poussant des rugissements et des cris victorieux. Robert Bruce remarqua Owen sur le sol et se précipita vers lui.

— Owen, dit-il en s'agenouillant, le regard inquiet. Oh, Seigneur, vous êtes grièvement blessé !

— Est-ce qu'il y a un médecin ? Un guérisseur ? demanda Amber.

— *Aye*. Nous en avons plusieurs. Ils resteront pour vous aider, *aye* ?

— Merci, Votre Majesté, dit Owen.

Robert Bruce prit la main d'Owen dans les siennes.

— Non, Owen Cambel. C'est moi qui vous remercie. Sans vous, je serais probablement mort ou vaincu. Vous avez fait tout ce qu'il fallait. Vous avez fait tout ce qu'il fallait, répéta-t-il avant de regarder Amber. Et vous aussi, jeune femme.

— Merci, répondit Amber.

Le roi regarda de nouveau Owen.

— Je dois aller porter le coup de grâce, mais quand vous serez rétabli, je vous promets de vous offrir un domaine dans la province de Lorne pour votre service. Vous serez seigneur.

La gratitude et la fierté envahirent la poitrine d'Owen. Il avait réussi. Les MacDougall étaient vaincus. Il n'avait pas apporté la honte à son clan. Au contraire, le roi allait offrir toutes les terres des MacDougall aux Cambel.

Et Owen avait joué un rôle dans tout cela.

— Bon voyage, Votre Majesté, dit Owen, et un sourire se dessina dans la barbe du roi. Faites-les payer.

Robert Bruce hocha la tête et s'éloigna. Il se mit en selle et talonna sa monture, partant vers l'ouest, vers le cœur de la province de Lorne avec ses chevaliers.

Owen regarda Amber. Il avait tout à présent. L'épuisement le tirait dans son étreinte sombre et chaleureuse. Il était en train de sombrer, et il ne savait pas si c'était dans la mort ou dans le sommeil. Mais où qu'il aille, il voulait savoir qu'Amber ne le quitterait pas.

— Reste…

Ce fut le seul mot qu'il parvint à prononcer avant que les ténèbres ne le submergent.

CHAPITRE 32

LE LENDEMAIN…

Amber caressa la pommette pâle d'Owen. Il était aussi beau que jamais dans la pénombre de sa chambre. Le feu crépitait doucement. Les volets étaient ouverts et les rayons du soleil qui entraient par la fenêtre tombaient sur son torse.

Amber était assise sur son lit. Elle ne l'avait pas quitté une minute depuis la veille. Un médecin avait soigné la blessure du mieux qu'il pouvait, et Amber avait remmené Owen, ainsi que d'autres blessés, à Glenkeld dans une charrette dès que cela avait été possible.

Une fois au château, Amy avait nettoyé la blessure avec un linge propre qu'elle avait fait bouillir. Elle l'avait aussi désinfecté avec une version encore plus forte de leur alcool maison qui ne pouvait pas être bue. Elle avait recousu la plaie à sa cuisse et, à présent, elle ne saignait plus du tout. Owen avait reçu les meilleurs soins possibles au Moyen Âge.

Ses paupières papillonnèrent et il ouvrit les yeux. Le cœur d'Amber explosa de joie. Il avait bien dormi après qu'Amy l'avait recousu ; pendant qu'elle le faisait, il avait été éveillé et avait soufflé très fort à cause de la douleur.

— Amber, murmura-t-il.

Ses yeux étaient encore vitreux à cause de la potion pour la douleur qu'Amy lui avait donnée pour qu'il puisse dormir.

Amber posa une main sur sa mâchoire, des larmes de joie lui piquant les yeux.

— Salut. Comment tu te sens ? Tu veux de l'eau ?

Il bougea les lèvres avec lassitude.

— *Aye*. Mes bras me paraissent peser cent cinquante livres chacun.

— Ouais, c'est à cause du sang que tu as perdu, mon pote.

Elle l'aida à boire.

— Est-ce que tu as mal ? demanda-t-elle lorsqu'il eut fini.

— *Aye*. J'ai l'impression que ma jambe est en feu.

— Ça ira. On a réussi à arrêter l'hémorragie, c'est le principal. Il ne t'a pas raté.

— Il l'a payé.

— Ouais.

— Des nouvelles de mon père et de mes frères ? De Ian ?

— Ils sont tous allés à Lorne avec Robert Bruce. On n'a pas encore reçu de nouvelles, mais ils étaient tous en vie hier.

Owen soupira, soulagé.

— Dieu merci ! Et Dieu merci, tu es en vie. Mais c'était bien sot de ta part de venir sur le champ de bataille.

Il marqua une pause.

— Tu n'aurais point dû venir.

Amber déglutit.

— Tu veux que je parte ?

Il inspira vivement et soutint son regard.

Dis non. Je t'en prie, dis non.

— Nenni.

Elle se sentit soudain aussi légère qu'une plume, comme si elle pouvait s'envoler.

— Je ne veux pas que tu partes un jour. Je veux que tu sois mienne. Pour toujours.

De l'amour et de la gratitude emplirent son cœur. Jusqu'à la moindre fibre de son être s'illumina.

— Veux-tu rester avec moi ?

Elle ouvrit la bouche pour dire « oui, bien sûr ». C'était ce qu'elle désirait le plus au monde.

Pourtant...

Elle avait ce sentiment tenace qu'elle ne pouvait pas. Qu'elle avait toujours quelque chose à accomplir à son époque. Qu'elle ne se sentirait jamais heureuse et comblée si elle ne s'occupait pas d'une dernière chose.

Elle s'était défendue devant un roi. Elle avait subi la torture et l'emprisonnement au XIVe siècle. Elle pouvait bien prouver son innocence et affronter une brute à son époque. Elle devait empêcher les contrebandiers de faire du mal à d'autres gens. Sinon, elle fuirait toujours. Et elle ne pouvait pas vivre ainsi.

— Je ne peux pas.

Owen se figea, et l'on aurait dit qu'il avait arrêté de respirer. Un pli lui barra le front. Et si c'était possible, il sembla pâlir encore plus.

— Pourquoi ? demanda-t-il, la voix aussi basse qu'un râle.

Amber s'humecta les lèvres. Qu'est-ce qu'elle détestait le blesser ainsi ! Elle ne pouvait qu'espérer qu'il comprendrait.

— Je me suis comportée en lâche, Owen. À mon époque, je me suis enfuie. J'ai tellement appris à propos de la bravoure et de la force grâce à toi et à cause de ce que j'ai subi, mais je suis toujours en fuite.

Sa gorge se serra, et elle ravala un nœud douloureux.

— J'étais terrifiée à l'idée de rester et de me battre pour prouver mon innocence. D'affronter un contrebandier et meurtrier. De rendre justice pour ceux qui ont été blessés.

Une grimace de douleur courba les lèvres d'Owen.

— Tu n'as pas à t'inquiéter de tout cela. Ta vie peut être ici, avec moi. Ne peux-tu point oublier tout cela ?

Elle secoua la tête.

— Je pensais en être capable. Mais en voyant la bravoure avec laquelle tu t'es battu pour ce qui est juste, la façon dont tu as tout risqué pour sauver ton roi et ton pays... Je devrais être comme ça. Je suis soldat, moi aussi. C'est mon travail de risquer ma vie pour mon peuple. Pourtant, à la place, j'ai reculé face au défi.

— Personne ne t'en voudrait...

— Non, Owen. Je t'aime et je veux être avec toi. Mais si on veut avoir une chance d'avoir une fin heureuse, je ne peux pas me permettre d'être une lâche. Tu ne le mérites pas.

Elle poussa un rapide soupir et le regarda droit dans les yeux.

— Il faut que je sois ma propre héroïne.

— *Aye*. Sois ta propre héroïne. Tu es la mienne, dit-il, de la fierté dans la voix, avant de soupirer et que la tristesse ne voile son regard. C'est un au revoir, n'est-ce pas ?

— J'espère que tu comprends.

Il hocha plusieurs fois la tête, pensif.

— Oui. Bien sûr que oui, répondit-il, posant une main sur la sienne. Je suis fier de toi. Même si mon estime de toi resterait inchangée si tu oubliais tout cela.

— Merci.

Il se redressa. Il regarda l'un des coffres près du mur.

— Peux-tu faire quelque chose pour moi ?

— Bien sûr.

— Dans ce coffre, il y a une petite bourse en cuir marron, peux-tu me l'apporter ?

— OK.

Elle se leva et alla regarder dans le coffre qu'il avait désigné. Sans surprise, elle trouva la bourse en cuir et la lui apporta. Il l'ouvrit et en sortit une bague.

Le ventre d'Amber se noua, et la tête lui tourna comme si elle tombait au centre de la Terre. Une bague...

— Ma mère me l'a donnée avant de mourir, et je pensais ne jamais en avoir besoin. Peut-être qu'à ton époque, les gens sont heureux à l'idée « de sortir ensemble » toute leur vie, ou peu importe comment vous appelez cela. Mais nous sommes à mon époque. Et à mon époque, je dois t'épouser pour te faire mienne. Je ne voudrai jamais une épouse qui n'est pas toi.

Il lui tendit la bague.

— Je veux t'épouser.

Amber prit la bague et elle lui brûla le bout des doigts. C'était un simple anneau d'argent avec deux boucles formant un beau motif celte.

Des larmes lui piquèrent les yeux.

— Il n'y a rien que je désire plus que la mettre à mon doigt et dire oui.

Il déglutit difficilement.

— Mais tu ne comptes point revenir, dit-il sur un ton définitif.

— Je veux revenir.

Amber monta sur le lit et s'approcha de lui, tout en essayant de ne pas toucher sa cuisse.

— Mais en toute franchise, je ne sais pas si je pourrai. Peu importe à quel point j'essayerai, ils pourraient quand même me mettre en prison ou...

Ou la condamner à mort.

Le visage d'Owen se décomposa.

Amber prit sa main dans la sienne.

— Tout ça pour dire que je ne pourrai peut-être pas revenir, expliqua-t-elle, posant la bague dans la paume d'Owen et fermant ses doigts dessus. Alors, je ne peux pas promettre de t'épouser. Je ne suis pas assez égoïste pour te faire attendre toute ta vie si je ne peux pas revenir.

— Mais tu veux m'épouser ?

— Bien sûr que oui.

Il remit la bague dans sa main.

— Dans ce cas, je t'attendrai pour toujours.

— Owen...

— Nenni. Chut. Si je ne puis t'épouser, je ne me marierai jamais. Et je préférerais passer le restant de mes jours à espérer que tu reviendras plutôt que les passer avec une femme que je n'aime point.

Elle laissa la joie que lui procurèrent ces paroles envahir son corps entier. Elle posa une main sur sa joue barbue.

— Dans ce cas, quoi qu'il arrive, je n'aurai de repos qu'une fois que j'aurai trouvé un moyen de te revenir. Je retournerai ciel et terre si besoin.

Elle se pencha en avant et l'embrassa, et elle se sentit toute chose.

Alors qu'il l'enlaçait, elle supplia le temps de s'arrêter afin de pouvoir savourer chaque instant avec Owen, car ce seraient peut-être les derniers.

CHAPITRE 33

DEUX SEMAINES PLUS TARD, 2020

La maison de Jonathan était exactement comme dans les souvenirs d'Amber lors de sa visite cinq ans auparavant. C'était un bâtiment de deux étages vert clair avec une grande terrasse couverte. Des arbres avec de la mousse espagnole poussaient autour de la maison, les longs fils argentés créant une image idyllique d'une maison familiale du sud des États-Unis.

Elle eut un léger pincement au cœur. Sa famille lui manquait. Sa mère, son père et ses trois frères. La maison lui rappelait l'endroit où elle avait grandi, et elle se demandait si c'était pour cette raison que Jonathan l'avait choisie.

Elle ne pouvait pas gagner cette bataille seule. Elle avait besoin de Jonathan. Il avait des contacts dans l'armée et dans la police. Il pouvait l'aider.

Elle était retournée au XXIe siècle deux semaines auparavant. Elle n'avait pas d'argent, pas de passeport, pas de téléphone, seulement ses vêtements. Owen lui avait donné sa dague, et Amy avait suggéré qu'elle emporte des bijoux pour les vendre à un antiquaire. Ainsi, elle aurait de l'argent pour se rendre aux États-Unis.

Amber ne voulait pas demander de nouveau de l'aide à sa

tante Christel. Elle ne voulait pas la mettre encore plus en danger.

Elle avait traversé la pierre et s'était rendue à pied à Fort William, où elle avait vendu les bijoux et la dague. Des étoiles dans les yeux, l'antiquaire lui avait donné vingt-cinq mille livres sterling. Il avait accepté trop rapidement, ce qui lui faisait penser qu'elle aurait probablement pu obtenir un meilleur prix.

Cela avait quand même suffi pour acheter un faux permis de conduire et un faux passeport sur le dark web, assez bien faits pour passer le contrôle douanier. Ils avaient mis une semaine à arriver, et soudain, elle était devenue Susan Francis, née dans le New Hampshire et résidant à Inverness.

Elle savait qu'elle ne gagnerait pas sans l'aide de son frère aîné et de ses contacts. Elle avait envisagé d'appeler Jonathan pour le prévenir de son arrivée, mais elle avait finalement décidé de ne pas le faire au cas où son téléphone soit sur écoute. Un vol terrifiant et deux contrôles de sécurité plus tard, et elle était à La Nouvelle-Orléans.

De là, elle s'était servie d'une voiture de location pour se rendre à Nicholson, et elle se tenait à présent devant la maison de Jonathan et portait une perruque qui lui faisait une coupe au carré noire. Elle avait adopté un look de maman de banlieue avec une chemise à carreaux, un *mom* jean et des baskets à la fois confortables et élégantes. Juste au cas où, elle avait mis une casquette de baseball pour dissimuler un peu son visage.

Elle attendait dans la voiture, garée de l'autre côté de la rue. Lorsqu'elle vit Jonathan sortir, son cœur tambourina. Son frère était plus âgé, il avait des cheveux gris sur les tempes. Avec l'âge, il ressemblait de plus en plus à leur père. Il faisait la même taille et avait la même carrure. Ses larges épaules étaient même voûtées de façon similaire, et quelque chose bougea dans sa poitrine à cette idée.

Il monta dans sa voiture et s'éloigna, et comme dans un thriller, elle le suivit. De ce qu'elle voyait, personne ne les suivait. Il se gara sur le parking d'un Costco, et quand il sortit de sa voiture, elle fit de même. Son cœur battant la chamade, elle le rejoignit en trottinant avant qu'il n'atteigne l'entrée.

— Jonathan.

Il se tourna vers elle. Ses yeux s'écarquillèrent de surprise et il regarda autour de lui.

— Bon sang, Amber ? Qu'est-ce que tu fais ici ?

Le dos d'Amber se raidit et son ventre se noua. Était-ce une erreur ? La trahirait-il comme il l'avait fait dans leur jeunesse ?

— Est-ce qu'on peut discuter, s'il te plaît ? En privé ?

Il marmonna quelque chose, la prit par le coude et l'emmena dans un petit parc de l'autre côté de la rue. L'air était chargé du parfum des fleurs et d'humidité. Ils s'assirent sur un banc qui donnait sur un étang. De la mousse espagnole pendait des arbres autour de l'eau. Des mères se promenaient avec des poussettes, des femmes âgées faisaient de la marche sportive, et des adolescents faisaient du vélo et du skateboard sur le chemin.

— Parle, dit Jonathan. Tu étais sur toutes les chaînes d'info il y a un mois. On s'est rendus fous à te chercher.

Son ton accusateur la surprit. S'était-il inquiété pour elle ?

— Alors ? Tu l'as tué ?

Les ongles d'Amber s'enfoncèrent dans sa paume. Avait-il besoin de demander ? Évidemment qu'il ne la croirait pas. Comment avait-elle pu croire qu'il le ferait ?

— À ton avis ?

— Je ne t'en pensais pas capable, mais t'enfuir et te cacher n'a pas donné une bonne impression.

Un sourire se dessina lentement sur les lèvres d'Amber. Son frère était de son côté.

— C'est un coup monté. C'est pour ça que je suis là. J'ai besoin de ton aide pour prouver que je suis innocente.

Il soupira.

— Pourquoi tu n'es pas venue plus tôt ?

— Parce que...

Elle toucha l'ongle de son pouce.

— Je pensais que tu ne me croirais pas.

— Quoi ? Pourquoi ?

— Tu sais pourquoi. On n'est pas vraiment proches. On ne l'a jamais été. Je pensais que tu ne voudrais pas prendre de risques pour m'aider.

Jonathan soupira de nouveau et se frotta le visage.

— Ouais. Eh bien, tu te trompes. Je te soutiens. Tu comprends ?

Elle trouva enfin la force de le regarder. Son frère avait toujours été intimidant. Leur père l'avait traité comme son héritier, comme le fils parfait. Une image qu'Amber l'avait aidé à maintenir quand elle avait assumé la responsabilité de divers petits péchés qu'il avait commis.

Mais maintenant, en le regardant dans les yeux, elle ne voyait pas l'agacement et l'arrogance d'avant. Elle voyait de la culpabilité.

Et de l'amour.

Il posa une main sur la sienne.

— Je suis désolé pour ce qu'on a fait quand on était enfants. Je savais que c'était mal, mais j'étais jeune et con. Et lâche. Papa t'aimait tellement, je pensais que rien ne pourrait jamais changer ça.

Un rire nasal échappa à Amber.

— Quoi ? Moi ?

— Tu ne t'es jamais défendue. Tu n'as jamais rien dit.

— Je ne disais rien parce que je pensais que tu me mépriserais encore plus. J'essayais seulement d'être dans tes bonnes grâces. Que tu vois qu'on était du même côté.

Il poussa un soupir.

— Mais on ne l'a jamais été, hein ? dit-il, secouant la tête. Tu sais, après la mort de papa, je me suis rendu compte du nombre d'erreurs que j'ai commises. J'ai compris à quel point le temps passé ensemble était précieux. Je donnerais n'importe quoi pour que maman et lui reviennent.

— Ouais. Papa était le roc. Sans lui, la famille s'est désintégrée. Il n'y avait plus personne pour nous protéger.

— Si. Il y a quelqu'un, répondit-il, serrant sa main. Moi. Je t'aiderai.

De l'espoir et de l'amour crûrent dans sa poitrine. Elle comprenait à présent ce qu'Owen avait dû ressentir lorsque son père l'avait soutenu devant le roi. Son frère la soutenait à présent.

— Merci.

Elle serra la main de son frère, les larmes lui montant aux yeux.

— Tu n'as pas idée de ce que ça signifie pour moi, dit-elle.

Les yeux larmoyants, il lui fit un sourire chaleureux. Il se pinça l'arête du nez et essuya les larmes aux coins de ses yeux.

— Alors, dis-moi tout et commence par le début, demanda-t-il avec sérieux.

— OK.

Elle lui parla de Bryan. De la façon dont il s'était endetté auprès de Jackson et dont il était devenu irritable et énervé.

— Je pensais que c'était sa fierté. Qu'il détestait devoir quoi que ce soit à quelqu'un. Mais maintenant, je pense qu'il détestait faire affaire avec lui. Il détestait être impliqué dans un crime comme ça. Bryan était impulsif, mais c'était un type bien. Je pense qu'il se sentait simplement coupable d'aider Jackson à faire entrer de la drogue aux États-Unis.

— Tu te souviens d'informations ? De n'importe quoi qui pourrait nous aider à trouver des preuves ?

— Il a parlé d'Aman Safar, le propriétaire d'un salon de thé à Kabul. Mais il n'aimait pas parler de ce qu'il faisait avec Jackson. Il s'énervait tellement quand je lui posais des questions. Bref, c'est devenu de pire en pire, et un jour, il a dit quelque chose à propos du fait de faire un pacte avec le diable.

Jonathan hocha pensivement la tête.

— Jackson.

— Ouais. Je m'en rends compte à présent. Alors, je ne savais pas ce qu'il voulait dire, et il ne voulait pas expliquer. On s'est séparés pas longtemps après, mais je voyais qu'il devenait de plus en plus irritable, expliqua-t-elle, baissant les yeux vers ses mains. Maintenant, je pense qu'il essayait de trouver un moyen d'arrêter de travailler avec Jackson. J'aurais dû être plus compréhensive. Mais je croyais qu'il voulait seulement qu'on se remette ensemble.

— Arrête de te sentir coupable, Amber. Si tu avais su et si tu avais tenté quelque chose, qui sait ce que Jackson t'aurait fait. Ou si tu serais encore en vie à l'heure qu'il est.

— Même. Peut-être que Bryan serait encore vivant.

— OK. Dis-moi ce qui s'est passé la nuit du meurtre.

Elle lui raconta, ses mains tremblant alors qu'elle revisitait cette soirée, chaque petit détail. La façon dont elle l'avait poussé devant tout le monde. Quand elle l'avait découvert dans une mare de sang. Qu'il lui avait parlé de Jackson et lui avait demandé de l'arrêter. Et que Jackson l'avait trouvée là.

— Et ensuite ?

— J'ai braqué le flingue sur lui, je l'ai attaché et je me suis enfuie. Beaucoup de témoins m'ont vue être agressive envers Bryan. On aurait dit que j'avais tué mon ex. Dans le meilleur des cas, j'aurais été condamnée pour homicide involontaire. Dans le pire des cas, Jackson m'accusait de meurtre et veillait à ce que je sois condamnée à mort. Le connaissant, je ne pensais pas possible de l'affronter. Je me sentais si impuissante. Il est major, bon sang, Jonathan.

— Oui. Je sais. C'était bête, Amber. En t'enfuyant, c'est comme si tu avais plaidé coupable.

Elle soupira.

— Je suis là maintenant. Et je veux me battre. D'abord, je dois trouver Aman Safar. Il pourrait parler. Sinon, peut-être qu'on pourra trouver d'autres preuves grâce à lui. On pourrait peut-être même filmer Jackson en pleine action.

Jonathan appuya ses coudes sur ses genoux et se pencha en avant.

— Non. Pas toi. J'irai.

— Jonathan, non. Ce sont mes problèmes.

— Oui. Mais chaque fois que tu passes dans un aéroport, tu tentes le diable.

Elle ouvrit la bouche pour le contredire, mais il agita la main et continua.

— J'appellerai mes contacts. Je connais quelqu'un dans la police militaire. Il pourrait me donner une idée de ce qu'ils ont sur toi et des accusations.

Non. C'était trop dangereux. Elle ne voulait pas l'impliquer autant.

— Jonathan...

Il ne la laissa pas continuer.

— Aussi, quand on aura des preuves, je pense qu'il serait judicieux que tu te présentes à la police. Ils t'arrêteront, évidemment, mais je paierai ta caution, et si on leur donne quelque chose sur Jackson, on pourrait passer un accord. Kyle connaît un super avocat spécialisé dans les affaires militaires.

Amber secoua la tête. C'était trop. Elle pensait que Jonathan lui donnerait peut-être des conseils ou appellerait quelqu'un pour elle. C'était bien plus. Il risquait sa propre liberté.

— Ils pourraient se lancer à ta poursuite pour m'avoir aidée...

Il la regarda tristement.

— Combien de fois tu as porté le chapeau pour moi et pour nos frères ? Il est temps que je te renvoie l'ascenseur.

CHAPITRE 34

VIRGINIE-OCCIDENTALE, un mois plus tard

La maison de Jackson était exactement comme lui : grande et imposante.

C'est donc là que va l'argent de la drogue.

Les nerfs en pelote, les paumes en sueur, une bataille faisait rage dans la tête d'Amber. Malgré sa bravade de tout à l'heure et sa décision de revenir et de prouver son innocence, son assurance et son courage avaient disparu. Elle n'était pas certaine que ce soit la bonne décision. À vrai dire, elle commençait à penser que c'était la pire erreur qu'elle ait jamais commise. Cette tentative pathétique pourrait bien gâcher sa vie pour toujours.

Et elle ne reverrait peut-être jamais Owen.

Elle sortit de la voiture. Le cœur battant la chamade, elle bougea son haut. Le mouchard sur sa peau la grattait.

— Ne me laisse pas tomber, Jonathan, murmura-t-elle.

Évidemment, elle n'avait aucun moyen de savoir si son frère pouvait l'entendre. Elle devait supposer que oui. Ils avaient vérifié la connexion, après tout.

Elle prit une profonde inspiration, puis expira longuement. Elle marcha vers la maison. Jackson était actuellement en congés, ce qui était un coup de chance. Cependant, si cela n'avait pas été le cas, elle aurait trouvé un moyen de se rendre en Afghanistan, mais cela aurait été beaucoup plus difficile.

Elle ne doutait pas le moins du monde que la nouvelle du meurtre de Bryan et de son implication s'était répandue comme une traînée de poudre dans la base. Il y avait probablement eu des articles de journaux et ce devait même être passé à la télé. Une femme folle qui tuait son petit ami dans une base militaire était un événement digne des infos.

Eh bien, qu'ils brûlent en enfer ! Que tout le monde brûle en enfer. Que Jackson brûle en enfer. C'est ce qu'Owen lui aurait dit. Qu'ils brûlent tous en enfer !

Sa colère lui donna de la force. Oui, bien. Elle en avait besoin.

Elle avait seulement besoin de parler à Jackson. Elle savait qu'il était divorcé et vivait seul. Après l'avoir surveillé, Jonathan et elle avaient découvert qu'en général, il n'allait nulle part et n'avait pas de visiteurs à l'heure du déjeuner.

Debout devant la porte de Jackson, elle entendait sa voix tonnante. Connard ! Il parlait toujours fort, sa présence était toujours palpable. Amber frappa vigoureusement à la porte.

Il ouvrit la porte quelques instants plus tard, son téléphone pressé entre son oreille et son épaule. L'entrée derrière lui était grande, avec un imposant escalier menant à l'étage. Jackson remplissait toute la pièce, et Amber eut l'impression d'être de retour dans la salle de torture. Il n'y avait pas d'instruments de torture dans cette maison moderne et manifestement chère. Mais cet homme était plus dangereux pour elle que tous les instruments combinés.

— Contente-toi de ramener tes fesses et de me montrer ce que t'as, dit-il de sa voix tonnante.

Ensuite, il éclata de rire si fort que Jonathan dut en avoir mal aux tympans.

— Je te rappelle, aboya Jackson dans le téléphone, avant de le fourrer dans la poche de son jean.

Il ressemblait à un prédateur qui aurait vu l'animal le plus faible du troupeau. Une goutte de sueur glaciale descendit le long de l'échine d'Amber.

— Tiens, tiens, mais qui voilà, dit-il lentement, avant de s'effacer pour la laisser entrer.

— Monsieur, le salua-t-elle.

Une fois qu'elle fut entrée, il ferma la porte d'un air définitif.

— Vous ne vous cachez plus ? demanda-t-il. Que faites-vous ici ?

— Je suis venue vous sauver de la peine capitale que vous méritez.

Il haussa les sourcils, visiblement amusé, et s'approcha d'elle. Il sortit ensuite son téléphone.

— Vous avez trente secondes pour me dire pourquoi vous êtes ici, et ensuite j'appelle la police militaire.

— J'ai des preuves contre vous, Ronald. Des preuves que vous trafiquez de la drogue, j'ai votre mobile pour le meurtre de Bryan. Je suis venue vous offrir la possibilité de vous rendre et de pouvoir passer un accord. Si vous ne le faites pas, je leur donnerai les preuves.

L'expression amusée de Jackson disparut un instant avant de revenir. Il la parcourut rapidement du regard, mais pas d'une façon vicelarde. Comme s'il l'évaluait. Soupçonnait-il qu'elle portait un mouchard ?

— Je ne vois pas de quelles drogues vous parlez. Et moi qui aurais tué Bryan... c'est des conneries.

Mais il n'appelait pas la police. Il voulait savoir ce qu'elle avait sur lui.

— Ah bon ?

Elle avança dans l'entrée. Ce pourrait être une erreur. Il pourrait essayer de l'empêcher de sortir.

— Dans ce cas, pourquoi est-ce que vous n'appelez pas la police ?

— Quelles « preuves » avez-vous, Amber ?

— Vous faites venir les drogues par transport aérien. Et vous avez un homme qui supervise les livraisons et veille à ce que les chiens ne s'approchent pas. Je sais tout sur Aman Safar, et je sais tout ça parce que Bryan vous aidait. Il voulait arrêter, et il a menacé de vous dénoncer. C'est pour ça que vous l'avez tué.

Il secoua la tête, ses yeux se faisant sombres et menaçants.

— Réveillez-vous, princesse. Je veux savoir ce que vous pouvez bien fumer pour avoir de telles idées.

Il ne cédait pas. Elle devait frapper plus fort, ce qui signifiait prendre de plus gros risques.

— OK, dit-elle, avant de faire quelques pas vers la porte. Je vous ai laissé une chance.

Il bougea si vite qu'elle n'eut pas le temps de le voir. Il plaqua sa paume sur la porte tout en grognant.

— Non. Vous ne m'avez rien donné. Qu'est-ce que vous avez exactement ?

Amber était clouée sur place. Ce n'était pas vraiment des aveux, mais cela s'en approchait. De la sueur perlait sur sa peau. Elle le regarda directement. Elle était bien moins courageuse qu'elle essayait de le faire croire.

— Aman est prêt à se présenter à la police et à témoigner contre vous.

Jackson afficha une expression neutre.

— Quoi ?

— Il a passé un accord avec le gouvernement américain. Sa famille va être amenée aux États-Unis pendant qu'il fera de la prison. Vous le terrifiez.

— Vous bluffez.

Elle haussa un sourcil.

— Vous voulez tenter votre chance ?

Il secoua la tête.

— Je ne suis pas né de la dernière pluie, poupée. Vous ne pouvez rien prouver.

— Dans ce cas, retirez votre main et laissez-moi partir.

Il serra si fort le poing que ses jointures blanchirent.

Le corps d'Amber se tendit instinctivement. Jackson allait craquer. Mais il allait peut-être se défouler physiquement sur elle et ne pas faire ses aveux, et elle avait besoin qu'il les fasse. Cet aveu la libérerait.

Cela ne marchait pas. Elle devait y aller encore plus fort.

— Tous les membres de votre organisation de trafic de drogue ont peur de vous. Bryan était prêt à vous dénoncer. Et maintenant, c'est Aman. Vous êtes fini, Ronald. Parce que vous ne pourrez pas faire taire Aman. Vous ne pouvez pas le tuer comme vous avez tué Bryan. Votre seule chance, c'est de vous présenter à la police.

Il plissa les yeux.

— Comment vous êtes arrivée ici ?

Elle cligna des yeux.

— Quoi ?

— Vous êtes en cavale. Personne ne sait où vous êtes. La dernière fois que vous avez été vue, c'était en Écosse. Comment avez-vous traversé la frontière ? Avec un faux passeport ?

— Ouais. Avec un faux passeport. Pourquoi ?

— Est-ce que quelqu'un vous a aidé à obtenir ces informations ?

Elle fit le lien. Il voulait découvrir si quelqu'un savait qu'elle était ici. Au cas où il veuille la faire disparaître.

— Non, dit-elle, espérant que cela apaiserait ses soupçons. Personne n'est au courant.

Quelque chose changea dans le regard de Jackson. Dans un mouvement rapide qu'elle faillit manquer, il la saisit par la gorge et la plaqua contre la porte en l'étranglant. Sa gorge se serra, déchirée par la douleur. Elle tenta désespérément de respirer, mais seuls des bruits étouffés se firent entendre. Dans un élan de panique, elle griffa la main autour de sa gorge, en vain.

— Vous auriez dû garder vos distances, princesse. Vous auriez dû rester cachée comme un insecte sous une pierre.

Ses poumons la brûlaient. Les ténèbres envahissaient sa vue. Jonathan était probablement en train de devenir fou en l'entendant suffoquer. Personne à part lui savait qu'elle était ici. Tout n'était qu'un bluff orchestré pour enregistrer Jackson en train d'avouer.

Et elle était en train de perdre. Elle allait mourir. Pour rien.

— Ah ! dit-il, affermissant sa prise sur son cou. Regarde-toi. Tu as le même air impuissant que Bryan juste avant que j'appuie sur la détente.

Son cerveau ne réfléchissait plus. Elle manquait d'oxygène, et à en juger par la douleur, il avait peut-être complètement écrasé sa trachée.

Elle était allée trop loin. Elle était en train de mourir.

Elle ne reverrait plus jamais Owen. Son fiancé. Le bonheur de sa vie.

Puis, comme dans un murmure lointain porté par le vent, elle entendit sa voix.

« Sois ta propre héroïne. Tu es la mienne. »

Elle devait vivre. Elle devait choisir de vivre. Elle avait presque coincé Jackson.

Pour Owen.

Utilisant une technique qu'elle avait apprise au kung-fu, elle puisa de la force profondément en elle, parce que toutes les fibres de son être n'étaient qu'amour pour Owen.

Elle mit un coup de pied entre les jambes de Jackson.

Il la lâcha et se plia en deux en reculant.

Elle toussa, inspirant désespérément. Ses jambes arrivant à peine à la soutenir, elle s'accrocha à la porte. Respirer était douloureux, mais son organisme avait besoin d'oxygène. Sa mission n'était pas terminée.

Jackson se tenait encore l'entrejambe, mais il était déjà en train de se redresser. Il se jeta vers une console près du mur, ouvrit un tiroir et sortit un pistolet.

Amber n'avait pas de temps à perdre. Son corps était en train de récupérer ; elle fit un pas pour se donner de la place, pivota et mit un coup de pied dans le visage de Jackson. Il tomba en arrière, et elle prit son arme et la pointa sur lui.

Il leva les mains en l'air en signe de reddition.

— Vous êtes fini, Jackson, déclara-t-elle d'une voix étranglée. T'as bien tout entendu, Jonathan ?

Son téléphone vibra dans la poche de son jean. Elle répondit à une main.

— Hé, sœurette. Ça va ?

— Je vais bien, répondit-elle d'une voix rauque.

Sa gorge lui faisait un mal de chien.

— T'as bien tout entendu ?

— Oui. La police militaire est en route. Erickson a dit que c'était assez pour des aveux. Tu es libre.

Amber expira, le soulagement envahissant son corps comme des rayons de soleil. Elle avait prouvé son innocence. Elle était libre. Et ce gars finirait derrière les barreaux, il aurait ce qu'il méritait.

Lorsque la police militaire arriva et arrêta Jackson, Amber sortit de la maison et respira l'air frais. Elle le regarda être mis dans une voiture, et elle inspira des goulées d'air, laissant la liberté imprégner toutes les fibres de son être.

La voiture de police s'éloigna et quelqu'un s'approcha d'elle : une silhouette féminine portant une cape verte... Sìneag ? Un frisson la parcourut. Que voulait-elle ? D'où venait-elle ? On aurait dit qu'elle était sortie de nulle part.

Un grand sourire fendit le visage de Sìneag alors qu'elle s'approchait, des fossettes se formant sur ses joues roses. Quelqu'un d'autre pouvait-il la voir ? Il n'y avait personne. Son frère était parti avec la police pour leur donner les preuves et l'aveu enregistré. La rue de banlieue semblait calme et ordinaire. Voir Sìneag ici lui donna le tournis.

— Vous avez réussi ! dit Sìneag en s'arrêtant près d'elle.

— Euh. Merci, répondit Amber en fronçant les sourcils. Pourquoi vous êtes ici ?

Sìneag regarda autour d'elle d'un air émerveillé.

— J'adore les États-Unis d'Amérique. C'est tellement plus intéressant que cette bonne vieille Écosse. Il y a tant de mets délicieux, des choses dont je n'avais jamais entendu parler en deux mille ans de vie.

La peau d'Amber se glaça. « Deux mille ans » ?

— À ce propos…

Sìneag considéra Amber.

— J'ai quelque chose d'important à vous dire. Un avertissement, dit-elle, une lueur espiègle dans le regard. Mais selon les traditions des Highlands, je ne vous le dirai que si vous m'offrez quelque chose de délicieux et d'insolite.

Elle déglutit.

— Enfin. N'importe quelle nourriture conviendra.

Amber haussa les sourcils.

— Vous voulez de la nourriture en échange d'informations ?

— *Aye*.

Amber secoua la tête en souriant.

— Le fait que vous êtes une fée n'est peut-être pas la chose la plus bizarre chez vous, Sìneag.

Elle se dirigea vers sa voiture et ouvrit la portière passager. Elle trouva un paquet de cacahuètes dans la boîte à gants et le donna à Sìneag.

— Tenez. De la nourriture. Alors, qu'est-ce que vous vouliez me dire ?

Les yeux de Sìneag étincelaient presque. Elle ouvrit le paquet et contempla le contenu avec émerveillement.

— Ce sont des cacahuètes salées, expliqua Amber.

Sìneag prit une cacahuète et l'étudia. Puis elle la mit dans sa bouche et mâcha lentement, les yeux fermés.

— C'est délicieux, dit-elle, avant de regarder Amber, le regard rayonnant. Merci.

Elle mit une autre cacahuète dans sa bouche et mâcha.

— Alors ? Qu'est-ce que vous vouliez me dire ?

— Oh ! *Aye*. Maintenant que vous avez vaincu votre ennemi, que comptez-vous faire ?

— Retourner auprès d'Owen, évidemment.

Sìneag sourit.

— Bien. Mais je dois vous prévenir. C'est la dernière fois que vous pouvez traverser le tunnel du temps. Chaque couple n'a le droit qu'à trois passages.

Amber se mordit la lèvre et hocha la tête. Trois passages… Ce serait son dernier. Adieu le XXIe siècle, adieu ses frères, ses amis. Elle ne mangerait plus jamais de cacahuètes, ne pourrait plus aller chez le médecin, se faire détartrer les dents, boire du café. Si Owen et elle avaient des enfants, ils ne seraient pas vaccinés et n'iraient pas à l'école.

— Cela change-t-il quoi que ce soit ? demanda Sìneag.

Cela changeait-il quoi que ce soit ? Elle pouvait toujours rester. Vivre sa vie ici, dans la sécurité et la stabilité relatives du monde moderne.

Et hurler intérieurement chaque jour tant Owen lui manquait. Cette vie, pleine de commodités, où elle aurait chaud et serait satisfaite, serait vide sans lui. Elle ne se respecterait jamais si elle faisait passer le confort et les biens matériels avant l'amour.

— Non, répondit Amber, sachant en son for intérieur que c'était la bonne décision. Ma place est avec Owen. Vous aviez raison. C'est l'amour de ma vie, l'homme avec qui je suis destinée à être.

Le sourire qui se dessina sur les lèvres de Sìneag fut si large que l'on aurait dit qu'il allait couper son visage en deux. Elle poussa un soupir heureux et mangea une autre cacahuète.

— Un autre couple a trouvé le bonheur grâce à moi. Votre monde est bien plus amusant que celui des fées.

Elle posa une main sur la mâchoire d'Amber, et son contact frais envoya en elle une petite vibration qui lui rappela la sensation d'être à côté d'une énorme enceinte à un concert.

— Je suis une fée, et l'amour n'est point possible pour moi, je vis donc à travers vous et d'autres. Allez le retrouver, maintenant. Soyez heureux. Et je chercherai un autre couple à tourmenter.

Amber ouvrit la bouche pour demander pourquoi Sìneag ne pourrait jamais trouver l'amour, mais la fée disparut.

Amber soupira et secoua la tête. Quelle belle créature étrange et merveilleuse ! Sìneag était peut-être sa personne préférée au monde après Owen.

Parce que c'était grâce à elle qu'ils s'étaient rencontrés. Et maintenant, Amber pouvait enfin retourner à ses côtés.

CHAPITRE 35

CHÂTEAU D'INVERLOCHY, trois mois plus tard...

Owen arpentait la réserve souterraine de long en large. De temps en temps, il jetait un coup d'œil au rocher.

— Maudit rocher, marmonna-t-il.

Il venait ici tous les jours depuis son arrivée à Inverlochy un mois plus tôt. Et tous les jours, le rocher restait immobile et refusait de ramener Amber.

Un nerf dans sa pommette ne cessait de tressaillir. Pouvait-il faire quelque chose ? Quoi ?

Il s'était posé la question des centaines de fois depuis le départ d'Amber. Et la réponse restait toujours la même : rien. Il ne pouvait rien faire pour l'aider ou pour découvrir si elle avait réussi à accomplir sa mission.

Et même si elle avait réussi sa mission, avait-elle changé d'avis ? Et si elle avait décidé qu'il ne valait pas la peine de quitter sa vie confortable et sûre dans le futur ?

Cent couteaux lui lacérèrent le cœur à cette pensée. Même s'il avait dit à Amber que cela ne le dérangerait pas d'attendre, il détestait se sentir ainsi. Impuissant. À sa merci. À la merci du destin.

Tout son bonheur dépendait de ce rocher. Cette pierre froide et silencieuse. Il ne s'était jamais senti aussi impuissant et désemparé.

Il s'empêcha de mettre un coup de pied dans ce maudit rocher et sortit de la réserve. Il monta les marches et se rendit dans la cour.

C'était l'hiver à présent, et une épaisse couche de neige recouvrait le sol. L'atmosphère avait changé à Inverlochy depuis que Robert Bruce avait remporté la bataille de la passe de Brander. Il n'y avait plus d'ennemis en Écosse.

Les MacDougall s'étaient enfuis en Angleterre, ainsi que les MacDowell de Galloway et les Comyn. Il n'y avait toujours pas de paix entre les deux pays, mais l'Angleterre représentait une menace lointaine à présent. La situation s'étant apaisée, Robert Bruce avait retiré une bonne partie de ses soldats. Cependant, le château restait fortifié et prêt à affronter n'importe quoi.

Robert Bruce avait tenu parole et avait accordé toutes les terres des MacDougall aux Cambel, ce qui avait soudain fait de sa famille l'un des plus puissants clans d'Écosse. Comme promis, Owen avait reçu un domaine à Lorne, qu'il n'avait toujours pas visité. Dès qu'il avait été rétabli, il s'était rendu à Inverlochy. Aucun trésor et aucun domaine au monde ne lui ferait manquer l'arrivée de son épouse.

Après la mort de Kenneth, Alexander MacKinnon était devenu le connétable du château, et les membres de clans alliés pouvaient venir se reposer ici pendant leurs voyages.

Owen traversa la cour en direction du mur opposé. Il avait suggéré que pendant qu'il vivait ici et attendait Amber, il pourrait faire partie de la garnison. L'air était frais et le ciel bleu et dégagé. Le soleil brillait, et la neige était d'un blanc si vif qu'Owen dut plisser les yeux.

Il entra dans la tour et prit l'escalier pour aller monter la garde sur les remparts. Malgré la situation plus détendue, ils devaient quand même garder l'œil ouvert. Qui savait si les

Anglais décideraient d'attaquer. Aucun traité de paix n'avait encore été signé.

Angus et Raghnall Mackenzie le rejoignirent. Ils contemplèrent l'immensité blanche des Highlands devant eux et échangèrent quelques mots. Puis Raghnall jeta un coup d'œil derrière Owen, et afficha un air surpris et admiratif. Le cœur serré, Owen se tourna.

Son cœur s'arrêta. Elle était devant lui, saine et sauve et plus belle que dans ses souvenirs. Elle portait une longue cape en laine avec de la fourrure. En dessous, elle avait des vêtements d'homme : des chausses en cuir qui épousaient ses jambes et des bottes hautes. Elle portait un chapeau en laine et une tresse en sortait.

Ses grands yeux en amande étaient humides de larmes.

— Owen..., murmura-t-elle.

Il eut l'impression que son corps était rempli d'air et non de sang et qu'il était sur le point de s'envoler.

Avec le plus grand des sourires, elle combla la distance entre eux. Mais avant qu'elle ne puisse l'étreindre, elle glissa juste devant lui. Elle était sur le point de tomber, mais il l'attrapa et la serra tout contre lui.

— Merci, marmonna-t-elle. Maudite glace !

Sans un mot de plus, et sans prêter attention aux Mackenzie et aux autres gens qui les fixaient depuis la cour, il l'étreignit.

Son épouse...

— Amber, chuchota-t-il.

Il respira sa délicieuse odeur, ce doux mélange d'épices et de fruits mystérieux et exotique qu'il n'avait senti que chez elle.

Elle lui paraissait à la fois forte et fragile dans ses bras. Elle noua ses bras autour de son cou, et il sentit quelque chose de chaud et humide sur sa joue.

Il la regarda sans la lâcher. Elle pleurait.

— Amber ?

— Ça va. Je suis juste tellement contente de te voir... Il y a eu des moments où je pensais que je ne... et je me suis dit que tu avais peut-être changé d'...

Il la réduisit au silence d'un baiser, savourant le délicieux festin qu'offraient ses lèvres. Le monde cessa d'exister, tout disparut à part sa jolie épouse et lui. Elle s'adoucit contre lui, mettant le feu à son sang. Il l'embrassa de plus belle, animé par le désir, son cœur battant douloureusement fort.

Il mit fin au baiser et elle s'affaissa contre lui, haletante.

— Je perdais la tête à t'attendre. Pourquoi as-tu été si longue ?

Elle secoua la tête une fois et pouffa.

— Tu sais, j'essayais de ne pas me faire prendre... ou tuer. Jackson m'a étranglée.

Owen sentit le sang quitter son visage.

— Quoi ?

Elle sourit.

— Ce n'est pas grave. J'ai gagné. Tu m'as sauvé la vie, une fois de plus. J'ai entendu ta voix dans ma tête et elle m'a donné la force de me battre. Je lui ai mis un coup de pied dans les couilles. Il est en prison maintenant. Alors, peu importe ce que tu as fait par télépathie, je t'en remercie.

— De rien, Amber. J'ignorais que je faisais autre chose que m'arracher les cheveux. Si tu avais mis plus longtemps, tu aurais peut-être trouvé un homme chauve.

— Je t'aimerais quand même.

— J'ai failli réduire le rocher en poussière sous le coup de la frustration. Il y a probablement une tranchée dans la réserve souterraine tant je l'arpentais chaque jour.

Elle éclata de rire, et ce son résonna dans sa poitrine, dissipant les dernières tensions, réserves et peurs. Elle était bel et bien là, bel et bien dans ses bras.

— Viens, dit-il, lui prenant la main et la guidant vers l'escalier. Tu dois avoir froid. Je vais te réchauffer. Il y a moins de guerriers au château à présent, il y a donc plus de chambres à coucher de libre. Le connétable m'en a donné une, nous pourrons donc passer beaucoup de temps seuls.

Ils descendirent les marches et atteignirent la cour.

— Je suis tellement contente que tu aies attendu.

Il parcourut les alentours du regard pour voir si qui que ce soit les regardait, puis il glissa lentement une main le long de sa cape et lui empoigna le cul, attrapant surtout du tissu.

— Laisse-moi t'accueillir convenablement, comme j'en ai eu envie tout ce temps en t'attendant.

— Et tu penses que je vais rester dans la même chambre que toi sans que nous soyons mariés ?

Il s'arrêta et la fixa, stupéfait.

— Quoi ?

— Je plaisante.

Il secoua la tête et, dans un mouvement rapide, il la souleva et la jeta sur son épaule. Amber poussa un petit cri et lui tapa le dos avec ses poings. Se fichant de qui pouvait bien les voir, il lui mit une claque sur le cul.

— On plaisante, hein ? Ne me fais pas avoir — comment as-tu appelé cela déjà — une crise cardiaque ?

— Pose-moi !

— Bientôt. Quand tu seras dans ma chambre et que j'aurai barricadé la porte. Je ne te laisserai point sortir même si les Anglais viennent frapper à la porte.

Il atteignit la petite tour et monta vite les marches jusqu'au premier étage, son joli et précieux paquet sur l'épaule. Le château d'Inverlochy était un château royal, et Owen l'emmena dans la chambre réservée aux invités d'honneur. C'était là que Robert Bruce dormait lorsqu'il séjournait ici. Il y avait un feu dans la cheminée, et la chambre était chaude et sèche. Il allongea Amber sur le lit et se glissa sur elle.

— Tu m'as manqué.

Elle fit courir ses doigts dans ses cheveux.

— Tu m'as manqué aussi.

Il l'embrassa passionnément, s'installant entre ses jambes. Il était déjà dur et brûlant de désir pour elle. Il détacha sa cape.

— Était-ce difficile de faire tes adieux ? De tout laisser derrière toi ?

Elle se mordit la lèvre. Elle était gonflée à cause du baiser, et il mourait d'envie de la mordiller.

— Mon frère Jonathan m'a aidée à prouver mon innocence. Sans lui, ça n'aurait jamais marché.

— *Aye*. La famille.

— En travaillant ensemble, on s'est plus rapprochés que jamais. C'était dur à la fin.

— Lui as-tu dit que tu allais épouser un homme né des centaines d'années dans le passé ?

Un sourire triste courba les lèvres d'Amber.

— Non. Il m'aurait envoyée dans un asile de fous ou un truc du genre.

— Alors, qu'as-tu dit ?

— J'ai dit que j'allais parcourir le monde. Puis j'ai demandé à ma tante Christel, qui vit près d'Inverlochy, de lui envoyer une lettre qui explique la vérité dans un an. J'ai écrit qu'il me trouvera peut-être folle, mais qu'il devait savoir que je suis heureuse et que j'ai trouvé l'amour. Et que l'amour vaut le coup de devenir fou.

Il l'embrassa à nouveau, l'aimant, l'appréciant comme jamais auparavant. Il lui embrassa le menton, puis le cou, et respira son odeur comme s'il voulait en imprégner son sang. Il fit courir ses mains sur son corps, détacha la ceinture de sa tunique et passa ses mains en dessous, effleurant sa peau douce du bout des doigts.

Elle pencha la tête en arrière et s'arqua légèrement vers ses mains. Il remonta sa tunique et s'émerveilla devant son beau corps.

— Qu'est-ce que j'ai de la chance !

Il embrassa le bas de son sein.

— Il n'existe point d'autre femme comme toi. Tu es une merveille qui m'a été apportée à travers le temps par la magie.

Elle s'immobilisa et le considéra, une sorte de révérence dans ses grands yeux.

— Mienne, murmura-t-il, malgré le nœud dans sa gorge. Tu es ma merveille.

Elle renifla légèrement et il se reconcentra sur ses seins.

— Si belle, dit-il, avant de prendre un mamelon dans sa bouche.

Il le suça et le lécha, tout en jouant avec l'autre avec ses doigts.

— Si douce, murmura-t-il, faisant courir ses lèvres sur son ventre. Si délicieuse.

Il ouvrit ses chausses et les baissa, puis, avec un peu de difficulté, il défit les lacets de ses bottes et les lui retira. Émerveillé, il contempla ses hanches gracieuses, son ventre et le triangle de poils noirs entre ses jambes.

Sa verge tressaillit, dure et douloureuse. Il lui enleva complètement ses chausses, s'installa entre ses jambes et déposa une traînée de baisers de son genou à son entrejambe, tout en pétrissant son autre cuisse. Elle le récompensa avec un délicieux gémissement bas et en courbant les orteils. Il se pencha sur son sexe et respira son odeur si féminine et délicieusement licencieuse.

Le désir qu'il ressentait pour elle embrasa son sang. Il écarta ses lèvres et posa sa bouche sur sa féminité, léchant et suçant son bourgeon sensible. Elle était déjà mouillée et son goût était divin.

Elle se mit à pousser de petits gémissements de besoin, comme un chaton, et il sentit une satisfaction virile le saisir à l'idée d'être celui qui lui procurait ce plaisir. Il voulait lui en donner plus. Il voulait lui donner tout.

Être tout pour elle.

Tout ce qu'elle voudrait jamais, tout ce dont elle aurait jamais besoin.

Il enfonça un doigt dans sa chaleur humide et elle se contracta autour. Il brûlait d'envie qu'elle enserre son érection ainsi, de plonger dans ses profondeurs soyeuses et de sentir qu'elle était sienne. Qu'elle lui appartenait.

Il fit des va-et-vient avec son doigt, mais elle se redressa tout à coup. Ses joues étaient rouges et ses lèvres pulpeuses étaient entrouvertes. Elle pantelait, les paupières à moitié fermées, les yeux aussi sombres que la nuit.

— Non. Ça ne suffira pas.

— Non ?

— Toi. Je te veux toi. Pas ton doigt. En moi. Maintenant.

Il secoua la tête avec un rire silencieux.

— Le plaisir est pour moi.

Il retira sa tunique et ses chausses. Elle le parcourut d'un lent regard appréciateur. Il se mit au-dessus d'elle, s'appuyant sur ses mains, posées de chaque côté de sa tête.

— Arrête de me regarder comme si j'étais un mets délicieux ou je vais rougir, ronronna-t-il.

— Tu es mieux qu'un mets délicieux.

Elle lui mit une claque sur le cul et appuya sur ses hanches pour le pousser à se rapprocher.

— Tu as meilleur goût et rien ne m'apporte plus de plaisir que toi, dit-elle, enfonçant ses ongles dans ses fesses. Maintenant, prouve-le.

— Nous allons devoir discuter de tes manières.

Il empoigna son érection, mais elle écarta sa main et saisit son membre dans la sienne. Elle positionna son gland à son entrée, et il grogna en sentant sa chaleur et son humidité.

— Ton dos est-il assez guéri ?

— Oui, ça va.

Elle se tortilla sous lui, ses mouvements le rendant fou.

— Et ta jambe ?

— Je survivrai.

— Bien. Dans ce cas, prends-moi.

Il plongea son regard dans le sien. C'était incroyable de

penser à ce à quoi ils avaient survécu ensemble. À quel point ils avaient changé. Et à tout le bonheur qui les attendait.

Il la pénétra, du plaisir l'envahissant des orteils au bout des cheveux. Elle gémit et arqua le dos, fermant les yeux. Elle s'accrocha à lui, ses bras autour de son corps, et enfonça ses doigts dans ses muscles.

Il se mit à faire des va-et-vient, son désir sauvage et ardent. Il allait aussi profond que possible. Elle enroula ses jambes autour de lui, et il enfouit son visage dans son cou, respirant son odeur. La respiration d'Owen était lourde, irrégulière, et son cœur battait la chamade.

Elle s'agita sous lui, allant à la rencontre de chaque coup de bassin comme une vague parfaite. Ils montèrent ensemble au septième ciel, de la sueur perlant sur leur peau. Les gémissements de plaisir d'Amber attisèrent sa propre passion. Sa tête était renversée en arrière sur le matelas.

Il atteignit le paroxysme du plaisir avec elle. Il rua et se perdit dans son corps, de furieuses vagues de plaisir déchaînées déferlant en lui. Il enfonça ses doigts dans ses hanches, la sentant se contracter et se détendre autour de sa verge, son corps frissonnant et se tendant sous lui. Elle cria son nom comme une prière, et il essaya de s'accrocher à la réalité que cette femme divine, cette déesse d'une autre époque, était sienne.

Ce bonheur, cette expansion de son cœur et de son corps entier allait être son avenir. Son amour pour elle l'ouvrit et emplit son cœur.

Elle était son premier amour. Elle était la première femme à toucher son cœur. Et tant qu'ils vivraient, son cœur murmurerait son nom à chaque battement.

ÉPILOGUE

SIX MOIS PLUS TARD...

La route disparaissait rapidement sous les sabots des chevaux. Amber se dit que la passe de Brander ne pouvait pas être plus belle que par ce temps. Owen chevauchait à côté d'elle et observait tout avec une vigilance détendue, prêt à affronter toute menace.

L'été était chaud et le ciel était bleu, le soleil rendant les couleurs autour d'eux encore plus vives et éclatantes. La rivière Awe brillait d'un bleu presque saphir, et les montagnes autour d'eux étaient recouvertes de verdure. Une brise toucha sa peau et apporta l'odeur de la rivière, de l'herbe et des fleurs. Le chant des oiseaux et des feuilles dansaient dans le vent. La rivière murmurait à leur droite.

Ils avaient passé l'hiver et le printemps au nouveau domaine d'Owen, Kinleith, et se rendaient à Glenkeld. Ensuite, ils continueraient vers le sud. Ils n'avaient ni destination ni but. Amber avait suggéré qu'ils parcourent l'Europe, et Owen, qui n'avait jamais quitté l'Écosse, avait adoré cette idée.

Le secret de l'origine d'Amber, ainsi que celle d'Amy et de Kate, était bien gardé par un petit groupe de personnes. Ces six derniers mois avaient été incroyablement heureux. Elle n'aurait jamais cru pouvoir être aussi heureuse un jour.

Et maintenant qu'elle savait qu'elle pouvait se défendre et défendre ses proches, qu'elle savait ce que David avait dû ressentir en affrontant Goliath, elle savait qu'Owen et elle pouvaient tout faire tant qu'ils étaient ensemble.

Et ils avaient décidé qu'ils voulaient partir à l'aventure ensemble.

Ils s'étaient mariés au nouveau domaine un mois après l'arrivée d'Amber. Même si elle ne voulait pas vivre la vie d'une femme au foyer, elle avait aimé ces quelques mois passés dans leur petit cocon à s'installer dans leur nouvelle maison et à commencer à faire les choses à leur façon.

Au XXIe siècle, elle avait acheté quelques livres sur les horloges anciennes et leur fabrication. Les horloges mécaniques avaient été inventées récemment, et elles étaient chères et se trouvaient seulement dans les grandes villes. Amber s'était demandé si elle pourrait en fabriquer une. Faire une horloge signifiait recréer un lien avec sa mère. Elle savait que chaque fois qu'elle travaillerait sur une horloge, sa mère serait avec elle.

Une fois qu'ils eurent franchi la passe de Brander et atteint le rivage plat et sablonneux du loch Awe, Owen dit :

— As-tu envie de faire une pause ? J'attraperai un bon poisson pour toi et je le ferai cuire sur le feu.

Elle connaissait ce ton. Il avait quelque chose en tête. Quelque chose qu'elle adorerait, et il ne voulait pas gâcher la surprise. Elle savait que c'était le moment parfait de jouer le jeu.

— Ça me va.

Ils mirent pied à terre et s'installèrent sur la petite plage. Owen fit un feu et commença à se déshabiller, et Amber se figea, admirant son corps puissant, ses muscles qui roulaient à chaque mouvement. Ils étaient mariés depuis un moment, pourtant, chaque fois qu'elle regardait son magnifique corps ferme, il lui coupait le souffle.

Il retira également ses chausses, et il lui lança un regard par-dessus son épaule.

— Je ne pense pas que tu aies besoin d'être aussi nu pour pêcher, dit-elle avec un petit rire. Non pas que je me plaigne.

Il s'approcha d'elle et elle admira ses longues jambes musclées.

— Viens nager avec moi.

Amber se leva.

— Nager ? Je n'en ai pas très envie. L'eau doit être froide.

— Je te réchaufferai, Amber, ne t'inquiète pas.

— Non merci, répondit-elle en reculant d'un pas. Je suis bien et au chaud ici.

Il s'approcha.

— Amber...

Elle poussa un petit cri et détala. Il la rattrapa en deux grandes enjambées et la prit par la taille. Avec l'aisance de l'habitude, il la jeta sur son épaule, puis se dirigea vers l'eau.

— Non, Owen ! Je ne veux pas me changer ! Owen, non...

Il avança jusqu'à avoir de l'eau aux chevilles et s'arrêta.

— Si tu ne veux point mouiller tes habits, tu vas devoir de dévêtir. Quoi qu'il en soit, tu iras dans l'eau avec moi. J'ai une idée qui te plaira.

Elle grogna tout en souriant.

— Très bien, très bien. Impossible de te faire changer d'avis, espèce d'Écossais têtu.

— Exactement.

Il la reposa sur le rivage et elle se déshabilla sous son œil attentif. Elle n'avait pas besoin de s'inquiéter du froid. Le soleil était chaud, et surtout la chaleur dans le regard d'Owen suffisait à lui donner l'impression d'être en feu.

— Bonne fille.

Il lui mit une claque possessive sur les fesses et elle dissimula son sourire lorsqu'il afficha un air de fierté masculine.

— Allez.

Il la souleva comme si elle ne pesait rien. Un sourire satisfait aux lèvres, il entra dans le loch.

Amber siffla quand l'eau froide lui toucha les fesses. Owen l'embrassa tout en continuant à avancer, et elle fondit, oubliant tout. Une fois que l'eau fut assez profonde, il déplaça Amber afin que ses bras soient autour de ses épaules et ses jambes autour de sa taille.

L'eau n'était plus froide ; c'était merveilleux d'y nager avec Owen.

— Regarde le beau poisson que j'ai attrapé, dit-il.

— Ne va pas me faire cuire sur le feu.

— Oh nenni ! Mais j'ai une broche sur laquelle j'aimerais te mettre.

Son érection chaude effleura ses fesses.

— Eh bien, murmura-t-elle. Ça ne me dérangerait pas de passer à la broche.

Elle l'embrassa. Les lèvres d'Owen étaient douces et généreuses, mais aussi exigeantes, et elle était bien heureuse de lui offrir tout ce qu'il désirait. Leurs langues se rencontrèrent, glissant, jouant, se taquinant jusqu'à ce qu'ils soient à bout de souffle. Amber brûlait de besoin, et l'étrange sensation d'apesanteur dans l'eau attisa son excitation et apporta une nouvelle sensation de relaxation et de douceur.

— Tendrement et lentement ? demanda-t-il.

— Oh non, chéri ! Vite et fort. C'est génial dans l'eau.

Elle frotta son bassin contre ses hanches pour lui montrer qu'elle était prête, et il se positionna délicatement. En un grand coup de reins, il se retrouva profondément en elle, et elle bougea les hanches pour aller à sa rencontre.

Elle poussa un petit cri alors qu'il l'étirait au maximum, sa chaleur l'envahissant. Il plongeait en elle et haletait contre sa gorge. Elle l'accueillit encore plus profondément, le laissant s'enfoncer complètement.

Il se mit à bouger plus vite, allant et venant, précis et implacable, mais aussi avec aisance et sans à-coups. Chaque centimètre dur comme la pierre lui apportait du plaisir. Il lui murmura à quel point c'était agréable, qu'il ne voulait jamais que cela s'arrête, qu'elle était belle.

Elle jouit en un rien de temps. Une violente vague déferla en elle, l'intensité lui faisant pousser un petit cri. Elle rua et pencha la tête en arrière alors que des convulsions l'ébranlaient.

Il se raidit et cria son nom comme s'il ne pouvait plus s'arrêter. Ils partagèrent un gémissement, respirant à l'unisson. Lorsqu'ils s'immobilisèrent tous les deux, Owen se contenta de la tenir dans ses bras, et elle savoura son odeur, la sensation de son étreinte. Elle contempla la beauté sans précédent de la nature autour d'eux. Pas de bruits de voitures, pas de traces d'avions dans le ciel, pas d'odeur d'essence. Pas de pollution.

La nature était pure et brute autour d'eux. Et elle avait l'impression d'en faire partie, de se dissoudre dans sa beauté.

— J'ai tellement de chance, dit-elle en le regardant. Tu es ce qu'il y a de plus important dans ma vie, la meilleure chose qui me soit arrivée.

Il la rapprocha de lui.

— Je t'aime, Amber.

— Je t'aime aussi, murmura-t-elle avant de l'embrasser.

Ils nagèrent un moment dans le loch, puis ils sortirent et mangèrent du pain et du fromage qu'ils avaient apportés. C'était déjà l'après-midi, et ils voulaient atteindre Glenkeld avant la tombée de la nuit. Le clan entier se réunissait pour célébrer l'octroi officiel de la province de Lorne à Neil Cambel, l'oncle d'Owen.

Ils arrivèrent avant le coucher du soleil. Lorsqu'ils entrèrent dans la grande salle de Glenkeld, Amber vit que la majorité des Cambel étaient arrivés ; la pièce était bondée. Les odeurs aromatiques de viande rôtie et de pain frais emplissaient l'air.

Dougal et le chef Neil étaient assis à la grande table, et Amber parcourut la foule du regard à la recherche d'Amy et de Kate. Elle vit les deux femmes assises à côté de Craig et de Ian, et les rejoignit.

— Te voilà ! s'exclama Kate, se levant et la prenant dans ses bras.

Elles s'étreignirent, le parfum de Kate l'enveloppant. Elle sentait toujours la maison et un peu comme de la vanille, même si Amber savait que c'était impossible, car il n'y avait pas de vanille en Europe au Moyen Âge.

Elles s'étaient rencontrées à leur mariage, à Owen et elle, et comme avec Amy, elles s'étaient tout de suite comprises. Kate était différente de tous ceux qu'Amber avait connus au XXIe siècle. Elle était douce et gentille, mais elle possédait une force intérieure et un caractère qu'Amber avait immédiatement admirés.

Amy se joignit à leur étreinte.

— C'est ça ! Donnons à tout le monde une raison de nous observer, dit Amber.

— Je m'en fiche, rétorqua Kate. Je suis tellement contente de vous voir, les filles.

Elles mirent fin à leur étreinte, et Amber alla s'asseoir à côté d'Owen de l'autre côté de la table.

— J'attendais que tu arrives, parce que j'ai préparé quelque chose de spécial, continua Kate.

Il y avait une grande assiette recouverte d'un linge sur la table. Amy se pencha légèrement et renifla.

— Qu'est-ce que tu as fait ?

Ian inclina la tête sur le côté, un petit rire mystérieux lui échappant.

— Elle m'a laissé goûter un tout petit morceau.

Il regarda autour d'eux, et une fois certain que personne ne les écoutait, il se pencha en avant et ajouta à voix basse :

— C'est un petit bout de paradis de votre époque.

— Oh là là, qu'est-ce que c'est ? Je meurs d'envie de savoir ! dit Amber.

Kate pouffa et retira le linge. L'assiette contenait un imposant tas de donuts.

— Des donuts ! s'écrièrent Amy et Amber à l'unisson.

— Oh là là, qu'est-ce que ça me manque, le café..., dit Amy, la bouche pleine de donut. Ils sont divins, Katie !

Amber mordit dans un donut et ferma les yeux de bonheur. Il était aussi bon que ceux de ses souvenirs. Les hommes se servirent, et tout le monde émit des bruits orgasmiques, des gémissements et d'autres sons ravis.

— Comment tu les as faits ? demanda Amber. Tu peux en faire avec les ingrédients d'ici ?

— Oui ! Tous les ingrédients sont les mêmes, sauf le sucre. Mais du miel fait parfaitement l'affaire. C'est difficile de trouver de la farine de blé, mais Ian a fait des folies pour moi, et nous y voilà.

— Katie, pour toi... Pour cela, dit Ian en faisant un geste appréciateur, un donut dans la main. Je ferais n'importe quoi.

Kate pouffa.

— Et je ne prépare pas que des donuts...

Elle fit un clin d'œil à Amy et Amber.

— J'ai aussi...

Elle marqua une pause.

— Un polichinelle en préparation.

Amy comprit la première.

— Oh ! Félicitations à tous les deux !

Elle tapa dans ses mains et enlaça Kate. Owen et Craig échangèrent un regard perplexe.

Amber sourit.

— Ils attendent un bébé, expliqua-t-elle aux deux highlanders, qui sourirent.

Elle regarda Kate.

— Félicitations !

— Merci.

Kate et Ian se regardèrent avec tendresse et amour.

— En toute franchise, ces donuts étaient plus pour moi que pour vous. J'ai des envies de glucides ! expliqua Kate en pouffant à nouveau.

Amber se dit qu'elle avait le plus agréable et contagieux des rires, et elle rit, elle aussi.

— C'est une joie de voir Ian si heureux, dit doucement Owen à Amber, un sourire aux lèvres. Il est revenu de Bagdad brisé et désespéré. Regarde-le maintenant. Un époux. Un futur père. Heureux. Comblé.

Savourant le bonheur de Ian et de Kate, Amber se pressa tout contre Owen, et le simple contact de sa peau suffit à envoyer une décharge électrique en elle. Elle s'était habituée à se retenir de le toucher en public, et elle aimait les caresses secrètes sous la table, les effleurements occasionnels, et les baisers volés.

— Bienvenue dans la paternité, déclara Craig. Que votre famille grandisse, se renforce et soit prospère. Je suis heureux pour vous, Ian.

Ils trinquèrent tous, à part Kate.

— Et vous deux ? demanda Amy avec un clin d'œil. Est-ce qu'il y a d'autres petits Cambel en route ?

Amber échangea un regard avec Owen. Ils en avaient parlé et avaient décidé qu'ils n'étaient pas prêts. Amber suivait de près son cycle menstruel pour éviter de tomber enceinte. Cependant, cette méthode n'était pas très fiable, et ils seraient contents qu'elle tombe enceinte, mais pour le moment, ils voulaient partir à l'aventure.

— Pas encore. Et pas avant un moment.

Amy leva les mains en l'air en signe de reddition.

— Très bien. Très bien. J'ai compris. Plus de questions.

— Bien que cela ne me dérange guère de m'entraîner, dit Owen.

Amy se mit les doigts dans les oreilles.

— Je ne veux rien attendre à ce sujet.

Ils éclatèrent tous de rire.

Dougal apparut derrière Owen.

— Mon fils, je voulais vous saluer. Comment s'est passé votre voyage ?

Allant à l'encontre de toutes les conventions, Owen se leva et étreignit son père, et ils se tapèrent dans le dos.

— Bien, père, merci.

— Amber, la salua Dougal avec un signe de tête. Vous avez bonne mine.

— Bonjour, Dougal.

Dougal l'aimait bien, même s'il y avait toujours un léger malaise entre eux, mais Amber était certaine que c'était parce qu'il ne la connaissait pas bien.

— Comment allez-vous, tous les deux ?

— Bien. Nous partons pour le sud afin de rendre visite à Robert Bruce.

— Oh, *aye*. C'est bien. Il vous tient en très haute estime. La guerre n'est point encore finie, alors, soyez prudents. Le roi Édouard refuse toujours de reconnaître l'indépendance de l'Écosse et que Robert Bruce en est le roi.

— *Aye*.

Dougal mit une tape amicale sur l'épaule d'Owen.

— Vous vous êtes bien débrouillé, mon fils. Je ne pourrais être plus fier.

Il s'éloigna, et Amber vit Owen le suivre du regard et qu'il avait les larmes aux yeux.

Il se rassit à côté d'elle, et Amber entrelaça ses doigts aux siens sous la table.

— Je ne pourrais pas être plus fière de toi non plus, murmura-t-elle. De nous.

— Oh, Amber, c'est moi qui suis fier d'être l'époux d'une femme aussi merveilleuse que toi. Tu es mon trésor.

Et même si des gens les dévisageraient, elle se pencha et l'embrassa. Elle ne pouvait pas attendre une seconde de plus sans lui montrer à quel point elle l'aimait.

Parce que le plus grand trésor de sa vie, c'était l'amour de son highlander.

Vous avez aimé l'histoire de Amber et Owen ? *Lisez celle de Angus et Rogene dans* ***Le Desir du highlander***

Château d'Eilean Donan, mai 2021

Rogene Wakeley disposa soigneusement deux longues bougies côte à côte sur le buffet ancien poli. Prenant une profonde inspiration, elle se dit qu'elle était heureuse à quatre-vingt-dix-neuf virgule neuf pour cent pour son amie.

Karin allait se marier à Eilan Donan ; elle vivrait le mariage de ses rêves avec l'amour de sa vie dans le plus beau château d'Écosse.

Rogene jeta un coup d'œil aux magnifiques tableaux sur le mur en pierre brute au-dessus de la table. Les portraits de générations du clan MacRae observaient les invités depuis les murs de la salle de banquet, entourés par des meubles rococo et néoclassiques. Rogene sortit la bouteille de whisky de son sac et la posa près du quaich en argent, un récipient traditionnel peu profond dont le couple se servirait pendant la cérémonie.

Elle regarda par-dessus son épaule pour s'assurer que les invités allaient bien. Une cinquantaine de personnes étaient installées sur des chaises de style Chippendale et chuchotaient : des femmes élégamment vêtues avec de petits chapeaux ornés de fleurs, de résille et de plumes, et la plupart des hommes étaient en kilt. Les quatre-vingt-dix-neuf virgule neuf pour cent d'elle à être heureux avaient été bien contents de serrer la main de chaque personne qui arrivait et de sourire jusqu'à en avoir mal aux zygomatiques.

Les quatre-vingt-dix-neuf virgule neuf pour cent d'elle à être heureux se réjouissaient d'être demoiselle d'honneur, de veiller à ce que tout était conforme aux standards allemands de Karin : c'est-à-dire parfait et pile à l'heure. Ce qui était bien, car Rogene était quelqu'un de responsable. C'était elle qui avait pratiquement élevé son frère, David, alors qu'elle n'avait que douze ans, même s'ils vivaient avec leur oncle et leur tante.

David était en train de discuter avec l'un des membres de la famille de Karin assis au premier rang. Le tissu de son costume était tendu sur ses larges épaules. Il était à deux doigts d'être accepté à l'université Northwestern et allait probablement recevoir une bourse sportive grâce à ses résultats au football américain. Bon sang, quand s'était-il mis à tant ressembler à leur père ?

Les yeux de Rogene la piquèrent.

C'était le dernier zéro virgule un pour cent.

Pour se distraire, elle se retourna vers la table et plaça le chandelier près du quaich.

Le zéro virgule un pour cent lui rappelait qu'elle ne pouvait compter sur personne. Que les gens pouvaient disparaître à tout moment. Qu'ils pouvaient mourir. Que les gens ne pouvaient pas prendre soin d'elle quand elle avait le plus besoin d'eux.

Qu'elle était bien mieux seule.

Elle prit le vase contenant un magnifique bouquet de chardons, de roses blanches et de freesias et le posa au centre de la table. Alors qu'elle prenait une rose sur le côté pour la mettre au centre, le zéro virgule un pour cent malheureux se demanda si elle aurait un bouquet comme celui-ci à son mariage. Probablement pas. Elle n'arrivait pas à s'imaginer se marier. Comment les autres arrivaient-ils à être heureux et amoureux, et à faire confiance à un autre être humain ?

Tandis qu'elle tournait légèrement le vase, elle se figea.

Le bouquet !

Elle pivota en direction de la sortie voûtée, son cœur martelant dans sa poitrine.

— Qu'est-ce qu'il y a, Rory ? demanda Anusua, sa collègue de l'université d'Oxford.

Elle se tenait à l'entrée de la salle, prête à saluer les nouveaux arrivés. Petite et pulpeuse, elle était époustouflante dans sa robe couleur lilas similaire à celle de Rogene.

— Le bouquet...

Rogene s'agrippa les cheveux, ce qui mit probablement le désordre dans ses tresses complexes et le chignon chic aussi sec que de la croûte de pain sous ses doigts. Elle se sentait nue dans la longue robe sirène lilas au profond décolleté. Habituellement, elle portait d'élégants chemisiers et pulls à col roulé avec un pantalon de costume ou un jean noir, ce qui la faisait ressembler à une professeure avant même qu'elle en soit réellement une.

— J'ai oublié de récupérer le bouquet.

— Oh, merde ! marmonna Anusua, abandonnant son poste. Je vais aller le chercher. C'est quoi l'adresse ?

Anusua était indo-britannique et assurément plus habituée qu'elle à conduire du « mauvais » côté de la route. Mais Rogene était demoiselle d'honneur, et si Anusua faisait une erreur, Karin serait dévastée. Il y avait aussi un joueur de cornemuse qui devait arriver d'une minute à l'autre...

— Allez, Rory. Donne-moi les clés de la voiture.

Anusua avait raison, Rogene pouvait déléguer des responsabilités, faire partie d'une équipe.

Mais le zéro virgule un pour cent l'arrêta.

David s'approcha d'elles et ouvrit la belle porte massive sous l'arche pour laisser passer une femme âgée. Dommage que la porte ne soit qu'une réplique faite pendant la grande restauration du château dans les années 1920, pensa distraitement l'historienne en Rogene.

— Est-ce que tout va bien ? demanda David.

Il était si beau dans son costume ; ses cheveux châtain clair coupés dans un style simple et classique le faisaient paraître plus âgé.

Ou peut-être qu'il avait grandi plus vite qu'il n'aurait dû, en particulier après qu'elle l'avait abandonné à Chicago pour faire son doctorat à Oxford.

— Tout va bien, répondit Rogene d'une voix tendue.

— Tu ne vas pas me laisser t'aider, hein ? dit doucement

Anusua. Tu sais que tu *peux* compter sur les gens pour te donner un coup de main.

Anusua soupira et rejoignit la femme âgée qui venait d'entrer, sans doute pour voir si elle avait besoin d'aide. David tapota l'épaule de Rogene.

— Qu'est-ce qui se passe ?

— Je dois aller chercher le bouquet, mais le joueur de cornemuse n'est toujours pas arrivé.

— Laisse-moi aller chercher le bouquet. Tu t'occupes du joueur de cornemuse.

— Est-ce que ton permis est valable ici ?

S'il lisait mal le nom d'une rue en conduisant à gauche, elle devrait retrouver un adolescent perdu à l'étranger. Le visage de David s'assombrit. Il savait qu'elle pensait à sa dyslexie, pas à son permis de conduire.

— OK. Vas-y. Je peux m'occuper du joueur de cornemuse.

Elle soupira. C'était un moindre mal, même si elle détestait devoir confier des responsabilités à d'autres personnes.

— Je reviens tout de suite. Merci, Dave.

Elle ouvrit la porte en forme d'arche, sortit dans l'air humide et glacial des Highlands et descendit à la hâte le vieil escalier en pierre. Le vent lui fouettait le visage alors qu'elle passait la porterie à la herse relevée avant de s'engager sur le long pont qui reliait l'île à l'Écosse. Elle adressa à peine un regard aux quelques touristes qui se promenaient autour de la tour médiévale sur l'île.

Les talons de Rogene claquèrent sur le pont tandis qu'elle courait vers le parking. Bon sang, elle aurait dû prendre son boléro ; il y avait tellement de vent, probablement à cause des trois lochs qui se rejoignaient ici. Ses poumons la brûlaient, et elle avait un point de côté, ce qui lui rappelait qu'elle devrait faire plus du sport et ne pas passer tout son temps dans les archives et dans des bibliothèques à travailler sur son doctorat.

Mais sa gêne actuelle n'avait pas d'importance. Elle ne pouvait pas décevoir sa meilleure amie le jour de son mariage. Elle était déjà sur la corde raide parce qu'elle refusait de laisser d'autres gens l'aider dans ses recherches. Il y avait là deux problèmes. Un, sa directrice de thèse était énervée. Deux, elle avait choisi un sujet audacieux et elle n'avait encore rien trouvé pour l'étayer.

Haletante, elle monta dans la voiture. Après trois ans et demi au Royaume-Uni, elle avait l'habitude de conduire à gauche, et elle rejoignit rapidement Inverinate, qui se trouvait à dix minutes de trajet. Par chance, elle n'eut aucun problème : elle récupéra rapidement le bouquet et retourna au château.

Une fois de retour dans la cour d'Eilean Donan, elle vit Karin sur le petit palier devant l'entrée en forme d'arche de la salle de banquet. Le vent dansait dans les longues mèches blondes qui cascadaient dans son dos. Elle avait une couronne de bruyère blanche sur la tête. Quelle belle mariée ! Elle avait une main posée sur son ventre plat corseté, et l'autre sur l'épaule de sa mère. David la regardait et l'on aurait dit qu'il avait avalé une grenouille.

Ses jambes devenant froides, Rogene agita le bouquet en montant les marches en pierre lisses tout en faisant attention à ne pas glisser.

— Je l'ai ! Ne t'inquiète pas, tout va bien.

Karin la fusilla du regard.

— OK ?

Rogene déglutit en continuant à monter les marches. En temps normal, Karin était gentille, mais à présent, elle était en mode mariée tyrannique.

Lorsque Rogene arriva devant Karin, elle lui tendit le bouquet et se força à afficher un sourire heureux.

— Est-ce que le joueur de cornemuse est arrivé ?

Karin blêmit tout en regardant David, les yeux écarquillés.

— Est-ce qu'il est arrivé ?

— Oui, il est déjà à l'intérieur, répondit David.

Karin soupira. Ses yeux scintillèrent, et Rogene sut que sa meilleure amie était au bord des larmes.

— Est-ce que je suis hideuse ? demanda Karin.

Rogene poussa un petit cri.

— Quoi ? Non ! Tu es ravissante.

— Même avec ce maquillage ?

— Qu'est-ce que tu veux dire ?

Plissant les yeux, Rogene étudia Karin. Cela ressemblait à son maquillage de soirée habituel. Oh... mince !

Karin renifla.

— La maquilleuse m'a fait faux bond.

— Ça n'a pas d'importance, dit Rogene. Tu es magnifique et Nigel sera ravi. Tu es prête ?

Karin échangea un regard avec sa mère, puis elle prit une profonde inspiration apaisante et hocha la tête.

— Oui, répondit-elle en souriant. Je suis prête.

— OK. Allons-y.

Rogene ouvrit la porte et fit un signe de tête au joueur de cornemuse, qui entama une mélodie. Nigel, grand et beau, vêtu de son kilt, ne quittait pas la porte des yeux. Lorsque Karin apparut, le visage de Nigel s'illumina, et Karin rayonna quand leurs regards se croisèrent.

Ils allumèrent les bougies, prononcèrent leurs vœux, qui étaient beaux et dans un style très écossais. Ils burent au quaich en argent, et enfin ils signèrent le registre des mariages.

Il y eut des photos, d'autres mélodies jouées à la cornemuse, des applaudissements et de grands sourires. Le couple avait l'air heureux et aussi amoureux que possible.

Après la cérémonie, tout le monde descendit dans la caserne au rez-de-chaussée pour la réception. Alors que les serveurs allaient et venaient avec des plateaux de coupes de champagne, Rogene eut l'impression de pouvoir enfin faire une pause. L'adrénaline coulait toujours dans ses veines et des spasmes nerveux lui serraient le ventre ; elle prit son boléro et sa pochette et sortit pour monter sur la courtine nord.

David se tenait sur le mur circulaire autour du grand puits, ses coudes appuyés sur le garde-fou.

Quelque chose n'allait pas. Elle le rejoignit. Le regard de

David était fixé sur l'île couverte d'herbe ainsi que de quelques buissons et petits arbres. Un groupe de quatre personnes marchaient sur le chemin de cailloux qui s'étirait de la gauche à la droite.

Rogene ne voyait aucun signe des courtines qu'elle avait vues sur les cartes archéologiques. Il était censé y avoir trois tours bâties lors de la première phase de la construction, aux XIIIe et XIVe siècles ; seul le donjon du château devait exister à l'époque.

Le profil de David était austère, ses yeux gris regardant droit devant lui.

— Est-ce que tout va bien ?

— J'ai failli gâcher le mariage de Karin.

Il déglutit avec difficulté lorsqu'il la regarda dans les yeux, et un muscle de sa mâchoire tressauta.

— Ne dis pas ça.

— C'est ma faute. La voiture de la maquilleuse est tombée en panne. Son téléphone n'avait plus de batterie, et elle est venue ici. Je lui ai donné l'adresse de l'hôtel de Karin...

— C'est bien.

— Non, ce n'est pas bien. J'ai dit « 51 Dornie Street »...

L'hôtel était au 15 Dornie Street. Rogene sentit le sang quitter son visage. David inversait parfois les chiffres ou les lettres lorsqu'il lisait.

— Karin était contrariée à cause de moi, marmonna-t-il.

Rogene chercha la main de David pour la serrer comme elle le faisait quand il était plus jeune. Fils dyslexique de deux professeurs et avec une sœur qui avait reçu une bourse pour faire son doctorat à Oxford, il s'était toujours senti inférieur. C'était en partie pour cela qu'il s'était lancé dans le sport et qu'il était maintenant capitaine d'une équipe de football américain.

— Ce n'est pas ta faute.

Il émit un bruit moqueur et secoua la tête.

— C'est la faute à qui, alors ?

— La mienne. Je n'aurais jamais dû te laisser. J'aurais dû envoyer Anusua chercher le bouquet.

Il soupira et baissa la tête, contemplant ses chaussures.

— Peu importe. Ça n'aurait pas changé ce que je suis. Mon seul espoir d'avoir un bon avenir, c'est d'obtenir une bourse sportive, et je ne suis même pas sûr d'en avoir une. Je suis le mouton noir d'une famille de génies et tu le sais. Maman et papa étaient professeurs. Tu le seras aussi, un jour.

Elle n'en était pas si certaine. La date de sa soutenance de thèse approchait à grands pas et elle n'avait toujours aucune preuve tangible pour étayer l'hypothèse scandaleuse de sa mère comme quoi Robert Bruce serait venu à Eilean Donan en 1307 alors qu'il s'apprêtait à se rendre, mais que quelque chose ou quelqu'un l'avait fait changer d'avis.

— Voyons, David. Tu n'es pas le mouton noir.

— Arrête, dit-il en s'écartant. Je ne veux pas de pitié.

Il poussa contre le garde-fou et entra dans le château à grandes enjambées.

— David !

La culpabilité lui serra la poitrine. Il était contrarié, et elle ne pouvait pas l'abandonner, pas encore.

Elle le suivit, affrontant le vent glacial, ses talons martelant les pierres. Elle rejoignit le rez-de-chaussée à la hâte dans l'espoir qu'il serait retourné à la réception dans la caserne, mais il n'était pas parmi les invités. Peut-être était-il allé aux cuisines ? Elle se tourna et essayait de trouver le meilleur moyen de s'y rendre lorsqu'elle entendit des pas sur la pierre. Le petit vestibule ne comportait que trois portes, dont deux qui menaient à la salle de banquet.

Pouvait-il être passé par la troisième ? Du fer forgé reliait les planches en bois massif sous la voûte. Une corde rouge était placée devant l'entrée, mais cela n'arrêterait pas un adolescent contrarié. Elle crut entendre le bruit de pas qui descendaient.

Aucun employé du musée n'était présent. Elle contourna la corde rouge, ouvrit la porte et appuya sur l'interrupteur. Les lumières s'allumèrent, illuminant les marches en pierre.

— David ! appela-t-elle en descendant l'escalier menant au sous-sol aussi froid qu'une tombe.

Le sous-sol était étonnamment grand et éclairé par des lampes électriques. Des tables et des chaises couvertes de toiles de protection s'alignaient le long des murs en pierre brute. L'air froid sentait la pierre humide, la terre et la moisissure. La lumière n'atteignait pas vraiment le fond de la pièce ; Rogene vit une porte massive dans l'ombre.

— Tu es où, David ? appela-t-elle.

Seul l'écho lui répondit, résonnant sur le plafond voûté ancien. Parcourant les alentours du regard, Rogene se rappela une vieille légende disant que le nom du château ne venait pas d'un saint du VIe siècle, mais d'une colonie de loutres qui avait vécu sur l'île. L'on racontait que le roi des loutres était enterré sous les fondations du château. « *Cu-Donn* » signifiait « loutre », ou « chien marron », mais il était aussi fort probable qu'une tribu picte ait porté ce nom. Après tout, il y avait bien eu une forteresse de l'âge du fer ici, et elle avait brûlé.

Tout à coup, Rogene eut l'impression d'être redevenue petite fille, comme la première fois que sa mère lui avait fait aimer l'histoire. Ils étaient en voyage à Stirling, et sa mère lui avait raconté une histoire de fantômes, puis la véritable histoire. La vie de Rogene avait changé à jamais ce jour-là.

Elle aurait voulu pouvoir passer plus de temps ici, mais elle devait trouver David. La réception prendrait bientôt fin, et les invités se rendraient à l'hôtel pour le dîner. Agrippant son boléro, elle se rendit vers la porte sombre.

— David ?

Ses talons résonnaient bruyamment, et le bruit semblait étranger ici, comme si elle pourrait réveiller les fantômes des gens des âges du bronze et du fer, les Pictes, et des générations de Mackenzie et de MacRae. Elle pouvait presque sentir leurs yeux la fixer.

Avec une main tremblante, elle poussa le bois froid de la

porte et elle s'ouvrit en grinçant. L'odeur de terre humide et de moisissure jaillit de l'obscurité. Était-ce dangereux d'être ici ?

Elle entra.

L'espace d'un instant, elle eut l'étrange sentiment d'avoir quitté le monde qu'elle connaissait et d'avoir pénétré dans un autre. Elle eut aussi l'impression qu'il y avait quelqu'un d'autre dans la pièce.

— David ? David ?

Seul l'écho lui répondit.

Elle tâtonna le mur rugueux avec sa main gauche et trouva un interrupteur. Une seule ampoule suspendue au plafond voûté éclaira la pièce, qui ressemblait à un cachot, sans les barreaux en fer et les instruments de torture. Une pile de rochers et de pierres s'élevait à sa droite. Des colonnes en fer soutenaient le plafond.

Rogene frissonna et resserra son boléro autour d'elle.

À sa gauche et devant elle, les murs en pierre brute et en mortier étaient entiers. Curieuse, elle avança dans la pièce, ses talons s'enfonçant dans la terre tassée. Elle maintint son boléro fermé sur sa poitrine, mais le froid humide s'immisça jusque dans ses os. Ses genoux tremblaient, mais elle ignorait si c'était de froid ou d'excitation.

Les yeux rivés sur la pile de pierres, elle s'en approcha et s'immobilisa. Au milieu des décombres, de la terre et du sable, une gravure sur un rocher plat attira son attention, il y avait aussi autre chose...

Une empreinte de main ?

Elle poussa un petit cri et l'écho cria avec elle. Tombant à genoux, elle commença à dégager le rocher. Lorsque la gravure et l'empreinte de main furent clairement visibles, elle sentit le goût de la poussière sur sa langue. Elle s'aperçut alors qu'elle touchait sa bouche avec sa main sale.

Tout étourdie, elle sentit le sol bouger. Elle toucha délicatement la gravure, sentant chaque renfoncement sous ses doigts. Il y avait trois lignes ondulées, une ligne droite, et une empreinte de main, comme l'empreinte de pied sur la pierre d'intronisation des rois de Dál Riata en Argyll.

— Waouh..., murmura-t-elle.

— Savez-vous ce que c'est ? dit une femme derrière elle.

Rogene sursauta, perdit l'équilibre et tomba sur les fesses. Une femme portant une cape verte se tenait à quelques pas d'elle.

Rogene soupira.

— Bon sang, vous m'avez fichu une peur bleue.

La femme s'approcha et tendit la main. Lorsque Rogene la prit, l'inconnue l'aida à se relever.

— Désolée, dit la femme à l'accent écossais prononcé. Je ne voulais pas vous effrayer. J'oublie toujours qu'il est facile de vous surprendre, vous les humains.

« Vous les humains » ? Elle devait travailler au château et était probablement un peu trop investie dans son rôle ou quelque chose comme ça.

— Je ne suis probablement pas censée être ici, dit Rogene.

— Ce n'est pas grave. Cela ne me dérange guère. Je m'appelle Sìneag. Et vous ?

— Rogene Wakeley.

— Eh bien, Rogene, vous avez trouvé un rocher fascinant.

Les yeux de la femme brillaient dans la pénombre jaune.

Rogene se demanda distraitement pourquoi une employée du château ne la réprimandait pas pour sa présence dans une zone interdite. Peut-être que Sìneag était moins stricte... et peut-être que ce sous-sol n'était pas aussi dangereux qu'il en avait l'air.

Sìneag retira sa capuche, et Rogene s'émerveilla devant son joli visage pâle et ses beaux cheveux roux qui cascadaient en douces ondulations sur ses épaules.

— C'est une gravure picte qui ouvre un passage à travers le temps, déclara Sìneag.

« Un passage à travers le temps » ? Rogene fronça les sourcils.

— Je n'ai jamais entendu parler d'un mythe sur le voyage dans le temps. Vous en êtes certaine ?

— Oh *aye*, répondit Sìneag en hochant la tête. Sûre et certaine. Les trois vagues représentent la rivière du temps, et cette ligne, c'est le passage qui la traverse. Un druide les a gravées.

Rogene se pencha et étudia la ligne et les vagues.

— Hmm. La gravure a bel et bien l'air ancienne. Vous dites que c'est picte, hein ? Donc probablement entre le VIe et le VIIIe siècle.

— *Aye*. Ce druide croyait que l'on pouvait tomber à travers le temps et trouver la personne avec qui l'on est destiné à passer sa vie. La personne que l'on aime. Le saviez-vous ?

Maintenant, Sìneag inventait manifestement des choses. Les Pictes n'avaient pas de langage écrit, ils n'avaient donc aucun moyen de laisser un message comme celui-ci. Les seules choses que l'on connaissait sur eux venaient des Romains et de moines chrétiens, qui avaient écrit des chroniques parlant de batailles et de guerres. Pas de mythes sur l'amour romantique.

— Un druide romantique, hein ? marmonna-t-elle, ne voulant pas contredire la femme.

— *Aye*. Il était romantique. Ce rocher a toujours été source de curiosité. Quand le château appartenait au clan Mackenzie au XIVe siècle, un certain Angus Mackenzie s'est demandé ce que pouvait signifier cette gravure.

Rogene posa un regard perçant sur Sìneag.

— Angus Mackenzie ?

— *Aye*.

— Celui qui a épousé Euphemia de Ross ?

— Celui-là même.

— Leur mariage a donné naissance à Paul Mackenzie, qui a sauvé la vie du roi Robert III. Est-ce qu'Angus Mackenzie avait quelque chose à voir avec ce rocher ? A-t-il laissé des informations à propos de ce mythe ?

Sìneag éclata de rire.

— Non. Mais c'est l'homme pour vous.

Rogene la fixa, incrédule. Puis elle rit à son tour.

— Pour moi ?

— *Aye*, ma chère. Regardez.

Sìneag baissa les yeux vers le rocher et Rogene suivit son regard.

La gravure brillait.

Rogene secoua la tête, n'en croyant pas ses yeux. Les trois vagues représentant la rivière émettaient une lumière bleue, et la ligne droite une lumière marron. Clignant des yeux, elle s'agenouilla près du rocher et le regarda sous toutes les coutures. Qu'est-ce qui pouvait bien briller comme cela ? Déconcertée, elle fit courir un doigt sur une vague bleue, et une vibration la parcourut. Son pouls s'accéléra. Qu'est-ce que c'était que cela ?

Elle regarda l'empreinte de main et ressentit une envie inexplicable de poser sa paume dessus. Les rois de Dál Riata avaient-ils ressenti la même impulsion de marcher dans l'empreinte de pied ? Quelque chose l'appelait, et elle se sentait obligée de poser sa main sur le rocher.

Elle avait l'impression que si elle le faisait, tout irait bien.

Le sang palpitant dans sa main, elle pressa sa paume sur l'empreinte.

Un frisson la traversa. Quelque chose l'attira, puis l'avala. Elle tomba dans le vide, la tête la première. Elle fut prise de nausées. Elle hurla, une terreur froide et paralysante la traversant.

Puis les ténèbres l'engloutirent.

Lisez Le Desir du highlander maintenant

LEXIQUE

Aye : Terme archaïque et régional utilisé pour acquiescer.

Sláinte : Mot utilisé pour trinquer.

Uisge : Mot de gaélique écossais signifiant « eau » à l'origine du nom « whisky ». La locution « uisge beatha » signifie littéralement « eau de vie ».

Sassenach : Terme péjoratif utilisé pour désigner les Anglais.

Sir : Titre d'honneur anglais.

Mo chridhe : « Mon cœur ».

Léine croich : Chemise de guerre arrivant aux genoux et matelassée pour protéger son porteur.

DU MÊME AUTEUR

L'APPEL DU HIGHLANDER

Sìneag

(GRATUIT sur https://mariahstone.com/sineagfrancais/**)**

La Prisonnière du highlander

Le Secret de la highlander

Le Cœur du highlander

L'Amour du highlander

Un miracle de Noël pour un highlander

Le Desir du highlander

Le Vœu de la highlander

La Promesse du highlander

Le Protecteur de la highlander

La Revendication du highlander

La Destinée du highlander

VOUS ÊTES INVITÉE

Rejoignez la newsletter sur mariahstone.com/fr/ pour recevoir des bonus exclusifs, des messages de l'auteur, les dates de parution de nouveaux livres, des cadeaux, des informations sur des livres en soldes... et bien plus encore !

ÉVALUEZ MON LIVRE, S'IL VOUS PLAÎT

S'il vous plaît, écrivez un commentaire honnête sur mon livre.

Bien que j'aimerais pouvoir le faire, je n'ai pas les moyens d'avoir de la pub dans les journaux ou dans le métro comme les grands éditeurs.

Mais j'ai quelque chose de bien plus puissant !

Des lecteurs dévoués et fidèles.

Si le livre vous a plu, je vous serais très reconnaissante si vous pouviez prendre le temps de laisser un commentaire.

Merci beaucoup !

À PROPOS DE L'AUTEUR

Quand Mariah Stone, auteur de romances parlant de voyage dans le temps, n'est pas en train d'écrire l'histoire de femmes modernes fortes qui traversent le temps pour se retrouver dans les bras de Vikings, de highlanders et de pirates sexy, elle court après son bambin et passe des soirées romantiques sur la mer du Nord avec son mari. Mariah parle six langues, adore *Outlander*, les sushi et la cuisine thaïlandaise, et dirige un groupe de lecture. Abonnez-vous à la newsletter de Mariah pour recevoir un livre gratuit parlant de voyage dans le temps !

facebook.com/mariahstoneauthor
instagram.com/mariahstoneauthor
bookbub.com/authors/mariah-stone
pinterest.com/mariahstoneauthor

Printed in France by Amazon
Brétigny-sur-Orge, FR

20386774R00185